François-René
de Chateaubriand

Atala
René
Les Aventures
du dernier
Abencerage

Édition présentée,
établie et annotée
par Pierre Moreau

Gallimard

PRÉFACE

Cinq années séparent le Chateaubriand d'Atala de celui qui rêvera l'Abencerage et peut-être en vivra quelques pages. C'est dans la perspective de ces cinq années décisives, et en superposant deux portraits, celui d'un inconnu de trente-trois ans et celui d'un voyageur illustre aux approches de la quarantaine, qu'il convient de lire les trois textes que voici et qui composent à eux trois un même chant : celui de l'exil.

Le premier de ces deux visages est marqué par l'expérience encore toute récente de cet exil. A peine sorti de sa gentilhommière, de ses collèges bretons, de ses rêves d'amour sur d'autres continents, de ses camaraderies de régiment, le chevalier de Combourg n'a eu que le temps de faire connaissance avec un Paris fin de siècle et fin de régime. Il y a vu régner les goûts qu'il est convenu d'appeler préromantiques; et en particulier celui de l'exotisme : il a été l'ami de Parny; il côtoiera la gloire de Bernardin de Saint-Pierre. La Révolution était déjà là et il s'en est éloigné jusqu'aux savanes américaines où il devait rencontrer Atala.

*Il partait, muni d'une lettre pour Washington, et
aussi d'abondantes lectures — qui iront s'enrichis-
sant — de voyageurs et de missionnaires. Le jésuite
Xavier de Charlevoix, Jonathan Carver, le naturaliste américain Bartram, le naturaliste genevois
Bonnet, Imlay, Mackenzie, lui ont donné le fond
géographique et historique de son idylle et ont
suppléé à tout ce qui manquait à son expérience.
D'où une élaboration mythique. Il est à peu près
certain qu'il est allé jusqu'à ce Niagara, dont le
prestigieux fracas emplira l'épilogue d'*Atala ; *mais
faut-il, en se fiant aux mots imprudents qui
tomberont de sa plume, le suivre jusqu'au Mississippi, jusqu'aux Natchez, — on ne sait où vers les
montagnes Bleues ? A s'en tenir aux textes anté-
rieurs à ces mirages, l'*Essai sur les révolutions*
et l'*Itinéraire de Paris à Jérusalem, on reste au
voisinage du Canada et dans la région des Grands
Lacs : « Je l'ai vu sous les érables de l'Érié, ce
favori de la nature... » — « les bois de l'Amérique...,
la voix de l'Iroquois... » — « Si j'avais étudié avec
tant d'intérêt aux bords de leurs lacs les hordes
américaines... » C'est à peine si l'on descend avec
l'*Itinéraire jusqu'au cours supérieur de l'Ohio.
Troublante constatation.*

*Si *Atala *est sortie des rêves de René, René a
été comme suscité par Atala, et il s'est imaginé
selon son roman, au cours même de sa préparation. A l'armée de Condé sous la tente, à Londres
dans les salons de l'émigration, plus tard chez
Mme de Beaumont, dans les articles qu'il commence à donner à la presse française de l'exil,*

Chateaubriand parle du Nouveau Monde; il fait de fanfaronnes allusions à ses amours indiennes. Sans doute se décrit-il lui-même avec sa longue barbe, ses cheveux flottants, ses peaux d'ours. Si on l'interroge sur la vie des Indiens, il dit leurs mœurs, leurs plats de maïs, ces cimes de canneberges qui assaisonnent si bien les truites. Il prépare à ses camarades des plats à la mode de la prairie. Humaniste et lecteur des Lettres *édifiantes, il compare, selon l'usage, les mœurs indiennes aux mœurs homériques. Il évoque aussi la variété de ce décor qu'un moment suffit à transformer, l'intensité de ses colorations* — « *éclatantes, enveloppées, pénétrées, saturées de lumière* », — *l'infinie richesse de ses nuances,* — « *feu sur du feu, jaune sur du jaune, violet sur du violet* »; *il évoque la grande voix des forêts,* « *chaque feuille parlant un différent langage, chaque brin d'herbe rendant une note particulière* »; *et le lecteur de Bernardin de Saint-Pierre peut reconnaître les harmonies de la nature.*

A travers ces images et ces mensonges poétiques, le souffle d'une vibrante sensibilité. Le jeune chevalier y « *met de l'âme* », *comme à tout. Souffle de sa jeunesse aussi : toute sa jeunesse lui remonte aux lèvres chaque fois qu'il parle de l'Amérique. Ce sont des transports de liberté, le battement de son cœur que plus rien ne comprime. Sensation si puissante qu'elle se termine en douleur : le monde est trop petit pour lui, même ce monde illimité :* « *J'eusse voulu pouvoir dire comme les Grecs :* Et là-bas, la terre inconnue, la mer immense!... » *Tout lui paraîtra bien mesquin, dans cette Europe*

*où il reviendra... Le voyage, de lui-même, invite au
rêve : « Je suis tombé dans cette espèce de rêverie
connue de tous les voyageurs... La rêverie du
voyageur est une sorte de plénitude de cœur et de
vide de tête qui vous laisse jouir en repos de votre
existence. » Autour de lui, dans les fantômes des
troncs d'arbres, dans les cimetières indiens, « les
silences succèdent à des silences ». Des quatre
premiers emplois du mot* romantique *que nous
trouvions sous la plume de Chateaubriand, dans
l'*Essai sur les révolutions, *il en est deux qui
s'appliquent aux paysages ou aux scènes vues au
cours de ce voyage.*

*Mais assurément ses impressions ne se débrouil-
lent pas en lui dès le temps du voyage. Ses idées
suivent un itinéraire aussi incertain et bizarre
que celui qu'il dessine sur la carte. Pêle-mêle elles
s'entassent et se confondent parmi les feuillets d'un
énorme manuscrit dont il rapportera en France une
partie.*

*En 1800, dans la précipitation du retour, il en
laisse les plus volumineuses liasses chez ses hôtes,
dans une malle, ne chargeant son bagage que de
certaines pages d'où sortiront* Atala, René, *plusieurs descriptions du* Génie du christianisme. *Que
restait-il dans la malle abandonnée que retrouveront, sous la Restauration, ses amis de Thuisy? Un
chaos dont il pourra faire plusieurs parts : un*
Voyage en Amérique *et cette épopée des* Natchez,
*rêvée depuis si longtemps, et à laquelle se rattachent
les personnages d'Atala, de Chactas, de René.
Épopée de l'homme de la nature, où le XVIIIe siè-*

cle est encore présent, et où viennent se fondre les divers thèmes du roman exotique.

L'un d'eux est l'histoire du sauvage, Chactas, qui s'est heurté un jour à la vie civilisée, qui a été déconcerté par elle. Un autre, l'odyssée du civilisé, René, qui aspire à renoncer aux mensonges de la civilisation : maints romans du XVIIIe siècle avaient montré de jeunes Français, de jeunes Anglais, réfugiés chez les Illinois et les Abaquis... Éternelle race de René, race inquiète. Et voici encore l'idylle sans espoir, l'amour de l'Européen et de l'Indienne, le malentendu croissant de ces deux êtres toujours étrangers l'un à l'autre, le Français incliné avec une sorte d'épouvante sur le berceau de son enfant nouveau-né, la jeune mère en larmes désespérant de sentir jamais l'âme de cet homme se fondre et se renoncer dans son âme ignorante. Ce sont, par avance, les thèmes de Pierre Loti, — mais d'un Loti préromantique. Ces sauvages sont des rêveurs; ces Indiennes vouées à la douleur d'aimer; tous ces fronts marqués par le malheur, soumis à la force fatale qui émane de René comme de tous les héros du romantisme : « Aimer et souffrir était la fatalité qui s'imposait à quiconque s'approchait de sa personne. » Ces Natchez oublient leur rudesse originelle pour goûter le plaisir de prêcher ou de pleurer.

Chateaubriand va connaître un autre exil. Les événements l'ont rappelé en France le 10 décembre 1791; mais pour quelque temps seulement, pour le temps de se marier et d'emprunter de l'argent. Le 15 juillet 1792, il part avec son frère pour Bruxelles.

Il rejoint l'armée des Princes à Trèves. Sous le poids de son inséparable Homère et de sa jeune Atala, *il s'en va faire, en qualité d'officier-soldat, le siège de Thionville où il est blessé. Atteint de la petite vérole à Verdun, il gagne lamentablement le Luxembourg, puis Namur, puis Bruxelles, puis Southampton et Londres. A l'histoire du René des amours malheureuses va succéder celle du René de la solitude.*

Et aussi de la misère. Il se croit mourant. Il cherche quelque moyen de gagner ce qu'il lui reste de vie. Dans le Suffolk il va donner des leçons de français aux gamins et aux jeunes filles de Beccles et de Bungay. Et là il lui adviendra une de ces aventures qui lui feront imaginer une fatalité attachée à ses pas. Une de ses élèves de Bungay, Miss Charlotte Ives, a une quinzaine d'années, de grands yeux noirs et volontaires. M. de Combourg compose pour elle un plan d'études qu'elle lit, qu'elle relit, qu'elle couvre de notes. Un soir Mrs. Ives voulut entretenir en particulier l'hôte étranger; elle lui parla de Charlotte, des sentiments qu'une mère devine. « Arrêtez, s'écria-t-il, je suis marié. » Brève idylle qui devait avoir un postscriptum lointain, mais qui s'était arrêtée à la première ligne! Toute œuvre romanesque de Chateaubriand sera l'histoire d'un impossible amour.

Avant de mourir, M. de Combourg veut réaliser une de ses ambitions d'écrivain. Il publie à Londres son Essai sur les révolutions. *D'un bout à l'autre de ce livre, à travers un pêle-mêle de jacobins et de spartiates, de vers dorés de Pythagore et de*

*fables de M. de Nivernois, une seule question se
pose : reverrons-nous Paris?* Pour y répondre,
*l'auteur cherche dans les événements de l'Antiquité
une préfiguration de la catastrophe présente. Et
c'est là ce qui donne à cet ouvrage de la trentième
année un sens émouvant. C'est le bégaiement d'un
exilé, son effort maladroit pour déchiffrer la langue
inconnue que parlent maintenant les gens de chez
lui. L'auteur est partout dans son livre.* « Le moi,
avouera-t-il, se retrouve partout dans l'Essai », *et il
s'excusera :* « Si le moi y revient souvent, c'est que
ce livre a d'abord été écrit pour moi, et pour moi
seul... Le moi se fait remarquer chez tous les
auteurs qui, persécutés des hommes, ont passé leur
vie loin d'eux. » *Il est là tout entier, avec l'accent
péremptoire de son âge, avec l'obsession de ses
maîtres — Jean-Jacques, Bernardin de Saint-
Pierre —, avec ses forêts américaines mêlées à ses
souvenirs antiques. Il est dans l'atmosphère de
l'émigration contre laquelle il se défend.*

*Quand il reviendra à ces pages en 1826 pour en
publier une édition alourdie de notes sévères, il
dénoncera sa folie de destruction. Mais il reconnaî-
tra dans son premier livre quelques-uns de ses traits
durables : les traits mêmes de l'exil, indélébiles. Il a
défendu les* « Infortunés » *dans un chapitre où
s'esquisse le futur roman de René : les Infortunés
qui sont les hommes de l'émigration, méconnus ou
ignorés, quand ils ne sont pas condamnés pour le
sacrifice même que leur a inspiré leur sentiment de
l'honneur; regardant, le cœur serré, s'écouler dans le
vide leurs plus belles années stérilement perdues.*

En dépit de l'amour de cette Mme de Belloy, en qui l'on a voulu voir un modèle, vraiment imprévu, de l'Indienne Atala, Chateaubriand est l'un de ces désespérés. Il avait une action à exercer, un message à délivrer. Une révolution s'est produite en lui dont il lui eût été difficile à lui-même de rendre compte et dont il n'a parlé qu'avec maladresse, brouillant les dates, altérant les faits. L'Essai sur les révolutions avait été une œuvre de négation, et, sur un exemplaire confidentiel, l'auteur avait même aggravé ses arguments et son mépris à l'égard de toute foi en Dieu. La religion ne lui paraissait qu'une arme aux mains de la société humaine, une « invention » de la morale. Mais il y voyait en même temps un besoin du cœur de l'homme. Ce cœur est fait pour le mystère que Dieu lui apporte. L'imagination qui se plaît à l'incompréhensible saisit avidement ces choses divines qui la dépassent. Comme les Sauvages, les hommes de tous les temps préfèrent aux vérités claires ce monde obscur qui les enchante de rêves vagues; les ténèbres, les voiles enveloppent les églises de secrets formidables et d'une tendre poésie, déclare l'Essai sur les révolutions aux chapitres XXXVII et XXXVIII de la seconde partie. Contre cette puissance du mystère l'Essai se rebellait. Quel argument! disait-il, nous déclarer que le Grand Être échappe à notre intelligence comme un homme échapperait à celle d'un ciron! Est-ce là de quoi nous confier à Moïse! Et s'il me plaît de m'en tenir là, de refuser de croire à ce que je ne puis comprendre? Laissons ces rêveries aux Barbares sortis de leurs forêts et convertis par

les prestiges d'une grandeur obscure : à « l'homme
des bois », à peine échappé au « spectacle des
déserts, des cavernes, des torrents », de chercher dans
une religion mystérieuse un monde « de murmures,
de fantômes »... Mais lui-même, qui parle avec tant
de hauteur, n'était-il pas hier encore cet « homme
des bois »? Le vagabond de Combourg, le voyageur
d'Amérique arrive tout droit de ce spectacle des
déserts, des torrents. Il feint de proscrire l'imagination, et l'imagination le domine...

Quels que soient les causes et le sens de cette
crise de 1799, une lettre à Fontanes nous interdit
d'en mettre en doute la sincérité. Quand il rentre, en
mai 1800, dans la France du Consulat, l'émigré a
déjà écrit pour une part le livre qui s'appellera
Génie du christianisme, et où Atala et René
s'inséreront bizarrement.

Mais avant de tenter la grande aventure de sa vie
d'écrivain, il détache de son livre futur, le 12 ger-
minal an IX (2 avril 1801), l'épisode d'Atala.
Était-ce crainte d'une édition clandestine? Ou bien,
inconnu du public, se sentait-il partagé entre son
impatience et ses appréhensions, et, s'apercevant
que son Génie tarderait à être au point, mais aussi
que des ouvrages pareils au sien s'ébauchaient ou
s'annonçaient, voulait-il tromper son avidité de
gloire, préparer le public, essayer par avance les
jugements de la critique? Déjà le Mercure de 1800
et de 1801 insérait des pages éparses de l'œuvre à
venir; mais rien de plus opportun qu'une édition

*séparée d'Atala, précédée d'une préface qui serait
une manière de manifeste.*

Il était facile d'extraire ces pages du *Génie : nul
besoin pour lire* Atala *de connaître les chapitres des
Harmonies de la religion dont ce roman sera l'illus-
tration.* Atala *se rattache directement à* René, *et
tous deux au dessein des Natchez; au surplus
l'auteur publiera à part* Atala *et* René *dès 1805;
il les exclura du Génie à partir de 1826. Ce sont
deux récits passionnés qui peuvent se dispenser de
leurs conclusions édifiantes. Les contemporains,
déjà, l'avaient remarqué : certains affectaient de voir
dans* Atala *un récit voltairien.* Atala, *chrétienne
vouée par sa mère à la virginité, s'enfuit avec un
prisonnier qu'elle a délivré, le Natché Chactas;
mais dans leur course à travers les forêts américaines, le remords la porte à une résolution déses-
pérée : elle s'empoisonne; elle mourra sous les yeux
d'un vieux missionnaire, repentante, résignée.
L'amour aux prises avec la religion et vaincu par
elle, n'était-ce pas, Marie-Joseph Chénier le demandait, le sujet de* Zaïre?

Cette peinture idyllique des Sauvages faisait
aussi songer, bien que l'auteur s'en défendît, à
Jean-Jacques. Dans cette religion sans église, primitive et rudimentaire jusque dans ses rites, on pouvait
reconnaître celle du Vicaire savoyard, et la sensibilité du XVIIIe siècle dans ces Indiens attendris.
Cette sensibilité a des reflets suspects; on peut lui
appliquer les mots dont Chactas dépeint le visage
d'Atala : « je ne sais quoi de vertueux et de
passionné ». Elle fait songer à* La Nouvelle

Héloïse, *à* Paul et Virginie. *Si le nez du père
Aubry, dans la première édition, a « quelque
chose... d'aspirant à la tombe par [sa] direction
naturelle vers la terre », ce trait qui fit sourire ne
dut pas surprendre ceux qui connaissaient Bernardin. Il suffit de comparer* Atala *à cette* Odérahi *des*
Veillées américaines *(1795), qui est peut-être sa
« sœur aînée », pour sentir que l'auteur suit une
mode. Cependant* Atala, *le père Aubry ne sont pas
d'imaginaires créatures, une sauvage de Marmontel
ou de Chamfort, un bon vieillard de Bernardin : en*
Atala *chante l'âme de la solitude; le père Aubry
figure dans l'épopée des Missions. Dès 1802, dans
le* Journal des Débats, *l'abbé Guillon révélait
l'original de ce missionnaire, le père Jogues; et
Chateaubriand reconnaissait de bonne grâce ce qu'il
devait à l'*Histoire de la Nouvelle France *de
Charlevoix. Mais il ne devait qu'à lui-même cette
poésie aux teintes somptueuses ou adoucies.*

*Il est facile d'y dénoncer des taches, celles mêmes
des* Natchez, *par exemple ce « style indien » si riche
en étranges périphrases. Mais quelles vétilleuses
chicanes que celles de Morellet! Devant cette phrase
vaporeuse : « Bientôt [la lune] répandit dans les
bois ce grand secret de mélancolie, qu'elle aime à
raconter aux vieux chênes et aux rivages antiques
des mers », il ergotait : « Aucun n'a dit que cette
mélancolie est un secret; et si la lune le raconte,
comment est-ce un secret? » C'est de ce ton morose et
querelleur que le XVIIIe siècle finissant accueillait
le premier livre du XIXe.*

Tous les représentants du siècle passé ne le

*boudèrent pas. La Harpe, Geoffroy applaudirent à
« l'Homère des déserts ». Le public l'adopta sur-le-
champ; on vit Atala parmi les figures de cire de
Curtius; on l'entendit sur une scène du boulevard.*

Maintenant le Génie du christianisme *pouvait
venir.*

*On avait commencé à l'imprimer à Londres en
1799. Auprès de Fontanes et de Joubert, un second
Génie s'ébaucha, dont l'auteur fit suspendre l'impression. En avril 1801 l'œuvre prit enfin sa
physionomie définitive de poétique du christianisme
et elle parut le 14 avril 1802. Au centre, après le
chapitre* Du vague des passions, René *apportait,
en faveur de la religion, l'argument du cœur et de
ses misères. Il combattait le mal de Werther et
prétendait démontrer que la religion en est le seul
remède. Il résumait tous les conseils que le chevalier
de Combourg avait reçus de sa mère : « Ne méprisez
pas tant, dit l'Amélie de* René, *l'expérience et la
sagesse de nos pères... Il vaut mieux ressembler un
peu plus au commun des hommes et avoir un peu
moins de malheur... Il est si aisé de mourir!... Il est
plus difficile de vivre. » L'accent des suprêmes
prières de sa mère, transmises par sa sœur
M*^me^ *de Farcy, résonne dans la conclusion que le
père Souël ajoute au récit de* René : *vous vous êtes,
lui dit-il, « soustrait aux charges de la société pour
[vous] livrer à d'inutiles rêveries... La solitude est
mauvaise à celui qui n'y vit pas avec Dieu ».*

*Cette solitude, François-René de Chateaubriand
l'avait affectée dès l'enfance; et peut-être était-elle*

dans sa nature, mêlée à un besoin d'action. Il n'est
que de comparer les termes de René et ceux des
témoins de cette adolescence aux tristesses précoces :
« Mon humeur était impétueuse, mon caractère
inégal. Tour à tour bruyant et joyeux, silencieux et
triste, je rassemblais autour de moi mes jeunes
compagnons; puis, les abandonnant tout à coup,
j'allais m'asseoir à l'écart, pour contempler la nue
fugitive, ou entendre la pluie tomber sur le feuillage. » C'est ainsi que se décrit René; et les
Mémoires d'outre-tombe *formulent le même dia-*
gnostic de cyclothymie : « Ingénieux à me forger des
souffrances, je m'étais placé entre deux désespoirs.
Quelquefois je ne me croyais qu'un être nul,
incapable de s'élever au-dessus du vulgaire; quelquefois il me semblait sentir en moi des qualités qui
ne seraient jamais appréciées. » *Complexe de supé-*
riorité alternant avec les dépressions du schizo-
phrène. C'est bien dans ce cycle contrasté que l'a vu
l'un de ses camarades de Dinan, Le Court de
Villethasetz, *s'attardant à* « errer pensif, solitaire,
sur les bords de la Rance », *mais y jouant aussi à*
perdre haleine au milieu de « polissons bien heureux ». *Et* Mme *de Vaujuas, née de Boisfévrier, en*
avait autant à conter d'après des souvenirs de
famille : « Il avait une exaltation d'esprit que. loin
de calmer, il voulait accroître. Il ne rêvait que
déserts, solitudes et méditations, se permettant à
peine de sourire et, emporté par son caractère gai,
riant parfois de tout son cœur, malgré qu'il en eût...
Il nous quittait souvent pour aller rêver sur les
rochers et au bord des ruisseaux, où sûrement il

épuisait toute sa mélancolie, car au retour il était fort gai et fort aimable en dépit de lui-même. » Rêver sur les rochers... *C'est de René qu'il sera écrit : « On montre encore un rocher où il allait s'asseoir au soleil couchant. » L'arrivée à Combourg qui fut, disent les* Mémoires, *son « avènement à la solitude », a été suivie de jours semblables à ceux de sa vaine attente de Brest : « Mon esprit se remplissait d'idées vagues sur la société, sur ses biens et ses maux. Je ne sais quelle tristesse me gagnait... » Mais, sous ces « idées vagues », couve un feu. Un vertige le saisit que symbolisera la scène de René sur l'Etna et qui est celui de l'imagination : « En jetant les yeux sur le monde, lit-on encore dans les* Mémoires, *j'avais des vertiges comme lorsqu'on regarde la terre du haut d'une de ces tours qui se perdent dans le ciel. » Une passion sans nom, sans objet, travaille ce René qui « cherche seulement un bien inconnu dont l'instinct le poursuit ».*

Levez-vous vite, orages désirés... *Pour René, l'orage vint de sa sœur Amélie. En fut-il de même pour Chateaubriand et sa sœur Lucile? A son neveu Louis qu'inquiétaient certaines interprétations troubles des* Mémoires d'outre-tombe, *alors en préparation, l'auteur de* René *déclarait, longtemps après, « qu'il n'y avait rien dans ses écrits qui fût de nature à donner atteinte à la pureté de sa sœur et à la sienne ». Il n'en est pas moins vrai qu'Amélie a, de Lucile, l'âme malheureuse, les fiévreuses exaltations, les lueurs de folie. Née quatre ans avant son frère, Lucile de Chateaubriand était, dès l'adolescence, marquée pour la douleur; en 1796, à*

*trente-deux ans, elle épousera M. de Caud, qui en
avait soixante-neuf. Veuve après un an de mariage
qui n'avait été qu'amertume, elle éprouvera auprès
de Chênedollé une autre amertume, celle d'un
impossible amour. Vers 1804, elle perdra la raison;
peut-être mettra-t-elle fin par le suicide à la longue
désillusion de sa vie. Auprès d'elle, le petit chevalier
de Combourg avait joué un rôle de consolateur : « Je
l'ai souvent vue, un bras jeté sur sa tête, rêver
immobile et inanimée; retirée vers son cœur, sa vie
cessait de paraître au-dehors... J'essayais alors de
la consoler, et l'instant d'après je m'abîmais dans
des désespoirs inexplicables. »*

*A la psychanalyse de déterminer ce qui peut
subsister de Lucile en Amélie et de son frère dans
René. L'histoire des lettres se contentera d'observer
que le XVIIIe siècle, en voulant affranchir la
nature et revêtir la passion d'un caractère sacré,
avait réhabilité l'inceste. L'inceste a inspiré toute
une lignée d'œuvres aux Sébastien Mercier, aux
Baculard d'Arnaud, aux Voltaire et aux Ducis.
Chateaubriand indique comme source de* René
*« une vieille ballade de pèlerins », mais c'est le
XVIIIe siècle qui a imposé son sujet à son
imagination. C'est lui aussi qui a fait passer devant
ses yeux des Renés avant* René. *Ils sont dans* La
Nouvelle Héloïse, *dans* Werther; *on a pu entendre
« le jeune d'Olban », le héros de Ramond, appeler
avant* René *les « orages désirés » et l'emphatique
Sébastien Mercier s'écrier comme lui : « Accourez,
tempête, mugissez à travers ces arbres dépouillés. »*

Mais c'est de René *que date le mal du siècle.*

Quand il viendra, dans ses Mémoires, *à l'action de son roman sur les lettres :* « Si René n'existait pas, je ne l'écrirais plus; s'il m'était possible de le détruire, je le détruirais », *confessera Chateaubriand.* « Une famille de Renés poètes et de Renés prosateurs a pullulé : on n'a plus entendu que des phrases lamentables et décousues; il n'a plus été question que de vents et d'orages, que de mots inconnus livrés aux nuages et à la nuit... » *Il n'est pas de grimaud* « qui, dans l'abîme de ses pensées, ne se soit livré au vague de ses passions ». *Fallacieux remords! Pour un poète, inventer une nouvelle souffrance et la répandre sur tout un siècle, cela s'appelle la gloire.*

*　　　　　　　　　**

*　　La gloire est venue lorsque, quatre ans après, Chateaubriand va en chercher une autre en Orient; et notre imagination doit se représenter un autre portrait du poète sur un autre fond d'époque.*

*　　La gloire, — mais aussi l'amour. Pour combien de femmes n'a-t-il pas été* « l'Enchanteur »! *M*me *de Beaumont ne s'était pas encore éteinte, à Rome, après une confession émouvante — figure douloureuse qu'ont encadrée un moment les froides pierres mutilées où les ancolies prennent leurs teintes d'automne —, que déjà la belle Delphine de Custine a fait de son château de Fervacques, de sa grotte et de son cabinet orné de myrtes, un temple pour ce dieu. Elle pouvait se croire encore aimée, qu'il aimait Natalie de Noailles qui sera, à la mort*

de son beau-père, duchesse de Mouchy. *Il lui avait été présenté sans doute par* Mme *de Vintimille, cousine de Natalie. En 1806, s'il part pour l'Orient, c'est avec l'espoir de la retrouver au relais de Grenade. Du moins une page des* Mémoires d'outre-tombe, *longtemps réservée à quelques initiés, le dit assez clairement :* « Mais ai-je tout dit dans l'Itinéraire? Allais-je au tombeau du Christ dans les dispositions du repentir? Une seule pensée remplissait mon âme; je dévorais les moments : sous ma voile impatiente, les regards attachés à l'étoile du soir, je lui demandais l'aquilon pour cingler plus vite. Comme le cœur me battait en abordant les côtes d'Espagne! *Que de malheurs ont suivi ce mystère!* Le soleil les éclaire encore; la raison que je conserve me les rappelle. » *Ces dernières lignes sont une transparente allusion à la démence où* Mme *de Noailles devait sombrer vers 1817 et dont il s'attribue vaguement la faute ou le prestige. Il avait espéré trouver* « de la gloire pour se faire aimer » *à Sparte, à Sion, à Memphis, à Carthage, et* « l'apporter à l'Alhambra ». *C'est* Mme *de Noailles, confie-t-il à* Mme *de Duras un dimanche de l'été 1810,* « qui a inspiré l'Abence-rage ».

Elle a écrit d'Aranjuez, le 18 avril 1807, à Mme *de Vintimille, une lettre qui établit qu'elle était loin de Grenade au moment où il s'y trouvait. Mais au ton même de cette lettre d'une ironie détachée et peut-être insincère, on pourrait soupçonner qu'elle a voulu rendre impénétrable ce* « mystère ». *N'aurait-elle pas daté d'Aranjuez une lettre*

*écrite à Grenade? Adrien de Laval se targuait
d'avoir effacé, dans la cour des lions, sur le marbre
de la fontaine, des noms et des vers relatifs à cet
amoureux épisode; en revanche Hector d'Agoult
prétendait avoir lu, dans ce même Alhambra, deux
lignes écrites dans ce joli cabinet appelé la* Toilette
de la Reine, « *et signées par le dévot pèlerin de
Jérusalem... Une belle duchesse de la cour de
France, ajoutait-il, l'avait en vain attendu et était
retournée à Paris. Voici la traduction : J'ai
traversé les mers pour la voir et je ne l'ai plus
trouvée.* » *Serait-ce là un artifice de plus dans ce jeu
du* « *mystère* » *qui aurait inspiré la lettre datée
d'Aranjuez, et, tour à tour, laissé entrevoir, dissimulé, laissé subsister cependant la page révélatrice
des* Mémoires?

Inquiète, sensible, vulnérable, Blanca fut cette
pazza per amore *dont le destin pouvait incliner le
bel inconstant, épris de l'opéra de Paesiello, aux
remords flatteurs. En septembre 1817, Mme de Duras écrira à Mme Swetchine :* « *Je vous ai montré
les lettres de ma pauvre amie... Vous avez admiré
avec moi la supériorité de son esprit, l'élévation de
ses sentiments, et cette délicatesse, cette fierté blessée,
qui, depuis si longtemps, empoisonnait sa vie, car il
n'y a pas de situation plus cruelle, selon moi, que
de valoir mieux que sa conduite... Elle m'a chargée
de la justifier, de dire qu'elle ne méritait pas
l'abandon où on l'a laissée.* » *Mais on avait déjà
d'autres amours au cœur, ou en tête.*

*Il convient d'ajouter que ce voyage de 1806-1807
avait plus d'une autre intention, d'où la politique*

n'était pas exclue. Le pèlerinage, en lui-même, n'y occupe que peu de place. Il a consacré si peu de jours à la Terre sainte et tant de semaines au Caire et à Tunis! Des deux bouteilles de fer-blanc qu'il rapporte, l'une est pleine d'eau du Nil. L'Itinéraire *et les* Mémoires *passent rapidement sur Alexandrie, Tunis, Carthage; mais il s'est senti en accord avec ces vieux Arabes du rivage qu'il a vus, enveloppés de leur burnous et chantant à voix basse une chanson de la mer. Ce qu'ils cherchent du regard, n'en doutons pas, c'est ce que cherchait Aben-Hamet, ce qui arrêtait Boabdil dans sa fuite au lieu dit le Soupir du More. Il est permis de supposer qu'à sa dernière étape l'Espagne moresque l'a retenu plus que l'Espagne chrétienne. On le devinait à travers l'article qu'il consacrait dans le* Mercure, *quelques mois après son retour, au* Voyage pittoresque de l'Espagne *d'Alexandre de Laborde, frère de M*me *de Noailles. Il y disait de l'Alhambra de Grenade : « Quelque chose de voluptueux, de religieux et de guerrier fait le caractère de ce singulier édifice. » Cette phrase du* Mercure *et d'autres encore se retrouveront dans* Les Aventures du dernier Abencérage : *« Quelque chose de voluptueux, de religieux et de guerrier semblait respirer dans ce cloître de l'amour. »*

*Cette nouvelle gracieuse et douloureuse, Chateaubriand la lisait à Méréville devant M*me *de Noailles. On l'entendait lire aussi par l'auteur dans les salons de ses belles amies. Il l'avait, dit-il, composée à la Vallée-aux-Loups, sans doute entre 1807 et 1810, et devait la garder longtemps en*

manuscrit. *Il lui arriva de la vendre à un libraire,
mais il la dégagea. Elle parut enfin en 1826
au tome XVI des Œuvres complètes. Mais pour
l'éclairer de sa vraie lumière, il faut la replacer
dans les années de l'Empire où le nom de l'Espagne signifiait liberté, résistance à l'Empereur,
et où ceux qui se tournaient vers les choses
d'Espagne — littérature ou histoire — semblaient
faire acte d'indépendance. Dès le 4 juillet 1807,
dans son article sur le* Voyage de Laborde,
*Chateaubriand avait exalté l'Espagne de Sertorius
le révolté, le citoyen obscur qui osa «* lutter contre la
puissance de Sylla *». L'Empereur comprit :* « Je le
ferai sabrer sur les marches des Tuileries! » *Il se
contenta de sabrer le* Mercure.

*Mais comment empêcher l'esprit français de
regarder avec curiosité au-delà des Pyrénées? Le
XVIIIe siècle avait eu ses romans grenadins.
Florian avait conté les aventures de Gonzalve de
Cordoue, il les avait fait précéder d'un* Précis
historique sur les Maures *dont Chateaubriand tire
parti. L'époque impériale a vu paraître des traductions où il puise; elle a vu jouer une pièce dont les
Abencerages sont les héros. Mme Cottin raconte
une sentimentale histoire mauresque,* Mathilde.
L'Abencerage *est une de ces histoires mauresques,
un de ces romans grenadins aux personnages
généreux, héroïques et galants. Chateaubriand y a
enclos ce quelque chose de voluptueux, de religieux
et de guerrier qu'il a respiré en Espagne.*

*Il en a fait aussi un chant de regrets. Aben-
Hamet l'Abencerage et le Français Lautrec tra-*

duisent une égale mélancolie dans les romances qui évoquent leurs pays perdus :

Ma sœur, te souvient-il encore...

Mais un sentiment est, en eux, plus fort que ces faiblesses du cœur : l'honneur, la fidélité. Il élève entre ces êtres d'insurmontables obstacles, et d'abord l'obstacle des religions qui, parmi d'autres, avait séparé de Charlotte Ives l'émigré du Suffolk. Entre Chactas et Atala il se dressait de même, Atala et Aben-Hamet ont fait les mêmes sacrifices à une loi de conscience que les épreuves de la Révolution venaient de rendre plus sacrée que jamais.

Ces deux êtres qui sont aujourd'hui des fantômes poétiques perdus au-delà du romantisme, dans cette zone indécise où les dernières guitares du genre troubadour et les derniers accords des Indes Galantes *accompagnent les dernières romances du temps dont on a « douce souvenance », ont été des êtres vivants. Des yeux de vingt ans ont pleuré sur leurs malheurs. Des traducteurs, des traductrices leur ont fait parler toutes les langues. Sur son journal de route, quittant à Ferrare la duchesse de Berry — cette héroïne d'une de ces équipées où le romanesque de l'époque jetait maintes « lionnes » —, Chateaubriand notait, avec cette pointe d'ironie qui dissimulait une pointe de fatuité : « Des dames, toutes sans doute d'une rare beauté, ont prêté la langue d'Angélique et d'Aquilan le Noir à la Floridienne Atala et au More Aben-Hamet. »*

*

*La Floridienne et le More, et René aussi,
dirigent le lecteur vers les voies où est engagé le
génie de Chateaubriand.* Atala *vers* Les Natchez,
vers le Voyage en Amérique; Le Dernier Abencerage *vers l'*Itinéraire de Paris à Jérusalem. *Et c'est
avec* René *que s'ouvre l'œuvre qui emplira désormais toute une vie, dont le dessein va se former et se
formuler l'année suivante, ce poème d'un homme et
d'une époque, que sont les* Mémoires *d'outre-
tombe. La meilleure façon de lire* René, *c'est
d'avoir les* Mémoires *auprès de soi, d'aller de ceux-ci
à celui-là, de celui-là à ceux-ci, en un entrecroise-
ment perpétuel de thèmes; de noter les accords et les
orchestrations qui font d'une monodie désenchantée
un large chœur où le moi s'accompagne de toutes les
catastrophes du siècle. Déjà l'*Essai sur les révolutions *en annonçait les âpres accents. Et dans la
toute première version du* Génie du christianisme,
celle de Londres, des passages figuraient dont René
tirera parti. Mais ce sont les Mémoires *d'outre-
tombe qui porteront à leur suprême puissance ces
sentiments et ces pensées. Les* Mémoires *et* René
composent un A la recherche des horizons perdus.
*Ils ne sont pas indépendants de l'espace : leur
auteur a pris soin de préciser où est fait le récit, le
cadre où se situe le narrateur. Il est vrai que, dans*
René, *les lieux sont rarement désignés : l'Etna;
l'Écosse sous le vocable antique et noble de Calédonie; « l'ancienne et riante Italie »; Rome; la Grèce :
autant de pays que Chateaubriand n'a pas encore*

*vus. Il semble que son imagination ait, alors, besoin
de l'inconnu, du dépaysement. Elle vit de désir ou
de pressentiment plutôt que de souvenirs. Il n'empêche qu'à travers l'évocation du pays de René nous
reconnaissons la Bretagne de Chateaubriand. René,
comme les Mémoires, se détache sur les paysages
bretons. René et le Chateaubriand des Mémoires
sont les élèves de flots, de vents, de bois. Ils en
resteront comme envoûtés.*

*Envoûtés par les vents dont ils diront : « Quand
le vent souffle je ne suis amoureux que de lui »;
envoûtés par les bois, ces derniers vestiges de la forêt
de Brocéliande, dont René retrouve l'image dans les
bois d'Amérique où l'entraîne sa mélancolie.
Autour des forêts, la guirlande des bruyères bre-
tonnes. Car la solitude de Chateaubriand et de René
aspire aux bruyères de Velléda. Elles sont pour eux
les déserts d'Ossian. René, qui les a cherchées dans
la « Calédonie » ossianesque, les cherche encore, à
son retour dans sa province. Plus étrangement
Aben-Hamet les reconnaît en Andalousie.*

*Mais ce qui compose le fond vivant du paysage
breton, son âme, l'être le plus réel de cette terre
fantomatique, c'est la mer. Elle ne se rencontre pas
dans les promenades du frère et de la sœur; mais
elle est un besoin de l'âme d'Amélie; c'est en face
d'elle que René fera ses adieux au couvent de sa
sœur, tandis que, de la fenêtre de sa cellule, elle la
contemplera. C'est que Chateaubriand est un fils de
la mer; elle est vraiment une personne avec laquelle
il lutte ou il joue. Elle est le chemin des explora-
tions, des évasions, des exils.*

Son premier exil, il le fait remonter bien haut : au temps où il fut mis en nourrice. Il dit dans René *: « Livré de bonne heure à des mains étrangères, je fus élevé loin du toit paternel. » De cette simple phrase, les* Mémoires *feront cette romantique image de précoce proscription : « En sortant du sein de ma mère, je subis mon premier exil : on me relégua à Plancoët. » Mais lui-même fuit, et se fuit. Il va vers les lieux chargés de souvenirs et de rêve. Si René pousse jusqu'à la « Calédonie », c'est surtout pour retrouver Ossian et les fantômes ossianesques : « Sur les monts de la Calédonie, le dernier barde qu'on ait ouï dans ces déserts me chanta les poèmes dont un héros consolait jadis sa vieillesse. » René dit encore : « Je recherchai surtout dans mes voyages les artistes et les hommes divins qui chantent les Dieux sur la lyre. » Ce qui signifie qu'il est, comme l'auteur des* Mémoires, *en quête d'œuvres de beauté et qu'il veut respirer au pays des poètes.*

*Cette vie de voyageur ne peut encore apparaître que par anticipation dans les pages sur la jeunesse de René. Mais on y découvre la genèse d'une vocation. Chateaubriand, ou René, se sent né pour le voyage, au sens propre ou figuré. Quand ils regardent les oiseaux migrateurs, un secret instinct les tourmente : « Je sentais que je n'étais moi-même qu'un voyageur... » Et l'*Itinéraire de Paris à Jérusalem *nous parle aussi de ce « secret instinct » avec lequel l'enfant de Combourg suivait, pénétré de « je ne sais quel plaisir triste », le vol des hirondelles en automne.*

*A travers le monde, comme dans ses bruyères
natales, il s'est enivré de tout ce qui est vie et beauté
des êtres et des choses : des plantes, des animaux. Il
est ce vagabond tout parfumé du printemps de
Bretagne. Il y a tout un herbier dans son œuvre,
fidèle à ses « premières anthologies »; et aussi toute
une volière. Chateaubriand et les hirondelles : c'est
une histoire charmante et mélancolique, qui commence avec* René *et qui se retrouve à chaque étape :
jusque dans une romance du* Dernier Abencerage;
dans la chambre du ministre disgracié — selon Le
Congrès de Vérone; *à l'escale de Jaffa — selon*
l'Itinéraire; *sur une route d'Allemagne, à Bischofs-
heim. La nature a des joies inépuisables.*

René, *comme les* Mémoires, *la saisit dans ses
couleurs et ses lumières. Lumières d'intérieur
comme celles de la maison de René, lors de sa
dernière visite au foyer paternel; comme ce clair-
obscur de la grande salle de Combourg, aux longues
soirées. Lumières lunaires dans* René, *dans les*
Mémoires. *Chateaubriand est bien le frère de cette
Lucile qui a adressé à la lune un de ses exquis
petits poèmes en prose.*

*Ces lumières et ces formes, le poète les voit en
œuvres d'art, les compose. Ainsi dans ces tableaux
de* René : « A l'occident, le Meschacebé roulait ses
ondes dans un silence magnifique, et *formait la
bordure du tableau... » — « La tempête sur les
flots, le calme dans ta retraite... tout ce* tableau est
encore profondément gravé *dans ma mémoire. »
C'est aussi comme un « tableau » en raccourci, dans
un effet de perspective, dans une « vue perpendicu-*

laire » soulignée par le cadre de « la mer déroulée au loin dans les espaces », que René voit la Sicile du haut de l'Etna. Paysages de peintre comme il s'en trouve à tout moment dans les Mémoires. *Tableaux de genre aussi qui parfois se retrouvent, symétriques, de* René *aux* Mémoires : *départ de flotte peint dans* René, *retour de flotte en rade qui anime le second livre des* Mémoires *de sa pittoresque allégresse.*

Le génie plastique de Chateaubriand va jusqu'à réaliser les pensées en visions d'art. Un bas-relief, une statue lui servira à traduire une idée. Les sons y ajoutent leurs « incantations », — c'est là le titre d'un chapitre des Mémoires. *Des bruits mystérieux réveillent les vagues terreurs du temps de Combourg, — par exemple dans la vieille demeure abandonnée où la présence de René résonne dans le vide. Les* Harmonies de la nature *de Bernardin de Saint-Pierre ont fait entendre toute la musique de la création; et celle des arbres agités par le vent y compose une basse continue, à travers laquelle le Breton Chateaubriand veut imaginer la présence invisible des vagues...*

La musique leur est si essentielle à tous deux, à l'auteur et à son personnage, qu'ils emploient d'instinct des images musicales pour exprimer les idées d'ordre moral, un sentiment, une passion. « Je chante, dit l'auteur au moment d'aborder le thème de Combourg, les premiers couplets d'une complainte qui ne charmera que moi; demandez au pâtre du Tyrol pourquoi il se plaît aux trois ou quatre notes *qu'il répète aux chèvres, notes de montagne jetées d'écho en écho pour retentir du bord d'un torrent au bord opposé.* » *Et son personnage compare les sensations inexprimables aux résonances qui ne peuvent sortir de la solitude où elles retentirent :* « *Comment exprimer cette foule de sensations fugitives que j'éprouvais dans mes promenades? Les sons que rendent les passions dans le vide d'un cœur solitaire, ressemblent au murmure que les vents et les eaux font entendre dans le silence d'un désert : on en jouit, mais on ne peut les peindre.* » — « *Notre cœur, dit encore René, est un instrument incomplet, une lyre où il manque des cordes, et où nous sommes forcés de rendre les accents de la joie sur le ton consacré aux soupirs.* »

C'est ainsi que les sensations dépassent le domaine même des sens. Elles entrent dans la vie de l'esprit et du cœur. Elles appartiennent à un univers de figurations où vit l'auteur de René. *Les paysages, les sites, les attitudes deviennent des états d'âme :* « *Un jeune homme plein de passions, assis sur la bouche d'un volcan, et pleurant sur les mortels dont à peine il voyait à ses pieds les demeures, n'est sans doute, ô vieillards, qu'un objet digne de votre pitié; mais, quoi que vous puissiez penser de René, ce tableau vous offre l'image de son caractère et de son existence : c'est ainsi que toute ma vie j'ai eu devant les yeux une création à la fois immense et imperceptible, et un abîme ouvert à mes côtés.* » *S'agit-il du prétendu* « *gouffre* » *de Pascal? Ou d'une composition allégorique de style Empire? Voyons-y plutôt un de ces reflets réciproques du monde extérieur et du monde intérieur par lesquels, à la fin du siècle, tant de paysages se transfigureront en symboles.*

Paysage extérieur, paysage intérieur : un halo verlainien enveloppe de poésie cette double réalité. Amélie, du fond de son couvent, entend gronder les orages : « l'oiseau de mer vient battre des ailes à [sa] fenêtre »; et elle se regarde comme une pauvre colombe du ciel qui a eu le bonheur de trouver un abri contre la tempête : c'est là comme le premier coup d'archet d'un poème de Sagesse *où l'âme est une mouette perdue sur l'océan :*

> Je ne sais pourquoi
> Mon esprit amer
> D'une aile inquiète et folle vole sur la mer.

Les créatures visibles sont si étroitement unies à un sens spirituel qu'elles deviennent des intersignes chargés de prémonitions : cette vague croyance à la valeur symbolique de chaque réalité concrète explique l'effroi de René penché sur le ruisseau où il effeuille une branche de saule en attachant une idée à chaque feuille entraînée par le courant. Il y a une sorte de magie au fond du symbolisme. Il est comme la forme poétique de la sorcellerie.

A ce symbolisme de l'espace le temps ajoute ses profondeurs et ses vertiges. René, *comme les* Mémoires d'outre-tombe, *est le livre des regrets. Ici comme là le regard jeté sur le passé découvre un printemps perdu : « ... la délectable mélancolie des souvenirs de ma première enfance », dit* René. *Et chaque heure est un pas sur la route sans retour.*

L'heure qui frappe à coups mesurés et le tire de ses réflexions dans la cathédrale gothique lui rappelle le temps et que « chaque heure dans la société ouvre un tombeau », René répète là Lucile telle que les Mémoires *nous la font connaître : « Sur un palier de l'escalier » une pendule « sonnait [...] le temps au silence »; et chaque fois que les deux aiguilles unies marquaient « dans leur conjonction formidable » le partage de minuit, elle était assise sur l'escalier au pied du cadran, le regardait à la lueur de sa lampe posée à terre, et écoutait les bruits « qui lui révélaient des trépas lointains ».*

Ainsi s'entrelacent le romanesque et les souvenirs. C'est en relisant les Mémoires d'outre-tombe *que l'on rendra à ces trois chants qui risquent d'aller s'éteignant dans l'histoire des modes et des générations leur sève vivante. Comme René est fait des dérélictions d'un homme qui a réellement existé,* Atala *est sortie de ses voyages et de ses amours imaginaires, et l'Abencerage d'autres voyages encore, et d'autres amours.*

Pierre Moreau

Atala

PROLOGUE

La France possédait autrefois, dans l'Amérique septentrionale, un vaste empire qui s'étendait depuis le Labrador jusqu'aux Florides, et depuis les rivages de l'Atlantique jusqu'aux lacs les plus reculés du haut Canada.

Quatre grands fleuves, ayant leurs sources dans les mêmes montagnes, divisaient ces régions immenses : le fleuve Saint-Laurent qui se perd à l'est dans le golfe de son nom, la rivière de l'Ouest qui porte ses eaux à des mers inconnues, le fleuve Bourbon qui se précipite du midi au nord dans la baie d'Hudson, et le Meschacebé[a] qui tombe du nord au midi, dans le golfe du Mexique.

Ce dernier fleuve, dans un cours de plus de mille lieues, arrose une délicieuse contrée que les habitants des États-Unis appellent le nouvel Éden, et à laquelle les Français ont laissé le doux

---

a. Vrai nom du Mississipi ou Meschassipi.
(Note de l'éditeur : les notes a, b, c, figurant en bas de page sont de Chateaubriand. Celles numérotées 1, 2, ... renvoient à l'annotation figurant en fin de volume.)

nom de Louisiane. Mille autres fleuves, tribu-
taires du Meschacebé, le Missouri, l'Illinois,
l'Akanza, l'Ohio, le Wabache, le Tenase, l'en-
graissent de leur limon et la fertilisent de leurs
eaux. Quand tous ces fleuves se sont gonflés des
déluges de l'hiver, quand les tempêtes ont abattu
des pans entiers de forêts, les arbres déracinés
s'assemblent sur les sources. Bientôt les vases les
cimentent, les lianes les enchaînent, et des
plantes y prenant racine de toutes parts,
achèvent de consolider ces débris. Charriés par les
vagues écumantes, ils descendent au Meschacebé.
Le fleuve s'en empare, les pousse au golfe
Mexicain, les échoue sur des bancs de sable et
accroît ainsi le nombre de ses embouchures. Par
intervalle, il élève sa voix, en passant sous les
monts, et répand ses eaux débordées autour des
colonnades des forêts et des pyramides des
tombeaux indiens; c'est le Nil des déserts. Mais la
grâce est toujours unie à la magnificence dans les
scènes de la nature : tandis que le courant du
milieu entraîne vers la mer les cadavres des pins
et des chênes, on voit sur les deux courants
latéraux remonter le long des rivages, des îles
flottantes de pistia et de nénuphar, dont les roses
jaunes s'élèvent comme de petits pavillons. Des
serpents verts, des hérons bleus, des flammants
roses, de jeunes crocodiles s'embarquent passa-
gers sur ces vaisseaux de fleurs, et la colonie,
déployant au vent ses voiles d'or, va aborder
endormie dans quelque anse retirée du fleuve.

Les deux rives du Meschacebé présentent le

tableau le plus extraordinaire[1]. Sur le bord
occidental, des savanes se déroulent à perte de
vue; leurs flots de verdure, en s'éloignant, semblent monter dans l'azur du ciel où ils s'éva-
nouissent. On voit dans ces prairies sans bornes
errer à l'aventure des troupeaux de trois ou
quatre mille buffles sauvages. Quelquefois un
bison chargé d'années, fendant les flots à la nage,
se vient coucher parmi de hautes herbes, dans
une île du Meschacebé. A son front orné de deux
croissants, à sa barbe antique et limoneuse, vous
le prendriez pour le dieu du fleuve, qui jette un
œil satisfait sur la grandeur de ses ondes, et la
sauvage abondance de ses rives.

Telle est la scène sur le bord occidental; mais
elle change sur le bord opposé, et forme avec la
première un admirable contraste. Suspendus sur
le cours des eaux, groupés sur les rochers et sur
les montagnes, dispersés dans les vallées, des
arbres de toutes les formes, de toutes les couleurs,
de tous les parfums, se mêlent, croissent
ensemble, montent dans les airs à des hauteurs
qui fatiguent les regards. Les vignes sauvages, les
bignonias, les coloquintes, s'entrelacent au pied
de ces arbres, escaladent leurs rameaux, grimpent
à l'extrémité des branches, s'élancent de l'érable
au tulipier, du tulipier à l'alcée, en formant mille
grottes, mille voûtes, mille portiques. Souvent
égarées d'arbre en arbre, ces lianes traversent des
bras de rivières, sur lesquels elles jettent des
ponts de fleurs. Du sein de ces massifs, le magnolia
élève son cône immobile; surmonté de ses larges

roses blanches, il domine toute la forêt, et n'a d'autre rival que le palmier, qui balance légèrement auprès de lui ses éventails de verdure.

Une multitude d'animaux placés dans ces retraites par la main du Créateur, y répandent l'enchantement et la vie[2]. De l'extrémité des avenues, on aperçoit des ours enivrés de raisins[3], qui chancellent sur les branches des ormeaux; des caribous se baignent dans un lac; des écureuils noirs se jouent dans l'épaisseur des feuillages; des oiseaux-moqueurs, des colombes de Virginie de la grosseur d'un passereau, descendent sur les gazons rougis par les fraises; des perroquets verts à tête jaune, des piverts empourprés, des cardinaux de feu, grimpent en circulant au haut des cyprès; des colibris étincellent sur le jasmin des Florides, et des serpents-oiseleurs sifflent suspendus aux dômes des bois, en s'y balançant comme des lianes.

Si tout est silence et repos dans les savanes de l'autre côté du fleuve, tout ici, au contraire, est mouvement et murmure : des coups de bec contre le tronc des chênes, des froissements d'animaux qui marchent, broutent ou broient entre leurs dents les noyaux des fruits, des bruissements d'ondes, de faibles gémissements, de sourds meuglements, de doux roucoulements remplissent ces déserts d'une tendre et sauvage harmonie. Mais quand une brise vient à animer ces solitudes, à balancer ces corps flottants, à confondre ces masses de blanc, d'azur, de vert, de rose, à mêler toutes les couleurs, à réunir tous les

murmures; alors il sort de tels bruits du fond des
forêts, il se passe de telles choses aux yeux, que
j'essaierais en vain de les décrire à ceux qui n'ont
point parcouru ces champs primitifs de la nature.

Après la découverte du Meschacebé par le
P. Marquette [4] et l'infortuné La Salle [5], les premiers
Français qui s'établirent au Biloxi [6] et à la
Nouvelle-Orléans, firent alliance avec les Natchez [7], nation Indienne, dont la puissance était
redoutable dans ces contrées. Des querelles et des
jalousies ensanglantèrent dans la suite la terre de
l'hospitalité. Il y avait parmi ces Sauvages un
vieillard nommé Chactas [a], qui, par son âge, sa
sagesse, et sa science dans les choses de la vie,
était le patriarche et l'amour des déserts. Comme
tous les hommes, il avait acheté la vertu par
l'infortune. Non seulement les forêts du Nouveau-Monde furent remplies de ses malheurs,
mais il les porta jusque sur les rivages de la
France. Retenu aux galères à Marseille par une
cruelle injustice, rendu à la liberté, présenté à
Louis XIV, il avait conversé avec les grands
hommes de ce siècle et assisté aux fêtes de
Versailles, aux tragédies de Racine, aux oraisons
funèbres de Bossuet, en un mot, le Sauvage avait
contemplé la société à son plus haut point de
splendeur.

Depuis plusieurs années, rentré dans le sein de
sa patrie, Chactas jouissait du repos. Toutefois le
ciel lui vendait encore cher cette faveur; le
vieillard était devenu aveugle. Une jeune fille

_a._ La voix harmonieuse.

l'accompagnait sur les coteaux du Meschacebé, comme Antigone guidait les pas d'Œdipe sur le Cythéron, ou comme Malvina conduisait Ossian sur les rochers de Morven[8].

Malgré les nombreuses injustices que Chactas avait éprouvées de la part des Français, il les aimait. Il se souvenait toujours de Fénelon, dont il avait été l'hôte, et désirait pouvoir rendre quelque service aux compatriotes de cet homme vertueux. Il s'en présenta une occasion favorable. En 1725, un Français, nommé René, poussé par des passions et des malheurs, arriva à la Louisiane. Il remonta le Meschacebé jusqu'aux Natchez et demanda à être reçu guerrier de cette nation. Chactas l'ayant interrogé, et le trouvant inébranlable dans sa résolution, l'adopta pour fils, et lui donna pour épouse une Indienne appelée Céluta. Peu de temps après ce mariage, les Sauvages se préparèrent à la chasse du castor.

Chactas, quoique aveugle, est désigné par le conseil des Sachems[a] pour commander l'expédition, à cause du respect que les tribus indiennes lui portaient. Les prières et les jeûnes commencent : les Jongleurs interprètent les songes; on consulte les Manitous; on fait des sacrifices de petun; on brûle des filets de langue d'orignal[9]; on examine s'ils pétillent dans la flamme, afin de découvrir la volonté des Génies; on part enfin, après avoir mangé le chien sacré. René est de la troupe. A l'aide des contre-courants, les pirogues remontent le Meschacebé, et entrent dans le lit de

a. Vieillards ou conseillers.

l'Ohio. C'est en automne. Les magnifiques déserts
du Kentucky se déploient aux yeux étonnés du
jeune Français. Une nuit, à la clarté de la lune,
tandis que tous les Natchez dorment au fond de
leurs pirogues, et que la flotte indienne, élevant
ses voiles de peaux de bêtes, fuit devant une
légère brise, René, demeuré seul avec Chactas, lui
demande le récit de ses aventures. Le vieillard
consent à le satisfaire, et assis avec lui sur la
poupe de la pirogue, il commence en ces mots :

LE RÉCIT [10]

LES CHASSEURS

« C'est une singulière destinée, mon cher fils, que celle qui nous réunit. Je vois en toi l'homme civilisé qui s'est fait sauvage; tu vois en moi l'homme sauvage, que le grand Esprit (j'ignore pour quel dessein) a voulu civiliser. Entrés l'un et l'autre dans la carrière de la vie par les deux bouts opposés, tu es venu te reposer à ma place, et j'ai été m'asseoir à la tienne : ainsi nous avons dû avoir des objets une vue totalement différente. Qui, de toi ou de moi, a le plus gagné ou le plus perdu à ce changement de position? C'est ce que savent les Génies dont le moins savant a plus de sagesse que tous les hommes ensemble.

« A la prochaine lune des fleurs [a], il y aura sept fois dix neiges, et trois neiges de plus [b], que ma mère me mit au monde, sur les bords du Meschacebé. Les Espagnols s'étaient depuis peu

a. Mois de mai.
b. Neige pour année, 73 ans.

établis dans la baie de Pensacola, mais aucun
blanc n'habitait encore la Louisiane. Je comptais
à peine dix-sept chutes de feuilles, lorsque je
marchai avec mon père, le guerrier Outalissi,
contre les Muscogulges[11], nation puissante des
Florides. Nous nous joignîmes aux Espagnols nos
alliés, et le combat se donna sur une des branches
de la Maubile[12]. Areskoui[a] et les Manitous ne
nous furent pas favorables. Les ennemis triom-
phèrent ; mon père perdit la vie ; je fus blessé
deux fois en le défendant. Oh ! que ne descendis-
je alors dans le pays des âmes[b], j'aurais évité les
malheurs qui m'attendaient sur la terre ! Les
Esprits en ordonnèrent autrement : je fus
entraîné par les fuyards à Saint-Augustin[13].

« Dans cette ville, nouvellement bâtie par les
Espagnols, je courais le risque d'être enlevé pour
les mines de Mexico, lorsqu'un vieux Castillan,
nommé Lopez, touché de ma jeunesse et de ma
simplicité, m'offrit un asile, et me présenta à une
sœur avec laquelle il vivait sans épouse.

« Tous les deux prirent pour moi les sentiments
les plus tendres. On m'éleva avec beaucoup de
soin, on me donna toutes sortes de maîtres. Mais
après avoir passé trente lunes à Saint-Augustin,
je fus saisi du dégoût de la vie des cités. Je
dépérissais à vue d'œil : tantôt je demeurais
immobile pendant des heures, à contempler la
cime des lointaines forêts ; tantôt on me trouvait
assis au bord d'un fleuve, que je regardais

_a._ Dieu de la guerre.
_b._ Les enfers.

tristement couler. Je me peignais les bois à travers lesquels cette onde avait passé, et mon âme était toute entière à la solitude.

« Ne pouvant plus résister à l'envie de retourner au désert, un matin je me présentai à Lopez, vêtu de mes habits de Sauvage, tenant d'une main mon arc et mes flèches, et de l'autre mes vêtements européens. Je les remis à mon généreux protecteur, aux pieds duquel je tombai, en versant des torrents de larmes. Je me donnai des noms odieux, je m'accusai d'ingratitude : « Mais enfin, lui dis-je, ô mon père, tu le vois toi-même : je meurs, si je ne reprends la vie de l'Indien. »

« Lopez, frappé d'étonnement, voulut me détourner de mon dessein. Il me représenta les dangers que j'allais courir, en m'exposant à tomber de nouveau entre les mains des Muscogulges. Mais voyant que j'étais résolu à tout entreprendre, fondant en pleurs, et me serrant dans ses bras : « Va, s'écria-t-il, enfant de la nature! reprends cette indépendance de l'homme que Lopez ne te veut point ravir. Si j'étais plus jeune moi-même, je t'accompagnerais au désert (où j'ai aussi de doux souvenirs)! et je te remettrais dans les bras de ta mère. Quand tu seras dans tes forêts, songe quelquefois à ce vieil Espagnol qui te donna l'hospitalité, et rappelle-toi, pour te porter à l'amour de tes semblables, que la première expérience que tu as faite du cœur humain, a été tout en sa faveur. » Lopez finit par une prière au Dieu des Chrétiens, dont j'avais refusé d'embrasser le culte, et nous nous quittâmes avec des sanglots.

« Je ne tardai pas à être puni de mon ingratitude. Mon inexpérience m'égara dans les bois, et je fus pris par un parti de Muscogulges et de Siminoles[14], comme Lopez me l'avait prédit. Je fus reconnu pour Natché, à mon vêtement et aux plumes qui ornaient ma tête. On m'enchaîna, mais légèrement, à cause de ma jeunesse. Simaghan, le chef de la troupe, voulut savoir mon nom; je répondis : « Je m'appelle Chactas, fils d'Outalissi, fils de Miscou, qui ont enlevé plus de cent chevelures aux héros Muscogulges. » Simaghan me dit : « Chactas, fils d'Outalissi, fils de Miscou, réjouis-toi; tu seras brûlé au grand village. » Je repartis : « Voilà qui va bien »; et j'entonnai ma chanson de mort.

« Tout prisonnier que j'étais, je ne pouvais, durant les premiers jours, m'empêcher d'admirer mes ennemis. Le Muscogulge, et surtout son allié le Siminole, respire la gaieté, l'amour, le contentement. Sa démarche est légère, son abord ouvert et serein. Il parle beaucoup et avec volubilité; son langage est harmonieux et facile. L'âge même ne peut ravir aux Sachems cette simplicité joyeuse : comme les vieux oiseaux de nos bois, ils mêlent encore leurs vieilles chansons aux airs nouveaux de leur jeune postérité.

« Les femmes qui accompagnaient la troupe témoignaient pour ma jeunesse une pitié tendre et une curiosité aimable. Elles me questionnaient sur ma mère, sur les premiers jours de ma vie;

elles voulaient savoir si l'on suspendait mon
berceau de mousse aux branches fleuries des
érables, si les brises m'y balançaient, auprès du
nid des petits oiseaux. C'était ensuite mille autres
questions sur l'état de mon cœur : elles me
demandaient si j'avais vu une biche blanche dans
mes songes, et si les arbres de la vallée secrète
m'avaient conseillé d'aimer. Je répondais avec
naïveté aux mères, aux filles et aux épouses des
hommes. Je leur disais : « Vous êtes les grâces du
jour, et la nuit vous aime comme la rosée.
L'homme sort de votre sein pour se suspendre à
votre mamelle et à votre bouche; vous savez des
paroles magiques qui endorment toutes les douleurs. Voilà ce que m'a dit celle qui m'a mis au
monde, et qui ne me reverra plus! Elle m'a dit
encore que les vierges étaient des fleurs mystérieuses qu'on trouve dans les lieux solitaires. »

« Ces louanges faisaient beaucoup de plaisir
aux femmes; elles me comblaient de toute sorte
de dons; elles m'apportaient de la crème de noix,
du sucre d'érable, de la sagamité [a], des jambons
d'ours, des peaux de castors, des coquillages pour
me parer, et des mousses pour ma couche. Elles
chantaient, elles riaient avec moi, et puis elles se
prenaient à verser des larmes, en songeant que je
serais brûlé.

« Une nuit que les Muscogulges avaient placé
leur camp sur le bord d'une forêt, j'étais assis
auprès du *feu de la guerre*, avec le chasseur
commis à ma garde. Tout à coup j'entendis le

a. Sorte de pâte de maïs.

murmure d'un vêtement sur l'herbe, et une
femme à demi voilée vint s'asseoir à mes côtés.
Des pleurs roulaient sous sa paupière; à la lueur
du feu un petit crucifix d'or brillait sur son sein.
Elle était régulièrement belle; l'on remarquait
sur son visage [15] je ne sais quoi de vertueux et de
passionné, dont l'attrait était irrésistible. Elle
joignait à cela des grâces plus tendres; une
extrême sensibilité, unie à une mélancolie profonde, respirait dans ses regards; son sourire était
céleste.

« Je crus que c'était la *Vierge des dernières
amours*, cette vierge qu'on envoie au prisonnier
de guerre, pour enchanter sa tombe. Dans cette
persuasion, je lui dis en balbutiant, et avec un
trouble qui pourtant ne venait pas de la crainte
du bûcher : « Vierge, vous êtes digne des premières amours, et vous n'êtes pas faite pour les
dernières. Les mouvements d'un cœur qui va
bientôt cesser de battre répondraient mal aux
mouvements du vôtre. Comment mêler la mort et
la vie? Vous me feriez trop regretter le jour.
Qu'un autre soit plus heureux que moi, et que de
longs embrassements unissent la liane et le
chêne! »

« La jeune fille me dit alors : « Je ne suis point
la *Vierge des dernières amours*. Es-tu chrétien? »
Je répondis que je n'avais point trahi les génies
de ma cabane. A ces mots, l'Indienne fit un
mouvement involontaire. Elle me dit : « Je te
plains de n'être qu'un méchant idolâtre. Ma mère
m'a fait chrétienne; je me nomme Atala, fille de

Simaghan aux bracelets d'or, et chef des guerriers de cette troupe. Nous nous rendons à Apalachucla où tu seras brûlé. » En prononçant ces mots, Atala se lève et s'éloigne. »

Ici Chactas fut contraint d'interrompre son récit. Les souvenirs se pressèrent en foule dans son âme; ses yeux éteints inondèrent de larmes ses joues flétries : telles deux sources, cachées dans la profonde nuit de la terre, se décèlent par les eaux qu'elles laissent filtrer entre les rochers.

« O mon fils, reprit-il enfin, tu vois que Chactas est bien peu sage, malgré sa renommée de sagesse. Hélas, mon cher enfant, les hommes ne peuvent déjà plus voir, qu'ils peuvent encore pleurer! Plusieurs jours s'écoulèrent; la fille du Sachem revenait chaque soir me parler. Le sommeil avait fui de mes yeux, et Atala était dans mon cœur, comme le souvenir de la couche de mes pères.

« Le dix-septième jour de marche, vers le temps où l'éphémère sort des eaux, nous entrâmes sur la grande savane Alachua. Elle est environnée de coteaux qui, fuyant les uns derrière les autres, portent, en s'élevant jusqu'aux nues, des forêts étagées de copalmes[16], de citronniers, de magnolias et de chênes-verts. Le chef poussa le cri d'arrivée, et la troupe campa au pied des collines. On me relégua à quelque distance, au bord d'un de ces *puits naturels*, si fameux dans les Florides. J'étais attaché au pied d'un arbre; un guerrier veillait impatiemment auprès de moi. J'avais à peine passé quelques

instants dans ce lieu, qu'Atala parut sous les
liquidambars de la fontaine. « Chasseur, dit-elle
au héros muscogulge, si tu veux poursuivre le
chevreuil, je garderai le prisonnier. » Le guerrier
bondit de joie à cette parole de la fille du chef; il
s'élance du sommet de la colline et allonge ses pas
dans la plaine.

« Étrange contradiction du cœur de l'homme!
Moi qui avais tant désiré de dire les choses du
mystère à celle que j'aimais déjà comme le soleil,
maintenant interdit et confus, je crois que j'eusse
préféré d'être jeté aux crocodiles de la fontaine,
à [17] me trouver seul ainsi avec Atala. La fille du
désert était aussi troublée que son prisonnier;
nous gardions un profond silence; les génies de
l'amour avaient dérobé nos paroles. Enfin Atala,
faisant un effort, dit ceci : « Guerrier, vous êtes
retenu bien faiblement; vous pouvez aisément
vous échapper. » A ces mots, la hardiesse revint
sur ma langue, je répondis : « Faiblement retenu,
ô femme...! » Je ne sus comment achever. Atala
hésita quelques moments; puis elle dit : « Sauvez-
vous. » Et elle me détacha du tronc de l'arbre. Je
saisis la corde; je la remis dans la main de la fille
étrangère, en forçant ses beaux doigts à se fermer
sur ma chaîne. « Reprenez-la! reprenez-la! »
m'écriai-je. « Vous êtes un insensé, dit Atala
d'une voix émue. Malheureux! ne sais-tu pas que
tu seras brûlé? Que prétends-tu? Songes-tu bien
que je suis la fille d'un redoutable Sachem? » « Il
fut un temps, répliquai-je avec des larmes, que
j'étais aussi porté dans une peau de castor, aux

épaules d'une mère. Mon père avait aussi une
belle hutte, et ses chevreuils buvaient les eaux de
mille torrents; mais j'erre maintenant sans
patrie. Quand je ne serai plus, aucun ami ne
mettra un peu d'herbe sur mon corps, pour le
garantir des mouches. Le corps d'un étranger
malheureux n'intéresse personne. »

« Ces mots attendrirent Atala. Ses larmes
tombèrent dans la fontaine [18]. « Ah! repris-je
avec vivacité, si votre cœur parlait comme le
mien! Le désert n'est-il pas libre? Les forêts
n'ont-elles point des replis où nous cacher? Faut-
il donc, pour être heureux, tant de choses aux
enfants des cabanes! O fille plus belle que le
premier songe de l'époux! O ma bien-aimée! ose
suivre mes pas. » Telles furent mes paroles. Atala
me répondit d'une voix tendre : « Mon jeune ami,
vous avez appris le langage des blancs; il est aisé
de tromper une Indienne. » « Quoi! m'écriai-je,
vous m'appelez votre jeune ami! Ah! si un
pauvre esclave... » « Eh bien! dit-elle, en se
penchant sur moi, un pauvre esclave... » Je repris
avec ardeur : « Qu'un baiser l'assure de ta foi! »
Atala écouta ma prière. Comme un faon semble
pendre aux fleurs de lianes roses, qu'il saisit de sa
langue délicate dans l'escarpement de la montagne, ainsi je restai suspendu aux lèvres de ma
bien-aimée.

« Hélas mon cher fils, la douleur touche de près
au plaisir [19]. Qui eût pu croire que le moment où
Atala me donnait le premier gage de son amour
serait celui-là même où elle détruirait mes espé-

rances? Cheveux blanchis du vieux Chactas, quel fut votre étonnement, lorsque la fille du Sachem prononça ces paroles! « Beau prisonnier, j'ai follement cédé à ton désir; mais où nous conduira cette passion? Ma religion me sépare de toi pour toujours... O ma mère! qu'as-tu fait?... » Atala se tut tout à coup, et retint je ne sus quel fatal secret près d'échapper à ses lèvres. Ses paroles me plongèrent dans le désespoir. « Eh bien! m'écriai-je, je serai aussi cruel que vous; je ne fuirai point. Vous me verrez dans le cadre de feu; vous entendrez les gémissements de ma chair, et vous serez pleine de joie. » Atala saisit mes mains entre les deux siennes. « Pauvre jeune idolâtre, s'écria-t-elle, tu me fais réellement pitié! Tu veux donc que je pleure tout mon cœur? Quel dommage que je ne puisse fuir avec toi! Malheureux a été le ventre de ta mère, ô Atala! Que ne te jettes-tu au crocodile de la fontaine! »

« Dans ce moment même, les crocodiles, aux approches du coucher du soleil, commençaient à faire entendre leurs rugissements. Atala me dit : « Quittons ces lieux. » J'entraînai la fille de Simaghan au pied des coteaux qui formaient des golfes de verdure, en avançant leurs promontoires dans la savane. Tout était calme et superbe au désert. La cigogne [20] criait sur son nid, les bois retentissaient du chant monotone des cailles, du sifflement des perruches, du mugissement des bisons et du hennissement des cavales siminoles.

« Notre promenade fut presque muette. Je marchais à côté d'Atala; elle tenait le bout de la corde, que je l'avais forcée de reprendre. Quelquefois nous versions des pleurs, quelquefois nous essayions de sourire. Un regard, tantôt levé vers le ciel, tantôt attaché à la terre, une oreille attentive au chant de l'oiseau, un geste vers le soleil couchant, une main tendrement serrée, un sein tour à tour palpitant, tour à tour tranquille, les noms de Chactas et d'Atala doucement répétés par intervalle... Oh! première promenade de l'amour, il faut que votre souvenir soit bien puissant, puisqu'après tant d'années d'infortune vous remuez encore le cœur du vieux Chactas!

« Qu'ils sont incompréhensibles les mortels agités par les passions! Je venais d'abandonner le généreux Lopez, je venais de m'exposer à tous les dangers pour être libre; dans un instant le regard d'une femme avait changé mes goûts, mes résolutions, mes pensées! Oubliant mon pays, ma mère, ma cabane et la mort affreuse qui m'attendait, j'étais devenu indifférent à tout ce qui n'était pas Atala. Sans force pour m'élever à la raison de l'homme, j'étais retombé tout à coup dans une espèce d'enfance; et loin de pouvoir rien faire pour me soustraire aux maux qui m'attendaient, j'aurais eu presque besoin qu'on s'occupât de mon sommeil et de ma nourriture!

« Ce fut donc vainement qu'après nos courses dans la savane, Atala, se jetant à mes genoux, m'invita de nouveau à la quitter. Je lui protestai[21] que je retournerais seul au camp, si elle refusait de me rattacher au pied[22] de mon arbre.

Elle fut obligée de me satisfaire, espérant me convaincre une autre fois.

« Le lendemain de cette journée, qui décida du destin de ma vie, on s'arrêta dans une vallée [23], non loin de Cuscowilla [24], capitale des Siminoles. Ces Indiens, unis aux Muscogulges, forment avec eux la confédération des Creeks. La fille du pays des palmiers vint me trouver au milieu de la nuit. Elle me conduisit dans une grande forêt de pins, et renouvela ses prières pour m'engager à la fuite. Sans lui répondre, je pris sa main dans ma main, et je forçai cette biche altérée d'errer avec moi dans la forêt. La nuit était délicieuse [25]. Le génie des airs secouait sa chevelure bleue, embaumée de la senteur des pins, et l'on respirait la faible odeur d'ambre, qu'exhalaient les crocodiles couchés sous les tamarins des fleuves. La lune brillait au milieu d'un azur sans tache, et sa lumière gris de perle descendait [26] sur la cime indéterminée des forêts. Aucun bruit ne se faisait entendre, hors je ne sais quelle harmonie lointaine qui régnait dans la profondeur des bois : on eût dit que l'âme de la solitude soupirait dans toute l'étendue du désert.

« Nous aperçûmes à travers les arbres un jeune homme, qui, tenant à la main un flambeau, ressemblait au génie du printemps, parcourant les forêts pour ranimer la nature. C'était un amant qui allait s'instruire de son sort à la cabane de sa maîtresse.

« Si la vierge éteint le flambeau, elle accepte les

vœux offerts; si elle se voile sans l'éteindre, elle
rejette un époux.

« Le guerrier, en se glissant dans les ombres,
chantait à demi-voix ces paroles :

« Je devancerai les pas du jour sur le sommet
des montagnes, pour chercher ma colombe solitaire parmi les chênes de la forêt.

« J'ai attaché à son cou un collier de porcelai-
nes *a*; on y voit trois grains rouges pour mon
amour, trois violets pour mes craintes, trois bleus
pour mes espérances.

« Mila [27] a les yeux d'une hermine et la
chevelure légère d'un champ de riz; sa bouche est
un coquillage rose, garni de perles; ses deux seins
sont comme deux petits chevreaux sans tache,
nés au même jour d'une seule mère.

« Puisse Mila éteindre ce flambeau! Puisse sa
bouche verser sur lui une ombre voluptueuse! Je
fertiliserai son sein. L'espoir de la patrie pendra à
sa mamelle féconde, et je fumerai mon calumet
de paix sur le berceau de mon fils!

« Ah! laissez-moi devancer les pas du jour sur
le sommet des montagnes, pour chercher ma
colombe solitaire parmi les chênes [28] de la forêt! »

« Ainsi chantait ce jeune homme, dont les
accents portèrent le trouble jusqu'au fond de
mon âme, et firent changer de visage à Atala.
Nos mains unies frémirent l'une dans l'autre.
Mais nous fûmes distraits de cette scène, par une
scène non moins dangereuse pour nous.

a. Sorte de coquillage.

« Nous passâmes auprès du tombeau d'un enfant, qui servait de limite à deux nations. On l'avait placé au bord du chemin, selon l'usage, afin que les jeunes femmes, en allant à la fontaine, pussent attirer dans leur sein l'âme de l'innocente créature, et la rendre à la patrie. On y voyait dans ce moment des épouses nouvelles qui, désirant les douceurs de la maternité, cherchaient, en entr'ouvrant leurs lèvres, à recueillir l'âme du petit enfant, qu'elles croyaient voir errer sur les fleurs. La véritable mère vint ensuite déposer une gerbe de maïs et des fleurs de lis blancs sur le tombeau. Elle arrosa la terre de son lait, s'assit sur le gazon humide, et parla à son enfant d'une voix attendrie :

« Pourquoi te pleuré-je dans ton berceau de terre, ô mon nouveau-né? Quand le petit oiseau devient grand, il faut qu'il cherche sa nourriture, et il trouve dans le désert bien des graines amères. Du moins tu as ignoré les pleurs; du moins ton cœur n'a point été exposé au souffle dévorant des hommes. Le bouton qui sèche dans son enveloppe, passe avec tous ses parfums, comme toi, ô mon fils! avec toute ton innocence. Heureux ceux qui meurent au berceau, ils n'ont connu que les baisers et les souris d'une mère! »

« Déjà subjugués par notre propre cœur, nous fûmes accablés par ces images d'amour et de maternité, qui [29] semblaient nous poursuivre dans ces solitudes enchantées. J'emportai Atala dans mes bras au fond de la forêt, et je lui dis des choses qu'aujourd'hui je chercherais en vain sur

mes lèvres. Le vent du midi, mon cher fils, perd
sa chaleur en passant sur des montagnes de glace.
Les souvenirs de l'amour dans le cœur d'un
vieillard sont comme les feux du jour réfléchis
par l'orbe paisible de la lune, lorsque le soleil est
couché et que le silence plane [30] sur les huttes des
Sauvages.

« Qui pouvait sauver Atala? Qui pouvait l'empêcher de succomber à la nature? Rien qu'un
miracle, sans doute; et ce miracle fut fait! La fille
de Simaghan eut recours au Dieu des Chrétiens;
elle se précipita sur la terre, et prononça une
fervente oraison, adressée à sa mère et à la Reine
des vierges. C'est de ce moment, ô René, que j'ai
conçu une merveilleuse idée de cette religion, qui,
dans les forêts, au milieu de toutes les privations
de la vie, peut remplir de mille dons les infortunés; de cette religion qui, opposant sa puissance
au torrent des passions suffit seule pour les
vaincre, lorsque tout les favorise, et le secret des
bois, et l'absence des hommes, et la fidélité des
ombres. Ah! qu'elle me parut divine, la simple
Sauvage, l'ignorante Atala, qui à genoux devant
un vieux pin tombé, comme au pied d'un autel,
offrait à son Dieu des vœux pour un amant
idolâtre! Ses yeux levés vers l'astre de la nuit, ses
joues brillantes des pleurs de la religion et de
l'amour, étaient d'une beauté immortelle. Plusieurs fois il me sembla qu'elle allait prendre son
vol vers les cieux; plusieurs fois je crus voir
descendre sur les rayons de lune et entendre dans
les branches des arbres, ces Génies que le Dieu

des Chrétiens envoie aux hermites des rochers, lorsqu'il se dispose à les rappeler à lui. J'en fus affligé, car je craignis qu'Atala n'eût que peu de temps à passer sur la terre.

« Cependant elle versa tant de larmes [31], elle se montra si malheureuse, que j'allais peut-être consentir à m'éloigner, lorsque le cri de mort retentit dans la forêt. Quatre hommes armés se précipitent sur moi : nous avions été découverts; le chef de guerre avait donné l'ordre de nous poursuivre.

« Atala, qui ressemblait à une reine pour l'orgueil de la démarche [32], dédaigna de parler à ces guerriers. Elle leur lança un regard superbe, et se rendit auprès de Simaghan.

« Elle ne put rien obtenir. On redoubla mes gardes, on multiplia mes chaînes, on écarta mon amante. Cinq nuits s'écoulent, et nous apercevons Apalachucla [33] située au bord de la rivière Chata-Uche [34]. Aussitôt on me couronne de fleurs; on me peint le visage d'azur et de vermillon; on m'attache des perles au nez et aux oreilles et l'on me met à la main un chichikoué [a].

« Ainsi paré pour le sacrifice, j'entre dans Apalachucla, aux cris répétés de la foule. C'en était fait de ma vie, quand tout à coup le bruit d'une conque se fait entendre, et le Mico, ou chef de la nation, ordonne de s'assembler.

« Tu connais, mon fils, les tourments que les sauvages font subir aux prisonniers de guerre. Les missionnaires chrétiens, aux périls de leurs

a. Instrument de musique des Sauvages.

jours, et avec une charité infatigable, étaient
parvenus, chez plusieurs nations, à faire substi-
tuer un esclavage assez doux aux horreurs du
bûcher. Les Muscogulges n'avaient point encore
adopté cette coutume; mais un parti nombreux
s'était déclaré en sa faveur. C'était pour prononcer sur cette importante affaire, que le Mico
convoquait les Sachems. On me conduit au lieu
des délibérations.

« Non loin d'Apalachucla s'élevait, sur un
tertre isolé, le pavillon du conseil. Trois cercles de
colonnes formaient l'élégante architecture de
cette rotonde. Les colonnes étaient de cyprès poli
et sculpté; elles augmentaient en hauteur et en
épaisseur, et diminuaient en nombre, à mesure
qu'elles se rapprochaient du centre marqué par
un pilier unique. Du sommet de ce pilier par-
taient des bandes d'écorce qui, passant sur le
sommet des autres colonnes, couvraient le pavillon, en forme d'éventail à jour.

« Le conseil s'assemble. Cinquante vieillards,
en manteau de castor, se rangent sur des espèces
de gradins faisant face à la porte du pavillon. Le
grand chef est assis au milieu d'eux, tenant à la
main le calumet de paix [35] à demi coloré pour la
guerre. A la droite des vieillards, se placent
cinquante femmes couvertes d'une robe de
plumes de cygnes. Les chefs de guerre, le toma-
hawk [a] à la main, le pennache [36] en tête, les bras
et la poitrine teints de sang, prennent la gauche.

« Au pied de la colonne centrale, brûle le feu

a. La hache.

du conseil. Le premier jongleur, environné des huit gardiens du temple, vêtu de longs habits, et portant un hibou empaillé sur la tête, verse du baume de copalme sur la flamme et offre un sacrifice au soleil. Ce triple rang de vieillards, de matrones, de guerriers, ces prêtres, ces nuages d'encens, ce sacrifice, tout sert à donner à ce conseil un appareil imposant [37].

« J'étais debout enchaîné au milieu de l'assemblée. Le sacrifice achevé, le Mico prend la parole, et expose avec simplicité l'affaire qui rassemble le conseil. Il jette un collier bleu dans la salle, en témoignage de ce qu'il vient de dire.

« Alors un Sachem de la tribu de l'Aigle se lève, et parle ainsi :

« Mon père le Mico, Sachems, matrones, guerriers des quatre tribus de l'Aigle, du Castor, du Serpent et de la Tortue, ne changeons rien aux mœurs de nos aïeux, brûlons le prisonnier, et n'amollissons point nos courages. C'est une coutume des blancs qu'on vous propose, elle ne peut être que pernicieuse. Donnez un collier rouge qui contienne mes paroles. J'ai dit. »

« Et il jette un collier rouge dans l'assemblée.

« Une matrone se lève, et dit :

« Mon père l'Aigle, vous avez l'esprit d'un renard, et la prudente lenteur d'une tortue. Je veux polir [38] avec vous la chaîne d'amitié, et nous planterons ensemble l'arbre de paix. Mais changeons les coutumes de nos aïeux, en ce qu'elles ont de funeste. Ayons des esclaves qui cultivent

nos champs, et n'entendons plus les cris du
prisonnier, qui troublent le sein des mères. J'ai
dit. »

« Comme on voit les flots de la mer se briser
pendant un orage, comme en automne les feuilles
séchées sont enlevées par un tourbillon, comme
les roseaux du Meschacebé plient et se relèvent
dans une inondation subite, comme un grand
troupeau de cerfs brame au fond d'une forêt,
ainsi s'agitait et murmurait le conseil. Des
Sachems, des guerriers, des matrones parlent tour
à tour ou tous ensemble. Les intérêts se
choquent, les opinions se divisent, le conseil va se
dissoudre; mais enfin l'usage antique l'emporte,
et je suis condamné au bûcher.

« Une circonstance vint retarder mon supplice;
la *Fête des morts* ou le *Festin des âmes* approchait.
Il est d'usage de ne faire mourir aucun captif
pendant les jours consacrés à cette cérémonie. On
me confia à une garde sévère; et sans doute les
Sachems éloignèrent la fille de Simaghan, car je
ne la revis plus.

« Cependant les nations de plus de trois cents
lieues à la ronde, arrivaient en foule pour célébrer
le *Festin des âmes*. On avait bâti une longue hutte
sur un site écarté. Au jour marqué, chaque
cabane exhuma les restes de ses pères de leurs
tombeaux particuliers, et l'on suspendit les sque-
lettes, par ordre et par famille, aux murs de la
Salle commune des aïeux. Les vents (une tempête
s'était élevée), les forêts, les cataractes mugis-
saient au dehors, tandis que les vieillards des

diverses nations concluaient entre eux des traités
de paix et d'alliance sur les os de leurs pères.

« On célèbre les jeux funèbres, la course, la
balle, les osselets. Deux vierges cherchent à
s'arracher une baguette de saule. Les boutons de
leurs seins viennent se toucher, leurs mains
voltigent sur la baguette qu'elles élèvent au-
dessus de leurs têtes. Leurs beaux pieds nus
s'entrelacent, leurs bouches se rencontrent, leurs
douces haleines se confondent; elles se penchent
et mèlent leurs chevelures; elles regardent leurs
mères, rougissent : on applaudit[a]. Le jongleur
invoque Michabou, génie des eaux. Il raconte les
guerres du grand Lièvre contre Matchimanitou,
dieu du mal. Il dit le premier homme et
Atahensic la première femme précipités du ciel
pour avoir perdu l'innocence, la terre rougie du
sang fraternel, Jouskeka l'impie immolant le
juste Tahouistsaron, le déluge descendant à la
voix du grand Esprit, Massou sauvé seul dans son
canot d'écorce, et le corbeau envoyé à la découverte de la terre; il dit encore la belle Endaé,
retirée de la contrée des âmes par les douces
chansons de son époux.

« Après ces jeux et ces cantiques, on se prépare
à donner aux aïeux une éternelle sépulture.

« Sur les bords de la rivière Chata-Uche se
voyait un figuier sauvage, que le culte des
peuples avait consacré. Les vierges avaient
accoutumé de laver leurs robes d'écorce dans ce

---

a. La rougeur est sensible chez les jeunes Sauvages.

lieu et de les exposer au souffle du désert, sur les
rameaux de l'arbre antique. C'était là qu'on avait
creusé un immense tombeau. On part de la salle
funèbre, en chantant l'hymne à la mort; chaque
famille porte quelques débris sacrés[39]. On arrive
à la tombe; on y descend les reliques; on les y
étend par couche; on les sépare avec des peaux
d'ours et de castors; le mont du tombeau s'élève,
et l'on y plante l'*Arbre des pleurs et du sommeil*.

« Plaignons les hommes, mon cher fils! Ces
mêmes Indiens dont les coutumes sont si tou-
chantes; ces mêmes femmes qui m'avaient
témoigné un intérêt si tendre, demandaient maintenant mon supplice à grands cris; et des nations
entières retardaient leur départ, pour avoir le
plaisir de voir un jeune homme souffrir des
tourments épouvantables.

« Dans une vallée au nord, à quelque distance
du grand village, s'élevait un bois de cyprès et de
sapins, appelé le *Bois du sang*. On y arrivait par
les ruines d'un de ces monuments dont on ignore
l'origine, et qui sont l'ouvrage d'un peuple
maintenant inconnu. Au centre de ce bois,
s'étendait une arène, où l'on sacrifiait les prisonniers de guerre. On m'y conduit en triomphe.
Tout se prépare pour ma mort : on plante le
poteau d'Areskoui; les pins, les ormes, les cyprès
tombent sous la cognée; le bûcher s'élève; les
spectateurs bâtissent des amphithéâtres avec des
branches et des troncs d'arbres. Chacun invente
un supplice : l'un se propose de m'arracher la
peau du crâne, l'autre de me brûler les yeux avec

des haches ardentes. Je commence ma chanson
de mort.

« Je ne crains point les tourments : je suis
brave, ô Muscogulges, je vous défie ! je vous
méprise plus que des femmes. Mon père Outalissi,
fils de Miscou, a bu dans le crâne de vos plus
fameux guerriers, vous n'arracherez pas un soupir de mon cœur. »

« Provoqué par ma chanson, un guerrier me
perça le bras d'une flèche ; je dis : « Frère, je te
remercie. »

« Malgré l'activité des bourreaux, les préparatifs du supplice ne purent être achevés avant le
coucher du soleil. On consulta le jongleur qui
défendit de troubler les Génies des ombres, et ma
mort fut encore suspendue jusqu'au lendemain.
Mais dans l'impatience de jouir du spectacle, et
pour être plus tôt prêts au lever de l'aurore, les
Indiens ne quittèrent point le *Bois du sang;* ils
allumèrent de grands feux, et commencèrent des
festins et des danses.

« Cependant on m'avait étendu sur le dos. Des
cordes partant de mon cou, de mes pieds, de mes
bras, allaient s'attacher à des piquets enfoncés en
terre. Des guerriers étaient couchés sur ces
cordes, et je ne pouvais faire un mouvement sans
qu'ils en fussent avertis. La nuit s'avance : les
chants et les danses cessent par degré ; les feux ne
jettent plus que des lueurs rougeâtres, devant
lesquelles on voit encore passer les ombres de
quelques Sauvages ; tout s'endort ; à mesure que
le bruit des hommes s'affaiblit, celui du désert

augmente, et au tumulte des voix succèdent les plaintes du vent dans la forêt.

« C'était l'heure où une jeune Indienne qui vient d'être mère se réveille en sursaut au milieu de la nuit, car elle a cru entendre les cris de son premier-né, qui lui demande la douce nourriture. Les yeux attachés au ciel, où le croissant de la lune errait dans les nuages, je réfléchissais sur ma destinée. Atala me semblait un monstre d'ingratitude. M'abandonner au moment du supplice, moi qui m'étais dévoué aux flammes plutôt que de la quitter! Et pourtant je sentais que je l'aimais toujours, et que je mourrais avec joie pour elle.

« Il est dans les extrêmes plaisirs, un aiguillon qui nous éveille, comme pour nous avertir de profiter de ce moment rapide; dans les grandes douleurs, au contraire, je ne sais quoi de pesant nous endort; des yeux fatigués par les larmes cherchent naturellement à se fermer, et la bonté de la Providence se fait ainsi remarquer jusque dans nos infortunes. Je cédai, malgré moi, à ce lourd sommeil que goûtent quelquefois les misérables. Je rêvais qu'on m'ôtait mes chaînes; je croyais sentir ce soulagement qu'on éprouve, lorsqu'après avoir été fortement pressé, une main secourable relâche nos fers.

« Cette sensation devint si vive, qu'elle me fit soulever les paupières. A la clarté de la lune, dont un rayon s'échappait entre deux nuages, j'entrevois une grande figure blanche penchée sur moi, et occupée à dénouer silencieusement mes liens. J'allais pousser un cri, lorsqu'une main, que je reconnus à l'instant, me ferma la bouche. Une seule corde restait, mais il paraissait impossible de la couper, sans toucher un guerrier qui la couvrait toute entière de son corps. Atala y porte la main, le guerrier s'éveille à demi, et se dresse sur son séant. Atala reste immobile, et le regarde. L'Indien croit voir l'Esprit des ruines; il se. recouche en fermant les yeux et en invoquant son Manitou. Le lien est brisé. Je me lève; je suis ma libératrice, qui me tend le bout d'un arc dont elle tient l'autre extrémité. Mais que de dangers nous environnent! Tantôt nous sommes près de heurter des Sauvages endormis; tantôt une garde nous interroge, et Atala répond en changeant sa voix. Des enfants poussent des cris, des dogues aboient. A peine sommes-nous sortis de l'enceinte funeste, que des hurlements ébranlent la forêt. Le camp se réveille, mille feux s'allument; on voit courir de tous côtés des Sauvages avec des flambeaux; nous précipitons notre course.

« Quand l'aurore se leva sur les Apalaches [40], nous étions déjà loin. Quelle fut ma félicité, lorsque je me trouvai encore une fois dans la solitude avec Atala, avec Atala ma libératrice, avec Atala qui se donnait à moi pour toujours! Les paroles manquèrent à ma langue, je tombai à genoux, et je dis à la fille de Simaghan : « Les hommes sont bien peu de chose; mais quand les Génies les visitent, alors ils ne sont rien du tout. Vous êtes un Génie, vous m'avez visité, et je ne puis parler devant vous. » Atala me tendit la main avec un sourire : « Il faut bien, dit-elle, que

je vous suive, puisque vous ne voulez pas fuir
sans moi [41]. Cette nuit, j'ai séduit le jongleur par
des présents, j'ai enivré vos bourreaux avec de
l'essence de feu [a], et j'ai dû hasarder ma vie pour
vous, puisque vous aviez donné la vôtre pour
moi. Oui, jeune idolâtre, ajouta-t-elle avec un
accent qui m'effraya, le sacrifice sera réci-
proque. »

« Atala me remit les armes qu'elle avait eu
soin d'apporter; ensuite elle pansa ma blessure.
En l'essuyant avec une feuille de papaya, elle la
mouillait de ses larmes. « C'est un baume, lui dis-
je, que tu répands sur ma plaie. » — « Je crains
plutôt que ce ne soit un poison », répondit-elle.
Elle déchira un des voiles de son sein, dont elle fit
une première compresse, qu'elle attacha avec
une boucle de ses cheveux.

« L'ivresse qui dure longtemps chez les Sauvages, et qui est pour eux une espèce de maladie,
les empêcha sans doute de nous poursuivre
durant les premières journées. S'ils nous cher-
chèrent ensuite, il est probable que ce fut du côté
du couchant, persuadés que nous aurions essayé
de nous rendre au Meschacebé; mais nous avions
pris notre route vers l'étoile immobile [b], en nous
dirigeant sur la mousse du tronc des arbres.

« Nous ne tardâmes pas à nous apercevoir que
nous avions peu gagné à ma délivrance. Le désert
déroulait maintenant devant nous ses solitudes
démesurées. Sans expérience de la vie des forêts,

a. De l'eau-de-vie.
b. Le Nord.

détournés de notre vrai chemin, et marchant à l'aventure, qu'allions-nous devenir? Souvent, en regardant Atala, je me rappelais cette antique histoire d'Agar, que Lopez m'avait fait lire, et qui est arrivée dans le désert de Bersabée, il y a bien longtemps, alors que les hommes vivaient trois âges de chêne.

« Atala me fit un manteau avec la seconde écorce du frêne, car j'étais presque nu. Elle me broda des mocassines *a* de peau de rat musqué, avec du poil de porc-épic. Je prenais soin à mon tour de sa parure. Tantôt je lui mettais sur la tête une couronne de ces mauves bleues, que nous trouvions sur notre route, dans des cimetières indiens abandonnés; tantôt je lui faisais des colliers avec des graines rouges d'azaléa; et puis je me prenais à sourire, en contemplant sa merveilleuse beauté.

« Quand nous rencontrions un fleuve, nous le passions sur un radeau ou à la nage. Atala appuyait une de ses mains sur mon épaule; et, comme deux cygnes voyageurs, nous traversions ces ondes solitaires.

« Souvent dans les grandes chaleurs du jour, nous cherchions un abri sous les mousses des cèdres. Presque tous les arbres de la Floride, en particulier le cèdre et le chêne-vert, sont couverts d'une mousse blanche qui descend de leurs rameaux jusqu'à terre. Quand la nuit, au clair de la lune, vous apercevez sur la nudité d'une savane, une yeuse isolée revêtue de cette drape-

---

a. Chaussure indienne.

rie, vous croiriez voir un fantôme, traînant après
lui ses longs voiles. La scène n'est pas moins
pittoresque au grand jour; car une foule de
papillons, de mouches brillantes, de colibris, de
perruches vertes, de geais d'azur, vient s'accro-
cher à ces mousses, qui produisent alors l'effet
d'une tapisserie en laine blanche, où l'ouvrier
européen aurait brodé des insectes et des oiseaux
éclatants.

« C'était dans ces riantes hôtelleries, préparées
par le grand Esprit, que nous nous reposions à
l'ombre. Lorsque les vents descendaient du ciel
pour balancer ce grand cèdre, que le château
aérien bâti sur ses branches allait flottant avec
les oiseaux et les voyageurs endormis sous ses
abris, que mille soupirs sortaient des corridors et
des voûtes du mobile édifice, jamais les merveilles de l'ancien monde n'ont approché de ce
monument du désert.

« Chaque soir nous allumions un grand feu, et
nous bâtissions la hutte du voyage, avec une
écorce élevée sur quatre piquets. Si j'avais tué
une dinde sauvage, un ramier, un faisan des bois,
nous le suspendions devant le chêne embrasé, au
bout d'une gaule plantée en terre, et nous
abandonnions au vent le soin de tourner la proie
du chasseur. Nous mangions des mousses appe-
lées Tripes de roches, des écorces sucrées de
bouleau, et des pommes de mai, qui ont le goût
de la pêche et de la framboise. Le noyer noir,
l'érable, le sumac, fournissaient le vin à notre
table. Quelquefois j'allais chercher parmi les

roseaux une plante, dont la fleur allongée en
cornet, contenait un verre de la plus pure rosée.
Nous bénissions la Providence qui, sur la faible
tige d'une fleur, avait placé cette source limpide
au milieu des marais corrompus, comme elle a
mis l'espérance au fond des cœurs ulcérés par le
chagrin, comme elle a fait jaillir la vertu du sein
des misères de la vie.

« Hélas! je découvris bientôt que je m'étais
trompé sur le calme apparent d'Atala. A mesure
que nous avancions, elle devenait triste. Souvent
elle tressaillait sans cause, et tournait précipitamment la tête. Je la surprenais attachant sur moi
un regard passionné, qu'elle reportait vers le ciel
avec une profonde mélancolie. Ce qui m'effrayait
surtout, était un secret, une pensée cachée[42] au
fond de son âme, que j'entrevoyais dans ses yeux.
Toujours m'attirant et me repoussant, ranimant
et détruisant mes espérances, quand je croyais
avoir fait un peu de chemin dans son cœur, je me
retrouvais au même point. Que de fois elle m'a
dit[43] : « O mon jeune amant! je t'aime comme
l'ombre des bois au milieu du jour! Tu es beau
comme le désert avec toutes ses fleurs et toutes
ses brises. Si je me penche sur toi, je frémis; si
ma main tombe sur la tienne, il me semble que je
vais mourir. L'autre jour le vent jeta tes cheveux
sur mon visage, tandis que tu te délassais sur
mon sein, je crus sentir le léger toucher des
esprits invisibles. Oui, j'ai vu les chevrettes de la
montagne d'Occone[44]; j'ai entendu les propos
des hommes rassasiés de jours; mais la douceur

des chevreaux et la sagesse des vieillards, sont
moins plaisantes et moins fortes que tes paroles.
Eh bien, pauvre Chactas, je ne serai jamais ton
épouse ! »

« Les perpétuelles contradictions de l'amour et
de la religion d'Atala, l'abandon de sa tendresse
et la chasteté de ses mœurs, la fierté de son
caractère et sa profonde sensibilité, l'élévation de
son âme dans les grandes choses, sa susceptibilité
dans les petites, tout en faisait pour moi un être
incompréhensible. Atala ne pouvait pas prendre
sur un homme un faible empire : pleine de
passions, elle était pleine de puissance ; il fallait
ou l'adorer, ou la haïr.

« Après quinze nuits d'une marche précipitée,
nous entrâmes dans la chaîne des monts Allé-
gany, et nous atteignîmes une des branches du
Tenase, fleuve qui se jette dans l'Ohio. Aidé des
conseils d'Atala, je bâtis un canot, que j'enduisis
de gomme de prunier, après en avoir recousu les
écorces avec des racines de sapin. Ensuite je
m'embarquai avec Atala, et nous nous abandon-
nâmes au cours du fleuve.

Le village indien de Sticoë, avec ses tombes
pyramidales et ses huttes en ruines, se montrait à
notre gauche, au détour d'un promontoire ; nous
laissions à droite la vallée de Keow, terminée par
la perspective des cabanes de Jore, suspendues au
front de la montagne du même nom. Le fleuve
qui nous entraînait, coulait entre de hautes
falaises, au bout desquelles on apercevait le soleil
couchant. Ces profondes solitudes n'étaient point

troublées par la présence de l'homme. Nous ne vîmes qu'un chasseur indien qui, appuyé sur son arc et immobile sur la pointe d'un rocher, ressemblait à une statue élevée dans la montagne au génie de ces déserts.

« Atala et moi nous joignions notre silence au silence de cette scène [45]. Tout à coup la fille de l'exil fit éclater dans les airs une voix pleine d'émotion et de mélancolie; elle chantait la patrie absente :

« Heureux ceux qui n'ont point vu la fumée des fêtes de l'étranger, et qui ne se sont assis qu'aux festins de leurs pères !

« Si le geai bleu du Meschacebé disait à la nonpareille des Florides : Pourquoi vous plaignez-vous si tristement? N'avez-vous pas ici de belles eaux et de beaux ombrages, et toutes sortes de pâtures comme dans vos forêts? — Oui, répondrait la nonpareille fugitive; mais mon nid est dans le jasmin, qui me l'apportera? Et le soleil de ma savane, l'avez-vous?

« Heureux ceux qui n'ont point vu la fumée des fêtes de l'étranger, et qui ne se sont assis qu'aux festins de leurs pères !

« Après les heures d'une marche pénible, le voyageur s'assied tristement. Il contemple autour de lui les toits des hommes; le voyageur n'a pas un lieu où reposer sa tête. Le voyageur frappe à la cabane, il met son arc derrière la porte, il demande l'hospitalité; le maître fait un geste de la main; le voyageur reprend son arc, et retourne au désert !

« Heureux ceux qui n'ont point vu la fumée des fêtes de l'étranger, et qui ne se sont assis qu'aux festins de leurs pères !

« Merveilleuses histoires racontées autour du foyer, tendres épanchements du cœur, longues habitudes d'aimer si nécessaires à la vie, vous avez rempli les journées de ceux qui n'ont point quitté leur pays natal ! Leurs tombeaux sont dans leur patrie, avec le soleil couchant, les pleurs de leurs amis et les charmes de la religion.

« Heureux ceux qui n'ont point vu la fumée des fêtes de l'étranger, et qui ne se sont assis qu'aux festins de leurs pères ! »

« Ainsi chantait Atala. Rien n'interrompait ses plaintes, hors le bruit insensible de notre canot sur les ondes. En deux ou trois endroits seulement, elles furent recueillies par un faible écho, qui les redit à un second plus faible, et celui-ci à un troisième plus faible encore : on eût cru que les âmes des deux amants, jadis infortunés comme nous, attirées par cette mélodie touchante, se plaisaient à en soupirer les derniers sons dans la montagne.

« Cependant la solitude, la présence continuelle de l'objet aimé, nos malheurs mêmes [46], redoublaient à chaque instant notre amour. Les forces d'Atala commençaient à l'abandonner, et les passions, en abattant son corps, allaient triompher de sa vertu. Elle priait continuellement sa mère, dont elle avait l'air de vouloir apaiser l'ombre irritée. Quelquefois elle me demandait si je n'entendais pas une voix plaintive, si je ne

voyais pas des flammes sortir de la terre. Pour
moi, épuisé de fatigue, mais toujours brûlant de
désir, songeant que j'étais peut-être perdu sans
retour au milieu de ces forêts, cent fois je fus prêt
à saisir mon épouse dans mes bras, cent fois je lui
proposai de bâtir une hutte sur ces rivages et de
nous y ensevelir ensemble. Mais elle me résista
toujours : « Songe, me disait-elle, mon jeune ami,
qu'un guerrier se doit à sa patrie. Qu'est-ce
qu'une femme auprès des devoirs que tu as à
remplir? Prends courage, fils d'Outalissi, ne
murmure point contre ta destinée. Le cœur de
l'homme est comme l'éponge du fleuve, qui
tantôt boit une onde pure dans les temps de
sérénité, tantôt s'enfle d'une eau bourbeuse,
quand le ciel a troublé les eaux. L'éponge a-t-elle
le droit de dire : Je croyais qu'il n'y aurait jamais
d'orages, que le soleil ne serait jamais brûlant? »

« O René, si tu crains les troubles du cœur,
défie-toi de la solitude : les grandes passions sont
solitaires, et les transporter au désert, c'est les
rendre à leur empire. Accablés de soucis et de
craintes, exposés à tomber entre les mains des
Indiens ennemis, à être engloutis dans les eaux,
piqués des serpents, dévorés des bêtes, trouvant
difficilement une chétive nourriture, et ne
sachant plus de quel côté tourner nos pas, nos
maux semblaient ne pouvoir plus s'accroître,
lorsqu'un accident y vint mettre le comble.

« C'était le vingt-septième soleil depuis notre
départ des cabanes : la *lune de feu*[a] avait

a. Mois de juillet.

commencé son cours, et tout annonçait un orage.
Vers l'heure où les matrones indiennes suspendent la crosse du labour aux branches du
savinier, et où les perruches se retirent dans le
creux des cyprès, le ciel commença à se couvrir.
Les voix de la solitude s'éteignirent, le désert fit
silence, et les forêts demeurèrent dans un calme
universel. Bientôt les roulements d'un tonnerre
lointain, se prolongeant dans ces bois aussi vieux
que le monde, en firent sortir des bruits sublimes.
Craignant d'être submergés, nous nous hâtâmes
de gagner le bord du fleuve, et de nous retirer
dans une forêt.

« Ce lieu était un terrain marécageux. Nous
avancions avec peine sous une voûte de smilax [47],
parmi des ceps de vigne, des indigos, des faséoles,
des lianes rampantes, qui entravaient nos pieds
comme des filets. Le sol spongieux [48] tremblait
autour de nous, et à chaque instant nous étions
près d'être engloutis dans des fondrières. Des
insectes sans nombre, d'énormes chauves-souris
nous aveuglaient; les serpents à sonnette bruis-
saient de toutes parts; et les loups, les ours, les
carcajous [49], les petits tigres, qui venaient se
cacher dans ces retraites, les remplissaient de
leurs rugissements.

« Cependant l'obscurité redouble : les nuages
abaissés entrent sous l'ombrage des bois. La nue
se déchire, et l'éclair [50] trace un rapide losange de
feu. Un vent impétueux sorti du couchant [51]
roule les nuages sur les nuages; les forêts plient;
le ciel s'ouvre coup sur coup, et à travers ses

crevasses, on aperçoit de nouveaux cieux et des campagnes ardentes[52]. Quel affreux, quel magnifique spectacle! La foudre met le feu dans les bois; l'incendie s'étend comme une chevelure de flammes; des colonnes d'étincelles et de fumée assiègent les nues qui vomissent leurs foudres dans le vaste embrasement[53]. Alors le grand Esprit couvre les montagnes d'épaisses ténèbres; du milieu de ce vaste chaos s'élève un mugissement confus formé par le fracas des vents, le gémissement des arbres, le hurlement des bêtes féroces, le bourdonnement de l'incendie, et la chute répétée du tonnerre qui siffle en s'éteignant dans les eaux.

« Le grand Esprit le sait! Dans ce moment je ne vis qu'Atala, je ne pensai qu'à elle[54]. Sous le tronc penché d'un bouleau, je parvins à la garantir des torrents de la pluie. Assis moi-même sous l'arbre, tenant ma bien-aimée sur mes genoux, et réchauffant ses pieds nus entre mes mains, j'étais plus heureux que la nouvelle épouse qui sent pour la première fois son fruit tressaillir dans son sein.

« Nous prêtions l'oreille au bruit de la tempête; tout à coup je sentis une larme d'Atala tomber sur mon sein : « Orage du cœur, m'écriai-je, est-ce une goutte de votre pluie? » Puis embrassant étroitement celle que j'aimais : « Atala, lui dis-je, vous me cachez quelque chose. Ouvre-moi ton cœur, ô ma beauté! cela fait tant de bien, quand un ami regarde dans notre âme! Raconte-moi cet autre secret de la douleur, que tu t'obstines à taire. Ah! je le vois, tu pleures ta patrie. » Elle repartit aussitôt : « Enfant des hommes, comment pleurerais-je ma patrie, puisque mon père n'était pas du pays des palmiers? » « Quoi, répliquai-je avec un profond étonnement, votre père n'était point du pays des palmiers! Quel est donc celui qui vous a mise sur cette terre? Répondez. » Atala dit ces paroles :

« Avant que ma mère eût apporté en mariage au guerrier Simaghan trente cavales, vingt buffles, cent mesures d'huile de glands, cinquante peaux de castors et beaucoup d'autres richesses, elle avait connu un homme de la chair blanche. Or, la mère de ma mère lui jeta de l'eau au visage, et la contraignit d'épouser le magnanime Simaghan, tout semblable à un roi, et honoré des peuples comme un Génie. Mais ma mère dit à son nouvel époux : « Mon ventre a conçu, tuez-moi. » Simaghan lui répondit : « Le grand Esprit me garde d'une si mauvaise action. Je ne vous mutilerai point, je ne vous couperai point le nez ni les oreilles, parce que vous avez été sincère et que vous n'avez point trompé ma couche. Le fruit de vos entrailles sera mon fruit, et je ne vous visiterai qu'après le départ de l'oiseau de rizière, lorsque la treizième lune aura brillé. » En ce temps-là, je brisai le sein de ma mère, et je commençai à croître, fière comme une Espagnole et comme une Sauvage. Ma mère me fit chré-tienne, afin que son Dieu et le Dieu de mon père fût aussi mon Dieu. Ensuite le chagrin d'amour vint la chercher, et elle descendit dans la petite cave garnie de peaux, d'où l'on ne sort jamais. »

« Telle fut l'histoire d'Atala. « Et quel était donc ton père, pauvre orpheline? lui dis-je; comment les hommes l'appelaient-ils sur la terre, et quel nom portait-il parmi les Génies? » — « Je n'ai jamais lavé les pieds de mon père, dit Atala; je sais seulement qu'il vivait avec sa sœur à Saint-Augustin, et qu'il a toujours été fidèle à ma mère : Philippe était son nom parmi les anges, et les hommes le nommaient Lopez. »

« A ces mots, je poussai un cri qui retentit dans toute la solitude; le bruit de mes transports se mêla au bruit de l'orage. Serrant Atala sur mon cœur, je m'écriai avec des sanglots : « O ma sœur! ô fille de Lopez! fille de mon bienfaiteur! » Atala, effrayée, me demanda d'où venait mon trouble; mais quand elle sut que Lopez était cet hôte généreux qui m'avait adopté à Saint-Augustin, et que j'avais quitté pour être libre, elle fut saisie elle-même de confusion et de joie.

« C'en était trop pour nos cœurs que cette amitié fraternelle qui venait nous visiter, et joindre son amour à notre amour. Désormais les combats d'Atala allaient devenir inutiles : en vain je la sentis porter une main à son sein, et faire un mouvement extraordinaire; déjà je l'avais saisie, déjà je m'étais enivré de son souffle, déjà j'avais bu toute la magie de l'amour sur ses lèvres. Les yeux levés vers le ciel, à la lueur des éclairs, je tenais mon épouse dans mes bras, en présence de l'Éternel. Pompe nuptiale, digne de nos malheurs et de la grandeur de nos amours : superbes forêts

qui agitiez vos lianes et vos dômes comme les
rideaux et le ciel de notre couche, pins embrasés
qui formiez les flambeaux de notre hymen, fleuve
débordé, montagnes mugissantes, affreuse et
sublime nature, n'étiez-vous donc qu'un appareil
préparé pour nous tromper, et ne pûtes-vous
cacher un moment dans vos mystérieuses horreurs la félicité d'un homme!

« Atala n'offrait plus qu'une faible résistance;
je touchais au moment du bonheur, quand tout à
coup un impétueux éclair, suivi d'un éclat de la
foudre, sillonne l'épaisseur des ombres, remplit la
forêt de soufre et de lumière, et brise un arbre à
nos pieds. Nous fuyons. O surprise!... dans le
silence qui succède, nous entendons le son d'une
cloche! Tous deux interdits, nous prêtons l'oreille
à ce bruit, si étrange dans un désert. A l'instant
un chien aboie dans le lointain; il approche, il
redouble ses cris, il arrive, il hurle de joie à nos
pieds; un vieux solitaire portant une petite
lanterne, le suit à travers les ténèbres de la forêt.
« La Providence soit bénie! s'écria-t-il, aussitôt
qu'il nous aperçut. Il y a bien longtemps que je
vous cherche! Notre chien vous a sentis dès le
commencement de l'orage, et il m'a conduit ici.
Bon Dieu! comme ils sont jeunes! Pauvres
enfants! comme ils ont dû souffrir! Allons : j'ai
apporté une peau d'ours, ce sera pour cette jeune
femme; voici un peu de vin dans notre calebasse.
Que Dieu soit loué dans toutes ses œuvres! sa
miséricorde est bien grande, et sa bonté est
infinie! »

« Atala était aux pieds du religieux : « Chef de
la prière, lui disait-elle, je suis chrétienne, c'est le
ciel qui t'envoie pour me sauver. » — « Ma fille,
dit l'hermite en la relevant, nous sonnons ordi-
nairement la cloche de la mission pendant la nuit
et pendant les tempêtes, pour appeler les étrangers; et, à l'exemple de nos frères des Alpes et du
Liban, nous avons appris à notre chien à découvrir les voyageurs égarés [55]. » Pour moi, je comprenais à peine l'hermite; cette charité me
semblait si fort au-dessus de l'homme, que je
croyais faire un songe. A la lueur de la petite
lanterne que tenait le religieux, j'entrevoyais sa
barbe et ses cheveux tout trempés d'eau; ses
pieds, ses mains et son visage étaient ensanglan-
tés par les ronces. « Vieillard, m'écriai-je enfin,
quel cœur as-tu donc, toi qui n'as pas craint
d'être frappé de la foudre? » — « Craindre! repartit le père avec une sorte de chaleur; craindre
lorsqu'il y a des hommes en péril, et que je leur
puis être utile! je serais donc un bien indigne
serviteur de Jésus-Christ! » — « Mais sais-tu, lui
dis-je, que je ne suis pas chrétien! » — « Jeune
homme, répondit l'hermite, vous ai-je demandé
votre religion? Jésus-Christ n'a pas dit : « Mon
sang lavera celui-ci, et non celui-là. » Il est mort
pour le Juif et le Gentil, et il n'a vu dans tous les
hommes que des frères et des infortunés. Ce que
je fais ici pour vous, est fort peu de chose, et vous
trouveriez ailleurs bien d'autres secours; mais la
gloire n'en doit point retomber sur les prêtres.
Que sommes-nous, faibles solitaires, sinon de

grossiers instruments d'une œuvre céleste? Eh !
quel serait le soldat assez lâche pour reculer,
lorsque son chef, la croix à la main, et le front
couronné d'épines, marche devant lui au secours
des hommes? »

« Ces paroles saisirent mon cœur; des larmes
d'admiration et de tendresse tombèrent de mes
yeux. « Mes chers enfants [56], dit le missionnaire,
je gouverne dans ces forêts un petit troupeau de
vos frères sauvages. Ma grotte est assez près d'ici
dans la montagne; venez vous réchauffer chez
moi; vous n'y trouverez pas les commodités de la
vie, mais vous y aurez un abri; et il faut encore en
remercier la bonté divine, car il y a bien des
hommes qui en manquent. »

LES LABOUREURS

« Il y a des justes dont la conscience est si
tranquille, qu'on ne peut approcher d'eux sans
participer à la paix qui s'exhale, pour ainsi dire,
de leur cœur et de leurs discours. A mesure que le
solitaire parlait, je sentais les passions s'apaiser
dans mon sein, et l'orage même dans le ciel
semblait s'éloigner à sa voix. Les nuages furent
bientôt assez dispersés pour nous permettre de
quitter notre retraite. Nous sortîmes de la forêt,
et nous commençâmes à gravir le revers d'une
haute montagne. Le chien marchait devant nous,

en portant au bout d'un bâton la lanterne
éteinte. Je tenais la main d'Atala, et nous
suivions le missionnaire. Il se détournait souvent
pour nous regarder, contemplant avec pitié nos
malheurs et notre jeunesse. Un livre était suspendu à son cou; il s'appuyait sur un bâton
blanc. Sa taille était élevée, sa figure pâle et
maigre, sa physionomie simple et sincère. Il
n'avait pas les traits morts et effacés de l'homme
né sans passions; on voyait que ses jours avaient
été mauvais, et les rides de son front montraient
les belles cicatrices des passions guéries par la
vertu et par l'amour de Dieu et des hommes.
Quand il nous parlait debout et immobile, sa
longue barbe, ses yeux modestement baissés[57], le
son affectueux de sa voix, tout en lui avait
quelque chose de calme et de sublime. Quiconque
a vu, comme moi, le père Aubry cheminant seul
avec son bâton et son bréviaire dans le désert, a
une véritable idée du voyageur chrétien sur la
terre.

« Après une demi-heure d'une marche dangereuse par les sentiers de la montagne, nous
arrivâmes à la grotte du missionnaire. Nous y
entrâmes à travers les lierres et les giraumonts[58]
humides, que la pluie avait abattus des rochers.
Il n'y avait dans ce lieu qu'une natte de feuilles
de papaya, une calebasse pour puiser de l'eau,
quelques vases de bois, une bêche, un serpent
familier, et sur une pierre qui servait de table, un
crucifix et le livre des chrétiens.

« L'homme des anciens jours se hâta d'allumer

du feu avec des lianes sèches; il brisa du maïs entre deux pierres, et en ayant fait un gâteau, il le mit cuire sous la cendre. Quand ce gâteau eut pris au feu une belle couleur dorée, il nous le servit tout brûlant, avec de la crème de noix dans un vase d'érable. Le soir ayant ramené la sérénité, le serviteur du grand Esprit nous proposa d'aller nous asseoir à l'entrée de la grotte. Nous le suivîmes dans ce lieu, qui commandait une vue immense. Les restes de l'orage étaient jetés en désordre vers l'orient; les feux de l'incendie allumé dans les forêts par la foudre, brillaient encore dans le lointain; au pied de la montagne un bois de pins tout entier était renversé dans la vase et le fleuve roulait pêle-mêle les argiles détrempées, les troncs des arbres, les corps des animaux et les poissons morts, dont on voyait le ventre argenté flotter à la surface des eaux [59].

« Ce fut au milieu de cette scène qu'Atala raconta notre histoire au vieux Génie de la montagne. Son cœur parut [60] touché, et des larmes tombèrent sur sa barbe : « Mon enfant, dit-il à Atala, il faut offrir vos souffrances à Dieu, pour la gloire de qui vous avez déjà fait tant de choses; il vous rendra le repos. Voyez fumer ces forêts, sécher ces torrents, se dissiper ces nuages; croyez-vous que celui qui peut calmer une pareille tempête, ne pourra pas apaiser les troubles du cœur de l'homme? Si vous n'avez pas de meilleure retraite, ma chère fille, je vous offre une place au milieu du troupeau que j'ai eu le bonheur d'appeler à Jésus-Christ. J'instruirai

Chactas, et je vous le donnerai pour époux quand il sera digne de l'être. »

« A ces mots je tombai aux genoux du solitaire, en versant des pleurs de joie; mais Atala devint pâle comme la mort. Le vieillard me releva avec bénignité, et je m'aperçus alors qu'il avait les deux mains mutilées. Atala comprit sur-le-champ ses malheurs. « Les barbares! » s'écria-t-elle.

« Ma fille, reprit le père avec un doux sourire, qu'est-ce que cela auprès de ce qu'a enduré mon divin Maître? Si les Indiens idolâtres m'ont affligé, ce sont de pauvres aveugles que Dieu éclairera un jour. Je les chéris même davantage, en proportion des maux qu'ils m'ont faits. Je n'ai pu rester dans ma patrie où j'étais retourné, et où une illustre reine m'a fait l'honneur de vouloir contempler ces faibles marques de mon apostolat. Et quelle récompense plus glorieuse pouvais-je recevoir de mes travaux, que d'avoir obtenu du chef de notre religion la permission de célébrer le divin sacrifice avec ces mains mutilées? Il ne me restait plus, après un tel honneur, qu'à tâcher de m'en rendre digne : je suis revenu au Nouveau-Monde consumer le reste de ma vie au service de mon Dieu. Il y a bientôt trente ans que j'habite cette solitude, et il y en aura demain vingt-deux, que j'ai pris possession de ce rocher. Quand j'arrivai dans ces lieux je n'y trouvai que des familles vagabondes, dont les mœurs étaient féroces et la vie fort misérable. Je leur ai fait entendre la parole de paix, et leurs mœurs se sont

graduellement adoucies. Ils vivent maintenant
rassemblés au bas de cette montagne. J'ai tâché,
en leur enseignant les voies du salut, de leur
apprendre les premiers arts de la vie, mais sans
les porter trop loin, et en retenant ces honnêtes
gens dans cette simplicité qui fait le bonheur.
Pour moi, craignant de les gêner par ma présence,
je me suis retiré sous cette grotte, où ils viennent
me consulter. C'est ici que loin des hommes,
j'admire Dieu dans la grandeur de ces solitudes,
et que je me prépare à la mort, que m'annoncent
mes vieux jours. »

« En achevant ces mots, le solitaire se mit à
genoux, et nous imitâmes son exemple. Il commença à haute voix une prière, à laquelle Atala
répondait. De muets éclairs ouvraient encore les
cieux dans l'orient, et sur les nuages du couchant,
trois soleils brillaient ensemble[61]. Quelques
renards dispersés par l'orage allongeaient leurs
museaux noirs au bord des précipices, et l'on
entendait le frémissement des plantes qui,
séchant à la brise du soir, relevaient de toutes
parts leurs tiges abattues.

« Nous rentrâmes dans la grotte, où l'hermite
étendit un lit de mousse de cyprès pour Atala.
Une profonde langueur se peignait dans les yeux
et dans les mouvements de cette vierge; elle
regardait le père Aubry, comme si elle eût voulu
lui communiquer un secret; mais quelque chose
semblait la retenir, soit ma présence, soit une
certaine honte, soit l'inutilité de l'aveu. Je
l'entendis se lever au milieu de la nuit; elle

cherchait le solitaire; mais comme il lui avait
donné sa couche, il était allé contempler la
beauté du ciel et prier Dieu sur le sommet de la
montagne. Il me dit le lendemain que c'était
assez sa coutume, même pendant l'hiver, aimant
à voir les forêts balancer leurs cimes dépouillées,
les nuages voler dans les cieux, et à entendre les
vents et les torrents gronder dans la solitude. Ma
sœur fut donc obligée de retourner à sa couche,
où elle s'assoupit. Hélas! comblé d'espérance, je
ne vis dans la faiblesse d'Atala que des marques
passagères de lassitude!

« Le lendemain je m'éveillai aux chants des
cardinaux et des oiseaux-moqueurs, nichés dans
les acacias et les lauriers qui environnaient la
grotte. J'allai cueillir une rose de magnolia, et je
la déposai humectée des larmes du matin sur la
tête d'Atala endormie. J'espérais, selon la religion de mon pays, que l'âme de quelque enfant
mort à la mamelle, serait descendue sur cette fleur
dans une goutte de rosée, et qu'un heureux songe
la porterait au sein de ma future épouse[62]. Je
cherchai ensuite mon hôte, je le trouvai, la robe
relevée dans ses deux poches, un chapelet à la
main, et m'attendant assis sur le tronc d'un pin
tombé de vieillesse. Il me proposa d'aller avec lui
à la Mission, tandis qu'Atala reposait encore;
j'acceptai son offre, et nous nous mîmes en route
à l'instant.

« En descendant la montagne, j'aperçus des
chênes où les Génies semblaient avoir dessiné des
caractères étrangers. L'hermite me dit qu'il les

avait tracés lui-même, que c'étaient des vers d'un
ancien poëte appelé Homère, et quelques sen-
tences d'un autre poëte plus ancien encore, nommé
Salomon. Il y avait je ne sais quelle mystérieuse
harmonie entre cette sagesse des temps, ces vers
rongés de mousse, ce vieux Solitaire qui les avait
gravés, et ces vieux chênes qui lui servaient de
livres.

« Son nom, son âge, la date de sa mission,
étaient aussi marqués sur un roseau de savane,
au pied de ces arbres. Je m'étonnai de la fragilité
du dernier monument : « Il durera encore plus
que moi, me répondit le père, et aura toujours
plus de valeur que le peu de bien que j'ai fait. »

« De là, nous arrivâmes à l'entrée d'une vallée,
où je vis un ouvrage merveilleux : c'était un pont
naturel, semblable à celui de la Virginie, dont tu
as peut-être entendu parler. Les hommes, mon
fils, surtout ceux de ton pays, imitent souvent la
nature, et leurs copies sont toujours petites; il
n'en est pas ainsi de la nature, quand elle a l'air
d'imiter les travaux des hommes, en leur offrant
en effet des modèles. C'est alors qu'elle jette des
ponts du sommet d'une montagne au sommet
d'une autre montagne, suspend des chemins dans
les nues, répand des fleuves pour canaux, sculpte
des monts pour colonnes, et pour bassins creuse
des mers.

« Nous passâmes sous l'arche unique de ce
pont et nous nous trouvâmes devant une autre
merveille [63] : c'était le cimetière des Indiens de la
Mission, ou *les Bocages de la mort*. Le père Aubry

avait permis à ses néophytes d'ensevelir leurs
morts à leur manière et de conserver au lieu de
leurs sépultures son nom sauvage; il avait seulement sanctifié ce lieu par une croix[a]. Le sol en
était divisé, comme le champ commun des
moissons, en autant de lots qu'il y avait de
familles. Chaque lot faisait à lui seul un bois qui
variait selon le goût de ceux qui l'avaient planté.
Un ruisseau serpentait sans bruit au milieu de ces
bocages; on l'appelait *le Ruisseau de la paix*. Ce
riant asile des âmes était fermé à l'Orient par le
pont sous lequel nous avions passé; deux collines
le bornaient au septentrion et au midi; il ne
s'ouvrait qu'à l'occident, où s'élevait un grand
bois de sapins. Les troncs de ces arbres, rouges
marbrés de vert, montant sans branches jusqu'à
leurs cimes, ressemblaient à de hautes colonnes,
et formaient le péristyle de ce temple de la mort;
il y régnait un bruit religieux, semblable au sourd
mugissement de l'orgue sous les voûtes d'une
église; mais lorsqu'on pénétrait au fond du
sanctuaire, on n'entendait plus que les hymnes
des oiseaux qui célébraient à la mémoire des
morts une fête éternelle.

« En sortant de ce bois, nous découvrîmes le
village de la Mission, situé au bord d'un lac, au
milieu d'une savane semée de fleurs. On y
arrivait par une avenue de magnolias et de
chênes-verts, qui bordaient une de ces anciennes

---

a. Le père Aubry avait fait comme les Jésuites à la Chine,
qui permettaient aux Chinois d'enterrer leurs parents dans
leurs jardins, selon leur ancienne coutume.

routes, que l'on trouve vers les montagnes qui
divisent le Kentucky des Florides. Aussitôt que
les Indiens aperçurent leur pasteur dans la
plaine, ils abandonnèrent leurs travaux et accou-
rurent au-devant de lui. Les uns baisaient sa
robe, les autres aidaient ses pas; les mères
élevaient dans leurs bras leurs petits enfants,
pour leur faire voir l'homme de Jésus-Christ, qui
répandait des larmes. Il s'informait, en marchant, de ce qui se passait au village; il donnait
un conseil à celui-ci, réprimandait doucement
celui-là, il parlait des moissons à recueillir, des
enfants à instruire, des peines à consoler, et il
mêlait Dieu à tous ses discours. ·

« Ainsi escortés, nous arrivâmes au pied d'une
grande croix qui se trouvait sur le chemin. C'était
là que le serviteur de Dieu avait accoutumé de
célébrer les mystères de sa religion : « Mes chers
néophytes, dit-il en se tournant vers la foule, il
vous est arrivé un frère et une sœur; et pour
surcroît de bonheur, je vois que la divine
Providence a épargné hier vos moissons : voilà
deux grandes raisons de la remercier. Offrons
donc le saint sacrifice, et que chacun y apporte
un recueillement profond, une foi vive, une
reconnaissance infinie et un cœur humilié. »

« Aussitôt le prêtre divin revêt une tunique
blanche d'écorce de mûriers; les vases sacrés sont
tirés d'un tabernacle au pied de la croix, l'autel
se prépare sur un quartier de roche, l'eau se puise
dans le torrent voisin, et une grappe de raisin
sauvage fournit le vin du sacrifice. Nous nous

mettons tous à genoux dans les hautes herbes ; le mystère commence.

« L'aurore paraissant derrière les montagnes enflammait l'orient. Tout était d'or ou de rose dans la solitude[64]. L'astre annoncé par tant de splendeur, sortit enfin d'un abîme de lumière, et son premier rayon rencontra l'hostie consacrée, que le prêtre, en ce moment même, élevait dans les airs. O charme de la religion ! O magnificence du culte chrétien ! Pour sacrificateur un vieil hermite, pour autel un rocher, pour église le désert, pour assistance d'innocents Sauvages ! Non, je ne doute point qu'au moment où nous nous prosternâmes, le grand mystère ne s'accomplît, et que Dieu ne descendît sur la terre, car je le sentis descendre dans mon cœur.

« Après le sacrifice, où il ne manqua pour moi que la fille de Lopez, nous nous rendîmes au village. Là, régnait le mélange le plus touchant de la vie sociale et de la vie de la nature : au coin d'une cyprière de l'antique désert, on découvrait une culture naissante ; les épis roulaient à flots d'or sur le tronc du chêne abattu, et la gerbe d'un été remplaçait l'arbre de trois siècles. Partout on voyait les forêts livrées aux flammes pousser de grosses fumées dans les airs, et la charrue se promener lentement entre les débris de leurs racines. Des arpenteurs avec de longues chaînes allaient mesurant le terrain ; des arbitres établissaient les premières propriétés ; l'oiseau cédait son nid ; le repaire de la bête féroce se changeait en une cabane ; on entendait gronder des forges, et les coups de la cognée faisaient, pour la dernière fois, mugir des échos expirant eux-mêmes avec les arbres qui leur servaient d'asile.

« J'errais avec ravissement au milieu de ces tableaux, rendus plus doux par l'image d'Atala et par les rêves de félicité dont je berçais mon cœur. J'admirais le triomphe du Christianisme sur la vie sauvage; je voyais l'Indien se civilisant à la voix de la religion; j'assistais aux noces primitives de l'Homme et de la Terre : l'homme, par ce grand contrat, abandonnant à la terre l'héritage de ses sueurs; et la terre s'engageant, en retour, à porter fidèlement les moissons, les fils et les cendres de l'homme.

« Cependant on présenta un enfant au missionnaire, qui le baptisa parmi des jasmins en fleurs, au bord d'une source, tandis qu'un cercueil, au milieu des jeux et des travaux, se rendait aux Bocages de la mort. Deux époux reçurent la bénédiction nuptiale sous un chêne, et nous allâmes ensuite les établir dans un coin du désert. Le pasteur marchait devant nous, bénissant çà et là, et le rocher, et l'arbre, et la fontaine, comme autrefois, selon le livre des Chrétiens, Dieu bénit la terre inculte en la donnant en héritage à Adam. Cette procession, qui pêle-mêle avec ses troupeaux suivait de rocher en rocher son chef vénérable, représentait à mon cœur attendri ces migrations des premières familles, alors que Sem, avec ses enfants, s'avançait à travers le monde inconnu, en suivant le soleil, qui marchait devant lui.

« Je voulus savoir du saint hermite, comment il gouvernait ses enfants ; il me répondit avec une grande complaisance : « Je ne leur ai donné aucune loi ; je leur ai seulement enseigné à s'aimer, à prier Dieu, et à espérer une meilleure vie : toutes les lois du monde sont là-dedans. Vous voyez au milieu du village une cabane plus grande que les autres : elle sert de chapelle dans la saison des pluies. On s'y assemble soir et matin pour louer le Seigneur, et quand je suis absent, c'est un vieillard qui fait la prière ; car la vieillesse est, comme la maternité, une espèce de sacerdoce [65]. Ensuite on va travailler dans les champs, et si les propriétés sont divisées, afin que chacun puisse apprendre l'économie sociale, les moissons sont déposées dans des greniers communs, pour maintenir la charité fraternelle. Quatre vieillards distribuent avec égalité le produit du labeur. Ajoutez à cela des cérémonies religieuses, beaucoup de cantiques, la croix où j'ai célébré les mystères, l'ormeau sous lequel je prêche dans les bons jours, nos tombeaux tout près de nos champs de blé, nos fleuves où je plonge les petits enfants et les saint Jean de cette nouvelle Béthanie, vous aurez une idée complète de ce royaume de Jésus-Christ. »

« Les paroles du Solitaire me ravirent, et je sentis la supériorité de cette vie stable et occupée, sur la vie errante et oisive du Sauvage.

« Ah! René, je ne murmure point contre la Providence, mais j'avoue que je ne me rappelle jamais cette société évangélique, sans éprouver

l'amertume des regrets. Qu'une hutte, avec Atala,
sur ces bords, eût rendu ma vie heureuse! Là
finissaient toutes mes courses; là, avec une
épouse, inconnu des hommes, cachant mon bonheur au fond des forêts, j'aurais passé comme ces
fleuves, qui n'ont pas même un nom dans le
désert. Au lieu de cette paix que j'osais alors me
promettre, dans quel trouble n'ai-je point coulé
mes jours! Jouet continuel de la fortune, brisé
sur tous les rivages, long-temps exilé de mon
pays, et n'y trouvant, à mon retour, qu'une
cabane en ruine et des amis dans la tombe : telle
devait être la destinée de Chactas. »

LE DRAME

« Si mon songe de bonheur fut vif, il fut aussi
d'une courte durée, et le réveil m'attendait à la
grotte du Solitaire. Je fus surpris, en y arrivant
au milieu du jour, de ne pas voir Atala accourir
au-devant de nos pas. Je ne sais quelle soudaine
horreur me saisit [66]. En approchant de la grotte,
je n'osais appeler la fille de Lopez : mon imagination était également épouvantée, ou du bruit, ou
du silence qui succéderait à mes cris. Encore plus
effrayé de la nuit qui régnait à l'entrée du rocher,
je dis au missionnaire : « O vous, que le ciel
accompagne et fortifie, pénétrez dans ces
ombres. »

« Qu'il est faible celui que les passions dominent! Qu'il est fort celui qui se repose en Dieu! Il y avait plus de courage dans ce cœur religieux, flétri par soixante-seize années, que dans toute l'ardeur de ma jeunesse. L'homme de paix entra dans la grotte, et je restai au-dehors plein de terreur. Bientôt un faible murmure, semblable à des plaintes, sortit du fond du rocher, et vint frapper mon oreille. Poussant un cri, et retrouvant mes forces, je m'élançai dans la nuit de la caverne... Esprits de mes pères! vous savez seuls le spectacle qui frappa mes yeux!

« Le Solitaire avait allumé un flambeau de pin; il le tenait d'une main tremblante, au-dessus de la couche d'Atala. Cette belle et jeune femme, à moitié soulevée sur le coude, se montrait pâle et échevelée. Les gouttes d'une sueur pénible brillaient sur son front; ses regards à demi éteints cherchaient encore à m'exprimer son amour, et sa bouche essayait de sourire. Frappé comme d'un coup de foudre, les yeux fixes, les bras étendus, les lèvres entr'ouvertes, je demeurai immobile. Un profond silence règne un moment parmi les trois personnages de cette scène de douleur. Le Solitaire le rompt le premier : « Ceci, dit-il, ne sera qu'une fièvre occasionnée par la fatigue, et si nous nous résignons à la volonté de Dieu, il aura pitié de nous. »

« A ces paroles, le sang suspendu reprit son cours dans mon cœur, et avec la mobilité du Sauvage, je passai subitement de l'excès de la crainte à l'excès de la confiance. Mais Atala ne

m'y laissa pas long-temps. Balançant tristement
la tête, elle nous fit signe de nous approcher de sa
couche.

« Mon père, dit-elle d'une voix affaiblie, en
s'adressant au religieux, je touche au moment de
la mort. O Chactas! écoute sans désespoir le
funeste secret que je t'ai caché, pour ne pas te
rendre trop misérable, et pour obéir à ma mère.
Tâche de ne pas m'interrompre par des marques
d'une douleur, qui précipiteraient le peu d'instants
que j'ai à vivre. J'ai beaucoup de choses à
raconter, et aux battements de ce cœur, qui se
ralentissent... à je ne sais quel fardeau glacé que
mon sein soulève à peine... je sens que je ne me
saurais trop hâter. »

« Après quelques moments de silence, Atala
poursuivit ainsi :

« Ma triste destinée a commencé presque avant
que j'eusse vu la lumière. Ma mère m'avait
conçue dans le malheur; je fatiguais son sein, et
elle me mit au monde avec de grands déchire-
ments d'entrailles : on désespéra de ma vie. Pour
sauver mes jours, ma mère fit un vœu : elle
promit à la Reine des Anges que je lui consacre-
rais ma virginité, si j'échappais à la mort... Vœu
fatal qui me précipite au tombeau [67]!

« J'entrais dans ma seizième année, lorsque je
perdis ma mère. Quelques heures avant de
mourir, elle m'appela au bord de sa couche. « Ma
fille, me dit-elle en présence d'un missionnaire
qui consolait ses derniers instants; ma fille, tu
sais le vœu que j'ai fait pour toi. Voudrais-tu

démentir ta mère? O mon Atala! je te laisse dans
un monde qui n'est pas digne de posséder une
chrétienne, au milieu d'idolâtres qui persécutent
le Dieu de ton père et le mien, le Dieu qui, après
t'avoir donné le jour, te l'a conservé par un
miracle. Eh! ma chère enfant, en acceptant le
voile des vierges, tu ne fais que renoncer aux
soucis de la cabane et aux funestes passions qui
ont troublé le sein de ta mère! Viens donc, ma
bien-aimée, viens; jure sur cette image de la mère
du Sauveur, entre les mains de ce saint prêtre et
de ta mère expirante, que tu ne me trahiras point
à la face du ciel. Songe que je me suis engagée
pour toi, afin de te sauver la vie, et que si tu ne
tiens ma promesse, tu plongeras l'âme de ta mère
dans des tourments éternels. »

« O ma mère! pourquoi parlâtes-vous ainsi! O
religion qui fais à la fois mes maux et ma félicité,
qui me perds et qui me consoles! Et toi, cher et
triste objet d'une passion qui me consume jusque
dans les bras de la mort, tu vois maintenant, ô
Chactas, ce qui a fait la rigueur de notre
destinée!... Fondant en pleurs et me précipitant
dans le sein maternel, je promis tout ce qu'on me
voulut faire promettre. Le missionnaire prononça
sur moi les paroles redoutables, et me donna le
scapulaire qui me lie pour jamais. Ma mère me
menaça de sa malédiction, si jamais je rompais
mes vœux, et après m'avoir recommandé un
secret inviolable envers les païens, persécuteurs
de ma religion, elle expira, en me tenant embras-
sée.

« Je ne connus pas d'abord le danger de mes serments. Pleine d'ardeur, et chrétienne véritable, fière du sang espagnol qui coule dans mes veines, je n'aperçus autour de moi que des hommes indignes de recevoir ma main; je m'applaudis de n'avoir d'autre époux que le Dieu de ma mère. Je te vis, jeune et beau prisonnier, je m'attendris sur ton sort, je t'osai parler au bûcher de la forêt; alors je sentis tout le poids de mes vœux. »

« Comme Atala achevait de prononcer ces paroles, serrant les poings, et regardant le missionnaire d'un air menaçant, je m'écriai : « La voilà donc cette religion que vous m'avez tant vantée! Périsse le serment qui m'enlève Atala! Périsse le Dieu qui contrarie la nature! Homme, prêtre, qu'es-tu venu faire dans ces forêts? »

« Te sauver, dit le vieillard d'une voix terrible, dompter tes passions et t'empêcher, blasphémateur, d'attirer sur toi la colère céleste! Il te sied bien, jeune homme, à peine entré dans la vie, de te plaindre de tes douleurs! Où sont les marques de tes souffrances? Où sont les injustices que tu as supportées? Où sont tes vertus, qui seules pourraient te donner quelques droits à la plainte? Quel service as-tu rendu? Quel bien as-tu fait? Eh! malheureux, tu ne m'offres que des passions, et tu oses accuser le ciel! Quand tu auras, comme le père Aubry, passé trente années exilé sur les montagnes, tu seras moins prompt à juger des desseins de la Providence; tu comprendras alors que tu ne sais rien, que tu n'es rien, et qu'il n'y a point de châtiment si rigoureux, point de maux si terribles, que la chair corrompue ne mérite de souffrir. »

« Les éclairs qui sortaient des yeux du vieillard, sa barbe qui frappait sa poitrine, ses paroles foudroyantes le rendaient semblable à un Dieu. Accablé de sa majesté, je tombai à ses genoux, et lui demandai pardon de mes emportements. « Mon fils, me répondit-il avec un accent si doux, que le remords entra dans mon âme, mon fils, ce n'est pas pour moi-même que je vous ai réprimandé. Hélas! vous avez raison, mon cher enfant : je suis venu faire bien peu de chose dans ces forêts, et Dieu n'a pas de serviteur plus indigne que moi. Mais, mon fils, le ciel, le ciel, voilà ce qu'il ne faut jamais accuser! Pardonnez-moi si je vous ai offensé, mais écoutons votre sœur. Il y a peut-être du remède, ne nous lassons point d'espérer. Chactas, c'est une religion bien divine que celle-là, qui a fait une vertu de l'espérance! »

« Mon jeune ami, reprit Atala, tu as été témoin de mes combats, et cependant tu n'en as vu que la moindre partie; je te cachais le reste. Non, l'esclave noir qui arrose de ses sueurs les sables ardents de la Floride est moins misérable que n'a été Atala. Te sollicitant à la fuite, et pourtant certaine de mourir si tu t'éloignais de moi; craignant de fuir avec toi dans les déserts, et cependant haletant après l'ombrage des bois... Ah! s'il n'avait fallu que quitter parents, amis, patrie, si même (chose affreuse) il n'y eût eu que

la perte de mon âme! Mais ton ombre, ô ma
mère, ton ombre était toujours là, me reprochant
ses tourments! J'entendais tes plaintes, je voyais
les flammes de l'enfer te consumer. Mes nuits
étaient arides et pleines de fantômes, mes jours
étaient désolés; la rosée du soir séchait en
tombant sur ma peau brûlante; j'entr'ouvrais
mes lèvres aux brises, et les brises, loin de
m'apporter la fraîcheur, s'embrasaient du feu de
mon souffle. Quel tourment de te voir sans cesse
auprès de moi, loin de tous les hommes, dans de
profondes solitudes, et de sentir entre toi et moi
une barrière invincible! Passer ma vie à tes pieds,
te servir comme ton esclave, apprêter ton repas
et ta couche dans quelque coin ignoré de l'univers, eût été pour moi le bonheur suprême; ce
bonheur, j'y touchais, et je ne pouvais en jouir.
Quel dessein n'ai-je point rêvé! Quel songe n'est
point sorti de ce cœur si triste! Quelquefois en
attachant mes yeux sur toi, j'allais jusqu'à
former des désirs aussi insensés que coupables :
tantôt j'aurais voulu être avec toi la seule
créature vivante sur la terre; tantôt, sentant une
divinité qui m'arrêtait dans mes horribles transports, j'aurais désiré que cette divinité se fût
anéantie, pourvu que serrée dans tes bras, j'eusse
roulé d'abîme en abîme avec les débris de Dieu et
du monde! A présent même... le dirai-je? à
présent que l'éternité va m'engloutir, que je vais
paraître devant le Juge inexorable, au moment
où, pour obéir à ma mère, je vois avec joie ma
virginité dévorer ma vie; eh bien! par une

affreuse contradiction, j'emporte le regret de
n'avoir pas été à toi! »

— « Ma fille, interrompit le missionnaire, votre
douleur vous égare. Cet excès de passion auquel
vous vous livrez est rarement juste, il n'est pas
même dans la nature; et en cela il est moins
coupable aux yeux de Dieu, parce que c'est
plutôt quelque chose de faux dans l'esprit, que de
vicieux dans le cœur. Il faut donc éloigner de
vous ces emportements, qui ne sont pas dignes de
votre innocence. Mais aussi, ma chère enfant,
votre imagination impétueuse vous a trop alarmée sur vos vœux. La religion n'exige point de
sacrifice plus qu'humain. Ses sentiments vrais,
ses vertus tempérées sont bien au-dessus des
sentiments exaltés et des vertus forcées d'un
prétendu héroïsme. Si vous aviez succombé, eh
bien! pauvre brebis égarée, le Bon Pasteur vous
aurait cherchée, pour vous ramener au troupeau.
Les trésors du repentir vous étaient ouverts : il
faut des torrents de sang pour effacer nos fautes
aux yeux des hommes, une seule larme suffit à
Dieu. Rassurez-vous donc, ma chère fille, votre
situation exige du calme; adressons-nous à Dieu,
qui guérit toutes les plaies de ses serviteurs. Si
c'est sa volonté, comme je l'espère, que vous
échappiez à cette maladie, j'écrirai à l'évêque de
Québec [68]; il a les pouvoirs nécessaires pour vous
relever de vos vœux, qui ne sont que des vœux
simples [69], et vous achèverez vos jours près de
moi avec Chactas votre époux. »

« A ces paroles du vieillard, Atala fut saisie

d'une longue convulsion, dont elle ne sortit que
pour donner des marques d'une douleur effrayante.
Quoi! dit-elle en joignant les deux mains avec
passion, il y avait du remède! Je pouvais être
relevée de mes vœux! » — « Oui, ma fille, répondit
le père; et vous le pouvez encore. » — « Il est trop
tard, il est trop tard, s'écria-t-elle! Faut-il mourir,
au moment où j'apprends que j'aurais pu être
heureuse! Que n'ai-je connu plus tôt ce saint
vieillard! Aujourd'hui, de quel bonheur je joui-
rais, avec toi, avec Chactas chrétien..., consolée,
rassurée par ce prêtre auguste... dans ce désert...
pour toujours... oh! c'eût été trop de félicité! » —
« Calme-toi, lui dis-je, en saisissant une des mains
de l'infortunée; calme-toi; ce bonheur, nous
allons le goûter. » — « Jamais! jamais! » dit
Atala. — « Comment? » repartis-je. — « Tu ne
sais pas tout, s'écria la vierge : c'est hier...
pendant l'orage... J'allais violer mes vœux; j'allais plonger ma mère dans les flammes de
l'abîme; déjà sa malédiction était sur moi; déjà
je mentais au Dieu qui m'a sauvé la vie... Quand
tu baisais mes lèvres tremblantes, tu ne savais
pas, tu ne savais pas que tu n'embrassais que la
mort! » — « O ciel! s'écria le missionnaire, chère
enfant, qu'avez-vous fait? » — « Un crime, mon
père, dit Atala les yeux égarés; mais je ne perdais
que moi, et je sauvais ma mère. » — « Achève
donc », m'écriai-je plein d'épouvante. — « Eh
bien! dit-elle, j'avais prévu ma faiblesse; en
quittant les cabanes, j'ai emporté avec moi... »
— « Quoi? » repris-je avec horreur. — « Un

poison! » dit le père. — « Il est dans mon sein! »
s'écria Atala.

« Le flambeau échappe de la main du Solitaire,
je tombe mourant près de la fille de Lopez, le
vieillard nous saisit l'un et l'autre dans ses bras,
et tous trois, dans l'ombre, nous mêlons un
moment nos sanglots sur cette couche funèbre.

« Réveillons-nous, réveillons-nous, dit bientôt
le courageux hermite en allumant une lampe!
Nous perdons des moments précieux : intrépides
chrétiens, bravons les assauts de l'adversité : la
corde au cou, la cendre sur la tête, jetons-nous
aux pieds du Très-Haut, pour implorer sa clé-
mence, ou pour nous soumettre à ses décrets.
Peut-être est-il temps encore. Ma fille, vous
eussiez dû m'avertir hier soir. » — « Hélas! mon
père, dit Atala, je vous ai cherché la nuit
dernière; mais le ciel, en punition de mes fautes,
vous a éloigné de moi. Tout secours eût d'ailleurs
été inutile; car les Indiens mêmes, si habiles dans
ce qui regarde les poisons, ne connaissent point
de remède à celui que j'ai pris. O Chactas! juge
de mon étonnement, quand j'ai vu que le coup
n'était pas aussi subit que je m'y attendais! Mon
amour a redoublé mes forces, mon âme n'a pu si
vite se séparer de toi. »

« Ce ne fut plus ici par des sanglots que je
troublai le récit d'Atala, ce fut par ces emportements, qui ne sont connus que des Sauvages. Je
me roulai furieux sur la terre en me tordant les
bras, et en me dévorant les mains. Le vieux
prêtre, avec une tendresse merveilleuse, courait

du frère à la sœur, et nous prodiguait mille
secours. Dans le calme de son cœur et sous le
fardeau des ans, il savait se faire entendre à notre
jeunesse, et sa religion lui fournissait des accents
plus tendres et plus brûlants que nos passions
mêmes. Ce prêtre, qui depuis quarante années
s'immolait chaque jour au service de Dieu et des
hommes dans ces montagnes, ne te rappelle-t-il
pas ces holocaustes d'Israël, fumant perpétuelle-
ment sur les hauts lieux, devant le Seigneur?

« Hélas! ce fut en vain qu'il essaya d'apporter
quelque remède aux maux d'Atala. La fatigue, le
chagrin, le poison et une passion plus mortelle
que tous les poisons ensemble, se réunissaient
pour ravir cette fleur à la solitude. Vers le soir,
des symptômes effrayants se manifestèrent; un
engourdissement général saisit les membres
d'Atala, et les extrémités de son corps commencèrent à refroidir : « Touche mes doigts, me
disait-elle, ne les trouves-tu pas bien glacés? » Je
ne savais que répondre, et mes cheveux se
hérissaient d'horreur; ensuite elle ajoutait :
« Hier encore, mon bien-aimé, ton seul toucher
me faisait tressaillir, et voilà que je ne sens plus
ta main, je n'entends presque plus ta voix, les
objets de la grotte disparaissent tour à tour. Ne
sont-ce pas les oiseaux qui chantent? Le soleil
doit être près de se coucher maintenant? Chactas,
ses rayons seront bien beaux au désert, sur ma
tombe! »

« Atala s'apercevant que ces paroles nous
faisaient fondre en pleurs, nous dit : « Pardonnez-

moi, mes bons amis, je suis bien faible; mais
peut-être que je vais devenir plus forte. Cependant mourir si jeune, tout à la fois, quand mon
cœur était si plein de vie! Chef de la prière, aie
pitié de moi; soutiens-moi. Crois-tu que ma mère
soit contente, et que Dieu me pardonne ce que
j'ai fait? »

— « Ma fille, répondit le bon religieux, en
versant des larmes, et les essuyant avec ses doigts
tremblants et mutilés; ma fille, tous vos malheurs viennent de votre ignorance; c'est votre
éducation sauvage et le manque d'instruction
nécessaire qui vous ont perdue; vous ne saviez
pas qu'une chrétienne ne peut disposer de sa vie.
Consolez-vous donc, ma chère brebis; Dieu vous
pardonnera, à cause de la simplicité de votre
cœur. Votre mère et l'imprudent missionnaire qui
la dirigeait, ont été plus coupables que vous; ils
ont passé leurs pouvoirs, en vous arrachant un
vœu indiscret; mais que la paix du Seigneur soit
avec eux! Vous offrez tous trois un terrible
exemple des dangers de l'enthousiasme, et du
défaut de lumières en matière de religion. Rassurez-vous, mon enfant; celui qui sonde les reins et
les cœurs vous jugera sur vos intentions, qui
étaient pures, et non sur votre action qui est
condamnable.

« Quant à la vie, si le moment est arrivé de
vous endormir dans le Seigneur, ah! ma chère
enfant, que vous perdez peu de chose, en perdant
ce monde! Malgré la solitude où vous avez vécu,
vous avez connu les chagrins; que penseriez-vous

donc, si vous eussiez été témoin des maux de la
société, si en abordant sur les rivages de l'Europe, votre oreille eût été frappée de ce long cri
de douleur, qui s'élève de cette vieille terre[70]?
L'habitant de la cabane, et celui des palais, tout
souffre, tout gémit ici-bas; les reines ont été vues
pleurant, comme de simples femmes[71], et l'on
s'est étonné de la quantité de larmes que
contiennent les yeux des rois!

« Est-ce votre amour que vous regrettez? Ma
fille, il faudrait autant pleurer un songe. Connais-
sez-vous le cœur de l'homme, et pourriez-vous
compter les inconstances de son désir? Vous
calculeriez plutôt le nombre des vagues que la
mer roule dans une tempête. Atala, les sacrifices,
les bienfaits ne sont pas des liens éternels : un
jour, peut-être, le dégoût fût venu avec la satiété,
le passé eût été compté pour rien, et l'on n'eût
plus aperçu que les inconvénients d'une union
pauvre et méprisée. Sans doute, ma fille, les plus
belles amours furent celles de cet homme et de
cette femme sortis de la main du Créateur. Un
paradis avait été formé pour eux, ils étaient
innocents et immortels. Parfaits de l'âme et du
corps, ils se convenaient en tout : Ève avait été
créée pour Adam, et Adam pour Ève. S'ils n'ont
pu toutefois se maintenir dans cet état de
bonheur, quels couples le pourront après eux? Je
ne vous parlerai point des mariages des premiers-
nés des hommes, de ces unions ineffables, alors
que la sœur était l'épouse du frère, que l'amour
et l'amitié fraternelle se confondaient dans le

même cœur, et que la pureté de l'une augmentait les délices de l'autre[72]. Toutes ces unions ont été troublées; la jalousie s'est glissée à l'autel de gazon où l'on immolait le chevreau, elle a régné sous la tente d'Abraham, et dans ces couches mêmes où les patriarches goûtaient tant de joie, qu'ils oubliaient la mort de leurs mères.

« Vous seriez-vous donc flattée, mon enfant, d'être plus innocente et plus heureuse dans vos liens, que ces saintes familles dont Jésus-Christ a voulu descendre? Je vous épargne les détails des soucis du ménage, les disputes, les reproches mutuels, les inquiétudes et toutes ces peines secrètes qui veillent sur l'oreiller du lit conjugal. La femme renouvelle ses douleurs chaque fois qu'elle est mère, et elle se marie en pleurant. Que de maux dans la seule perte d'un nouveau-né à qui l'on donnait le lait, et qui meurt sur votre sein! La montagne a été pleine de gémissements; rien ne pouvait consoler Rachel, parce que ses fils n'étaient plus[73]. Ces amertumes attachées aux tendresses humaines sont si fortes, que j'ai vu dans ma patrie de grandes dames, aimées par des rois, quitter la cour pour s'ensevelir dans des cloîtres, et mutiler cette chair révoltée, dont les plaisirs ne sont que des douleurs[74].

« Mais peut-être direz-vous que ces derniers exemples ne vous regardent pas; que votre ambition se réduisait à vivre dans une obscure cabane avec l'homme de votre choix; que vous cherchiez moins les douceurs du mariage[75], que les charmes de cette folie que la jeunesse appelle amour? Illusion, chimère, vanité, rêve d'une imagination blessée! Et moi aussi, ma fille, j'ai connu les troubles du cœur; cette tête n'a pas toujours été chauve, ni ce sein aussi tranquille qu'il vous le paraît aujourd'hui. Croyez-en mon expérience : si l'homme, constant dans ses affections, pouvait sans cesse fournir à un sentiment renouvelé sans cesse, sans doute, la solitude et l'amour l'égaleraient à Dieu même; car ce sont là les deux éternels plaisirs du grand Être. Mais l'âme de l'homme se fatigue, et jamais elle n'aime long-temps le même objet avec plénitude. Il y a toujours quelques points par où deux cœurs ne se touchent pas, et ces points suffisent à la longue pour rendre la vie insupportable.

« Enfin, ma chère fille, le grand tort des hommes, dans leur songe de bonheur, est d'oublier cette infirmité de la mort attachée à leur nature : il faut finir. Tôt ou tard, quelle qu'eût été votre félicité, ce beau visage se fût changé en cette figure uniforme que le sépulcre donne à la famille d'Adam; l'œil même de Chactas n'aurait pu vous reconnaître entre vos sœurs de la tombe. L'amour n'étend point son empire sur les vers du cercueil. Que dis-je? (ô vanité des vanités!) Que parlé-je de la puissance des amitiés de la terre? Voulez-vous, ma chère fille, en connaître l'étendue? Si un homme revenait à la lumière, quelques années après sa mort, je doute qu'il fût revu avec joie, par ceux-là même qui ont donné le plus de larmes à sa mémoire : tant on forme vite d'autres liaisons, tant on prend facilement d'autres habi-

tudes, tant l'inconstance est naturelle à l'homme,
tant notre vie est peu de chose même dans le
cœur de nos amis!

« Remerciez donc la bonté divine, ma chère
fille, qui vous retire si vite de cette vallée de
misère. Déjà le vêtement blanc et la couronne
éclatante des vierges se préparent pour vous sur
les nuées; déjà j'entends la Reine des Anges qui
vous crie : « Venez, ma digne servante, venez, ma
colombe, venez vous asseoir sur un trône de
candeur, parmi toutes ces filles qui ont sacrifié
leur beauté et leur jeunesse au service de l'humanité, à l'éducation des enfants et aux chefs-
d'œuvre de la pénitence. Venez, rose mystique,
vous reposer sur le sein de Jésus-Christ. Ce
cercueil, lit nuptial que vous vous êtes choisi, ne
sera point trompé; et les embrassements de votre
céleste époux ne finiront jamais! »

« Comme le dernier rayon du jour abat les
vents et répand le calme dans le ciel, ainsi la
parole tranquille du vieillard apaisa les passions
dans le sein de mon amante. Elle ne parut plus
occupée que de ma douleur, et des moyens de me
faire supporter sa perte. Tantôt elle me disait
qu'elle mourrait heureuse, si je lui promettais de
sécher mes pleurs; tantôt elle me parlait de ma
mère, de ma patrie; elle cherchait à me distraire
de la douleur présente, en réveillant en moi une
douleur passée. Elle m'exhortait à la patience, à
la vertu. « Tu ne seras pas toujours malheureux,
disait-elle : si le ciel t'éprouve aujourd'hui, c'est
seulement pour te rendre plus compatissant aux

maux des autres. Le cœur, ô Chactas, est comme ces sortes d'arbres qui ne donnent leur baume pour les blessures des hommes que lorsque le fer les a blessés eux-mêmes. »

« Quand elle avait ainsi parlé, elle se tournait vers le missionnaire, cherchait auprès de lui le soulagement qu'elle m'avait fait éprouver, et, tour à tour consolante et consolée, elle donnait et recevait la parole de vie sur la couche de la mort.

« Cependant l'hermite redoublait de zèle. Ses vieux os s'étaient ranimés par l'ardeur de la charité, et toujours préparant des remèdes, rallumant le feu, rafraîchissant la couche, il faisait d'admirables discours sur Dieu et sur le bonheur des justes. Le flambeau de la religion à la main, il semblait précéder Atala dans la tombe, pour lui en montrer les secrètes merveilles. L'humble grotte était remplie de la grandeur de ce trépas chrétien, et les esprits célestes étaient, sans doute, attentifs à cette scène où la religion luttait seule contre l'amour, la jeunesse et la mort.

« Elle triomphait cette religion divine, et l'on s'apercevait de sa victoire à une sainte tristesse qui succédait dans nos cœurs aux premiers transports des passions. Vers le milieu de la nuit, Atala sembla se ranimer pour répéter des prières que le religieux prononçait au bord de sa couche. Peu de temps après, elle me tendit la main, et avec une voix qu'on entendait à peine, elle me dit : « Fils d'Outalissi, te rappelles-tu cette première nuit où tu me pris pour la Vierge des dernières amours? Singulier présage de notre destinée! » Elle s'arrêta; puis elle reprit : « Quand je songe que je te quitte pour toujours, mon cœur fait un tel effort pour revivre, que je me sens presque le pouvoir de me rendre immortelle à force d'aimer. Mais, ô mon Dieu, que votre volonté soit faite! » Atala se tut pendant quelques instants; elle ajouta : « Il ne me reste plus qu'à vous demander pardon des maux que je vous ai causés. Je vous ai beaucoup tourmenté par mon orgueil et mes caprices. Chactas, un peu de terre jeté sur mon corps va mettre tout un monde entre vous et moi, et vous délivrer pour toujours du poids de mes infortunes. »

— « Vous pardonner, répondis-je noyé de larmes, n'est-ce pas moi qui ai causé tous vos malheurs? » — « Mon ami, dit-elle en m'interrompant, vous m'avez rendue très heureuse, et si j'étais à recommencer la vie, je préférerais encore le bonheur de vous avoir aimé quelques instants dans un exil infortuné à toute une vie de repos dans ma patrie. »

« Ici la voix d'Atala s'éteignit; les ombres de la mort se répandirent autour de ses yeux et de sa bouche; ses doigts errants cherchaient à toucher quelque chose; elle conversait tout bas avec des esprits invisibles. Bientôt, faisant un effort, elle essaya, mais en vain, de détacher de son cou le petit crucifix; elle me pria de le dénouer moi-même, et elle me dit :

« Quand je te parlai pour la première fois, tu vis cette croix briller à la lueur du feu sur mon sein; c'est le seul bien que possède Atala. Lopez, ton père et le mien, l'envoya à ma mère peu de jours après ma naissance. Reçois donc de moi cet héritage, ô mon frère, conserve-le en mémoire de mes malheurs. Tu auras recours à ce Dieu des infortunés dans les chagrins de ta vie. Chactas, j'ai une dernière prière à te faire. Ami, notre union aurait été courte sur la terre, mais il est après cette vie une plus longue vie. Qu'il serait affreux d'être séparée de toi pour jamais! Je ne fais que te devancer aujourd'hui, et je te vais attendre dans l'empire céleste. Si tu m'as aimée, fais-toi [76] instruire dans la religion chrétienne, qui prépara notre réunion. Elle fait sous tes yeux un grand miracle, cette religion, puisqu'elle me rend capable de te quitter, sans mourir dans les angoisses du désespoir. Cependant, Chactas, je ne veux de toi qu'une simple promesse, je sais trop ce qu'il en coûte pour te demander un serment. Peut-être ce vœu te séparerait-il de quelque femme plus heureuse que moi... O ma mère, pardonne à ta fille. O Vierge, retenez votre courroux. Je retombe dans mes faiblesses, et je te dérobe, ô mon Dieu, des pensées qui ne devraient être que pour toi! »

« Navré de douleur [77], je promis à Atala d'embrasser un jour la religion chrétienne. A ce spectacle, le Solitaire se levant d'un air inspiré, et étendant les bras vers la voûte de la grotte : « Il est temps, s'écria-t-il, il est temps d'appeler Dieu ici! »

« A peine a-t-il prononcé ces mots, qu'une force surnaturelle me contraint de tomber à genoux, et m'incline la tête au pied du lit d'Atala. Le prêtre ouvre un lieu secret où était renfermée une urne d'or, couverte d'un voile de soie; il se prosterne et adore profondément. La grotte parut soudain illuminée; on entendit dans les airs les paroles des anges et les frémissements des harpes célestes; et lorsque le Solitaire tira le vase sacré de son tabernacle, je crus voir Dieu lui-même sortir du flanc de la montagne.

« Le prêtre ouvrit le calice[78]; il prit entre ses deux doigts une hostie blanche· comme la neige, et s'approcha d'Atala, en prononçant des mots mystérieux. Cette sainte avait les yeux levés au ciel, en extase. Toutes ses douleurs parurent suspendues, toute sa vie se rassembla sur sa bouche; ses lèvres s'entr'ouvrirent et vinrent avec respect chercher le Dieu caché sous le pain mystique. Ensuite le divin vieillard trempe un peu de coton dans une huile consacrée; il en frotte les tempes[79] d'Atala, il regarde un moment la fille mourante, et tout à coup ces fortes paroles lui échappent : « Partez, âme chrétienne : allez rejoindre votre Créateur! » Relevant alors ma tête abattue, je m'écriai, en regardant le vase où était l'huile sainte : « Mon père, ce remède rendra-t-il la vie à Atala? » — « Oui, mon fils, dit le vieillard en tombant dans mes bras, la vie éternelle! » Atala venait d'expirer. »

Dans cet endroit, pour la seconde fois depuis le commencement de son récit, Chactas fut obligé de s'interrompre. Ses pleurs l'inondaient, et sa voix ne laissait échapper que des mots entrecou-

pés. Le Sachem aveugle ouvrit son sein, il en tira
le crucifix d'Atala.

« Le voilà, s'écria-t-il, ce gage de l'adversité! O
René, ô mon fils, tu le vois; et moi, je ne le vois
plus! Dis-moi, après tant d'années, l'or n'en est-il
point altéré? N'y vois-tu point la trace de mes
larmes! Pourrais-tu reconnaître l'endroit qu'une
sainte a touché de ses lèvres? Comment Chactas
n'est-il point encore chrétien? Quelles frivoles
raisons de politique et de patrie l'ont jusqu'à
présent retenu dans les erreurs de ses pères? Non,
je ne veux pas tarder plus long-temps. La terre
me crie : Quand donc descendras-tu dans la
tombe, et qu'attends-tu pour embrasser une
religion divine?... O terre! vous ne m'attendrez
pas longtemps : aussitôt qu'un prêtre aura
rajeuni dans l'onde cette tête blanchie par les
chagrins, j'espère me réunir à Atala. Mais ache-
vons ce qui me reste à conter de mon histoire. »

LES FUNÉRAILLES

« Je n'entreprendrai point, ô René, de te
peindre aujourd'hui le désespoir qui saisit mon
âme, lorsque Atala eut rendu le dernier soupir. Il
faudrait avoir plus de chaleur qu'il ne m'en reste;
il faudrait que mes yeux fermés se pussent

rouvrir au soleil, pour lui demander compte des
pleurs qu'ils versèrent à sa lumière. Oui, cette
lune qui brille à présent sur nos têtes, se lassera
d'éclairer les solitudes du Kentucky; oui, le
fleuve qui porte maintenant nos pirogues, sus-
pendra le cours de ses eaux, avant que mes
larmes cessent de couler pour Atala! Pendant
deux jours entiers, je fus insensible aux discours
de l'hermite. En essayant de calmer mes peines,
cet excellent homme ne se servait point des
vaines raisons de la terre, il se contentait de me
dire : « Mon fils, c'est la volonté de Dieu; » et il
me pressait dans ses bras. Je n'aurais jamais cru
qu'il y eût tant de consolation dans ce peu de
mots du chrétien résigné, si je ne l'avais éprouvé
moi-même.

« La tendresse, l'onction, l'inaltérable patience
du vieux serviteur de Dieu, vainquirent enfin
l'obstination de ma douleur. J'eus honte des
larmes que je lui faisais répandre. « Mon père, lui
dis-je, c'en est trop : que les passions d'un jeune
homme ne troublent plus la paix de tes jours.
Laisse-moi emporter les restes de mon épouse; je
les ensevelirai dans quelque coin du désert, et si
je suis encore condamné à la vie, je tâcherai de
me rendre digne de ces noces éternelles qui m'ont
été promises par Atala. »

« A ce retour inespéré de courage, le bon père
tressaillit de joie; il s'écria : « O sang de Jésus-
Christ, sang de mon divin maître, je reconnais là
tes mérites! Tu sauveras sans doute ce jeune
homme. Mon Dieu, achève ton ouvrage. Rends

la paix à cette âme troublée, et ne lui laisse de ses malheurs, que d'humbles et utiles souvenirs. »

« Le juste refusa de m'abandonner le corps de la fille de Lopez, mais il me proposa de faire venir ses néophytes, et de l'enterrer avec toute la pompe chrétienne; je m'y refusai à mon tour. « Les malheurs et les vertus d'Atala, lui dis-je, ont été inconnus des hommes; que sa tombe, creusée furtivement par nos mains, partage cette obscurité. » Nous convînmes que nous partirions le lendemain au lever du soleil pour enterrer Atala sous l'arche du pont naturel, à l'entrée des Bocages de la mort. Il fut aussi résolu que nous passerions la nuit en prières auprès du corps de cette sainte.

« Vers le soir, nous transportâmes ses précieux restes à une ouverture de la grotte, qui donnait vers le nord. L'hermite les avait roulés dans une pièce de lin d'Europe, filé par sa mère : c'était le seul bien qui lui restât de sa patrie, et depuis longtemps il le destinait à son propre tombeau. Atala était couchée sur un gazon de sensitives de montagnes; ses pieds, sa tête, ses épaules et une partie de son sein étaient découverts. On voyait dans ses cheveux une fleur de magnolia fanée... celle-là même que j'avais déposée sur le lit de la vierge, pour la rendre féconde. Ses lèvres, comme un bouton de rose cueilli depuis deux matins, semblaient languir et sourire. Dans ses joues d'une blancheur éclatante, on distinguait quelques veines bleues. Ses beaux yeux étaient fermés, ses pieds modestes étaient joints, et ses mains d'albâtre pressaient sur son cœur un crucifix d'ébène; le scapulaire de ses vœux était passé à son cou. Elle paraissait enchantée par l'Ange de la mélancolie, et par le double sommeil de l'innocence et de la tombe. Je n'ai rien vu de plus céleste. Quiconque eût ignoré que cette jeune fille [80] avait joui de la lumière, aurait pu la prendre pour la statue de la Virginité endormie.

« Le religieux ne cessa de prier toute la nuit. J'étais assis en silence au chevet du lit funèbre de mon Atala. Que de fois, durant son sommeil, j'avais supporté sur mes genoux cette tête charmante! Que de fois je m'étais penché sur elle, pour entendre et pour respirer son souffle! Mais à présent aucun bruit ne sortait de ce sein immobile, et c'était en vain que j'attendais le réveil de la beauté!

« La lune prêta son pâle flambeau à cette veillée funèbre. Elle se leva au milieu de la nuit, comme une blanche vestale qui vient pleurer sur le cercueil d'une compagne. Bientôt elle répandit dans les bois ce grand secret de mélancolie, qu'elle aime à raconter aux vieux chênes et aux rivages antiques des mers. De temps en temps, le religieux plongeait un rameau fleuri dans une eau consacrée, puis secouant la branche humide, il parfumait la nuit des baumes du ciel. Parfois il répétait sur un air antique quelques vers d'un vieux poëte nommé Job; il disait :

« J'ai passé comme une fleur; j'ai séché comme l'herbe des champs.

« Pourquoi la lumière a-t-elle été donnée à un misérable, et la vie à ceux qui sont dans l'amertume du cœur? »

« Ainsi chantait l'ancien des hommes. Sa voix grave et un peu cadencée allait roulant dans le silence des déserts. Le nom de Dieu et du tombeau sortait de tous les échos, de tous les torrents, de toutes les forêts. Les roucoulements de la colombe de Virginie, la chute d'un torrent dans la montagne, les tintements de la cloche qui appelait les voyageurs, se mêlaient à ces chants funèbres, et l'on croyait entendre dans les Bocages de la mort le chœur lointain des décédés, qui répondait à la voix du Solitaire.

« Cependant une barre d'or se forma dans l'orient. Les éperviers criaient sur les rochers, et les martres rentraient dans le creux des ormes : c'était le signal du convoi d'Atala. Je chargeai le corps sur mes épaules; l'hermite marchait devant moi, une bêche à la main. Nous commençâmes à descendre de rochers en rochers; la vieillesse et la mort ralentissaient également nos pas. A la vue du chien qui nous avait trouvés dans la forêt, et qui maintenant, bondissant de joie, nous traçait une autre route, je me mis à fondre en larmes. Souvent la longue chevelure d'Atala, jouet des brises matinales, étendait son voile d'or sur mes yeux [81]; souvent pliant sous le fardeau, j'étais obligé de le déposer sur la mousse, et de m'asseoir auprès, pour reprendre des forces. Enfin, nous arrivâmes au lieu marqué par ma douleur; nous descendîmes sous l'arche du pont. O mon fils, il eût fallu voir un jeune sauvage et un vieil hermite, à genoux l'un vis-à-vis de l'autre dans un désert, creusant avec leurs mains un tombeau pour une pauvre fille dont le corps était étendu près de là, dans la ravine desséchée d'un torrent!

« Quand notre ouvrage fut achevé, nous transportâmes la beauté dans son lit d'argile. Hélas, j'avais espéré de préparer une autre couche pour elle! Prenant alors un peu de poussière dans ma main, et gardant un silence effroyable, j'attachai, pour la dernière fois, mes yeux sur le visage d'Atala. Ensuite je répandis la terre du sommeil sur un front de dix-huit printemps; je vis graduellement disparaître les traits de ma sœur[82], et ses grâces se cacher sous le rideau de l'éternité; son sein surmonta quelque temps le sol noirci, comme un lis blanc s'élève du milieu d'une sombre argile : « Lopez, m'écriai-je alors, vois ton fils inhumer ta fille! » et j'achevai de couvrir Atala de la terre du sommeil.

« Nous retournâmes à la grotte, et je fis part au missionnaire du projet que j'avais formé de me fixer près de lui. Le saint, qui connaissait merveilleusement le cœur de l'homme, découvrit ma pensée et la ruse de ma douleur. Il me dit : « Chactas, fils d'Outalissi, tandis qu'Atala a vécu, je vous ai sollicité moi-même de demeurer auprès de moi; mais à présent votre sort est changé : vous vous devez à votre patrie. Croyez-moi, mon

fils, les douleurs ne sont point éternelles; il faut
tôt ou tard qu'elles finissent, parce que le cœur
de l'homme est fini; c'est une de nos grandes
misères : nous ne sommes pas même capables
d'être long-temps malheureux. Retournez au
Meschacebé : allez consoler votre mère, qui vous
pleure tous les jours, et qui a besoin de votre
appui. Faites-vous instruire dans la religion de
votre Atala, lorsque vous en trouverez l'occasion,
et souvenez-vous que vous lui avez promis d'être
vertueux et chrétien. Moi, je veillerai ici sur son
tombeau. Partez, mon fils. Dieu, l'âme de votre
sœur, et le cœur de votre vieil ami vous
suivront. »

« Telles furent les paroles de l'homme du
rocher; son autorité était trop grande, sa sagesse
trop profonde, pour ne lui obéir pas. Dès le
lendemain, je quittai mon vénérable hôte qui, me
pressant sur son cœur, me donna ses derniers
conseils, sa dernière bénédiction et ses dernières
larmes. Je passai au tombeau; je fus surpris d'y
trouver une petite croix qui se montrait au-
dessus de la mort, comme on aperçoit encore le
mât d'un vaisseau qui a fait naufrage. Je jugeai
que le Solitaire était venu prier au tombeau,
pendant la nuit; cette marque d'amitié et de
religion fit couler mes pleurs en abondance. Je
fus tenté de rouvrir la fosse, et de voir encore une
fois ma bien-aimée; une crainte religieuse me
retint. Je m'assis sur la terre, fraîchement
remuée[83]. Un coude appuyé sur mes genoux, et
la tête soutenue dans ma main, je demeurai

enseveli dans la plus amère rêverie. O René, c'est
là que je fis pour la première fois des réflexions
sérieuses sur la vanité de nos jours, et la plus
grande vanité de nos projets! Eh! mon enfant,
qui ne les a point faites ces réflexions! Je ne suis
plus qu'un vieux cerf blanchi par les hivers; mes
ans le disputent à ceux de la corneille : eh bien!
malgré tant de jours accumulés sur ma tête,
malgré une si longue expérience de la vie, je n'ai
point encore rencontré d'homme qui n'eût été
trompé dans ses rêves de félicité, point de cœur
qui n'entretînt une plaie cachée. Le cœur le plus
serein en apparence, ressemble au puits naturel
de la savane Alachua : la surface en paraît calme
et pure, mais quand vous regardez au fond du
bassin, vous apercevez un large crocodile, que le
puits nourrit dans ses eaux.

« Ayant ainsi vu le soleil se lever et se coucher
sur ce lieu de douleur, le lendemain au premier
cri de la cigogne[84], je me préparai à quitter la
sépulture sacrée. J'en partis comme de la borne
d'où je voulais m'élancer dans la carrière de la
vertu. Trois fois j'évoquai l'âme d'Atala; trois
fois le Génie du désert répondit à mes cris sous
l'arche funèbre. Je saluai ensuite l'orient, et je
découvris au loin, dans les sentiers de la montagne, l'hermite qui se rendait à la cabane de
quelque infortuné. Tombant à genoux et embrassant étroitement la fosse, je m'écriai : « Dors en
paix dans cette terre étrangère, fille trop malheureuse! Pour prix de ton amour, de ton exil et de
ta mort, tu vas être abandonnée, même de

Chactas! » Alors versant des flots de larmes, je
me séparai de la fille de Lopez, alors je m'arra-
chai de ces lieux, laissant au pied du monument
de la nature, un monument plus auguste :
l'humble tombeau de la vertu. »

ÉPILOGUE

Chactas, fils d'Outalissi, le Natché, a fait cette histoire à René l'Européen. Les pères l'ont redite aux enfants, et moi, voyageur aux terres lointaines, j'ai fidèlement rapporté ce que des Indiens m'en ont appris. Je vis dans ce récit le tableau du peuple chasseur et du peuple laboureur, la religion, première législatrice des hommes, les dangers de l'ignorance et de l'enthousiasme religieux, opposés aux lumières, à la charité [85] et au véritable esprit de l'Évangile, les combats des passions et des vertus dans un cœur simple, enfin le triomphe du christianisme sur le sentiment le plus fougueux et la crainte la plus terrible, l'amour et la mort.

Quand un Siminole me raconta cette histoire je la trouvai fort instructive et parfaitement belle, parce qu'il y mit la fleur du désert, la grâce de la cabane, et une simplicité à conter la douleur, que je ne me flatte pas d'avoir conservées. Mais une chose me restait à savoir. Je demandais ce qu'était devenu le père Aubry, et personne ne me le pouvait dire. Je l'aurais toujours ignoré, si la

Providence, qui conduit tout, ne m'avait découvert ce que je cherchais. Voici comment la chose
se passa :

J'avais parcouru les rivages du Meschacebé,
qui formaient autrefois la barrière méridionale de
la Nouvelle-France, et j'étais curieux de voir au
nord l'autre merveille de cet empire, la cataracte
de Niagara. J'étais arrivé tout près de cette
chute, dans l'ancien pays des Agonnonsioni [a],
lorsqu'un matin, en traversant une plaine, j'aperçus une femme assise sous un arbre, et tenant un
enfant mort sur ses genoux. Je m'approchai
doucement de la jeune mère, et je l'entendis qui
disait :

« Si tu étais resté parmi nous, cher enfant,
comme ta main eût bandé l'arc avec grâce! Ton
bras eût dompté l'ours en fureur; et sur le
sommet de la montagne, tes pas auraient défié le
chevreuil à la course. Blanche hermine du rocher,
si jeune, être allé dans le pays des âmes!
Comment feras-tu pour y vivre? Ton père n'y est
point, pour t'y nourrir de sa chasse. Tu auras
froid, et aucun Esprit ne te donnera des peaux
pour te couvrir. Oh! il faut que je me hâte de
t'aller rejoindre, pour te chanter des chansons, et
te présenter mon sein. »

Et la jeune mère chantait d'une voix tremblante, balançait l'enfant sur ses genoux, humec-
tait ses lèvres du lait maternel, et prodiguait à la
mort tous les soins qu'on donne à la vie.

Cette femme voulait faire sécher le corps de

_a._ Les Iroquois.

son fils sur les branches d'un arbre, selon la
coutume indienne, afin de l'emporter ensuite aux
tombeaux de ses pères. Elle dépouilla donc le
nouveau-né, et respirant quelques instants sur sa
bouche, elle dit : « Ame de mon fils, âme charmante, ton père t'a créée jadis sur mes lèvres par
un baiser ; hélas, les miens n'ont pas le pouvoir de
te donner une seconde naissance ! » Ensuite elle
découvrit son sein, et embrassa ces restes glacés,
qui se fussent ranimés au feu du cœur maternel,
si Dieu ne s'était réservé le souffle qui donne la
vie.

Elle se leva, et chercha des yeux [86] un arbre sur
les branches duquel elle pût exposer son enfant.
Elle choisit un érable à fleurs rouges, festonné de
guirlandes d'apios, et qui exhalait les parfums les
plus suaves. D'une main elle en abaissa les
rameaux inférieurs, de l'autre elle y plaça le
corps ; laissant alors échapper la branche, la
branche retourna à sa position naturelle, emportant la dépouille de l'innocence, cachée dans un
feuillage odorant. Oh ! que cette coutume
indienne est touchante [87] ! Je vous ai vus dans
vos campagnes désolées, pompeux monuments
des Crassus et des Césars, et je vous préfère
encore ces tombeaux aériens du Sauvage, ces
mausolées de fleurs et de verdure que parfume
l'abeille, que balance le zéphyr, et où le rossignol [88] bâtit son nid et fait entendre sa plaintive
mélodie. Si c'est la dépouille d'une jeune fille que
la main d'un amant a suspendue à l'arbre de la
mort ; si ce sont les restes d'un enfant chéri

qu'une mère a placés dans la demeure des petits
oiseaux, le charme redouble encore[89]. Je m'approchai de celle qui gémissait au pied de l'érable;
je lui imposai les mains sur la tête, en poussant
les trois cris de douleur. Ensuite, sans lui parler,
prenant comme elle un rameau, j'écartai les
insectes qui bourdonnaient autour du corps de
l'enfant. Mais je me donnai de garde d'effrayer
une colombe voisine. L'Indienne lui disait : « Colombe, si tu n'es pas l'âme de mon fils qui s'est
envolée, tu es, sans doute, une mère qui cherche
quelque chose pour faire un nid. Prends de ces
cheveux, que je ne laverai plus dans l'eau
d'esquine[90]; prends-en pour coucher tes petits :
puisse le grand Esprit te les conserver! »

Cependant la mère pleurait de joie en voyant
la politesse de l'étranger. Comme nous faisions
ceci, un jeune homme approcha, et dit : « Fille de
Céluta[91], retire notre enfant, nous ne séjourne-
rons pas plus longtemps ici, et nous partirons au
premier soleil. » Je dis alors : « Frère, je te
souhaite un ciel bleu, beaucoup de chevreuils, un
manteau de castor, et l'espérance. Tu n'es donc
pas de ce désert? » — « Non, répondit le jeune
homme, nous sommes des exilés, et nous allons
chercher une patrie. » En disant cela, le guerrier
baissa la tête dans son sein et avec le bout de son
arc, il abattait la tête des fleurs. Je vis qu'il y
avait des larmes au fond de cette histoire, et je
me tus. La femme retira son fils des branches de
l'arbre, et elle le donna à porter à son époux.
Alors je dis : « Voulez-vous me permettre d'allu-

mer votre feu cette nuit? » — « Nous n'avons
point de cabane, reprit le guerrier; si vous voulez
nous suivre, nous campons au bord de la
chute. »— « Je le veux bien », répondis-je, et
nous partîmes ensemble.

Nous arrivâmes bientôt au bord de la cataracte,[92], qui s'annonçait par d'affreux mugissements.
Elle est formée par la rivière Niagara, qui sort du
lac Érié, et se jette dans le lac Ontario; sa
hauteur perpendiculaire est de cent quarante-
quatre pieds. Depuis le lac Érié jusqu'au Saut, le
fleuve accourt, par une pente rapide, et au
moment de la chute, c'est moins un fleuve qu'une
mer, dont les torrents se pressent à la bouche
béante d'un gouffre. La cataracte se divise en
deux branches, et se courbe en fer à cheval.
Entre les deux chutes s'avance une île creusée en
dessous, qui pend avec tous ses arbres sur le
chaos des ondes. La masse du fleuve qui se
précipite au midi, s'arrondit en un vaste cylindre,
puis se déroule en nappe de neige, et brille au
soleil de toutes les couleurs. Celle qui tombe au
levant descend dans une ombre effrayante; on
dirait une colonne d'eau du déluge. Mille arcs-en-
ciel se courbent et se croisent sur l'abîme.
Frappant le roc ébranlé, l'eau rejaillit en tourbil-
lons d'écume, qui s'élèvent au-dessus des forêts,
comme les fumées d'un vaste embrasement. Des
pins, des noyers sauvages, des rochers taillés en
forme de fantômes, décorent la scène. Des aigles
entraînés par le courant d'air, descendent en
tournoyant au fond du gouffre; et des carcajous

se suspendent par leurs queues flexibles au bout d'une branche abaissée, pour saisir dans l'abîme les cadavres brisés des élans et des ours.

Tandis qu'avec un plaisir mêlé de terreur je contemplais ce spectacle, l'Indienne et son époux me quittèrent. Je les cherchai en remontant le fleuve au-dessus de la chute, et bientôt je les trouvai dans un endroit convenable à leur deuil. Ils étaient couchés sur l'herbe avec des vieillards, auprès de quelques ossements humains enveloppés dans des peaux de bêtes. Étonné de tout ce que je voyais depuis quelques heures, je m'assis auprès de la jeune mère, et je lui dis : « Qu'est-ce que tout ceci, ma sœur? » Elle me répondit : « Mon frère, c'est la terre de la patrie; ce sont les cendres de nos aïeux, qui nous suivent dans notre exil. » — « Et comment, m'écriai-je, avez-vous été réduits à un tel malheur? » La fille de Céluta repartit : « Nous sommes les restes des Natchez. Après le massacre que les Français firent de notre nation pour venger leurs frères, ceux de nos frères qui échappèrent aux vainqueurs, trouvèrent un asile chez les Chikassas [93] nos voisins. Nous y sommes demeurés assez longtemps tranquilles; mais il y a sept lunes que les blancs de la Virginie se sont emparés de nos terres, en disant qu'elles leur ont été données par un roi d'Europe. Nous avons levé les yeux au ciel, et chargés des restes de nos aïeux, nous avons pris notre route à travers le désert. Je suis accouchée pendant la marche; et comme mon lait était mauvais, à cause de la douleur, il a fait mourir mon enfant. »

En disant cela, la jeune mère essuya ses yeux avec sa chevelure; je pleurais aussi.

Or, je dis bientôt : « Ma sœur, adorons le grand Esprit, tout arrive par son ordre. Nous sommes tous voyageurs; nos pères l'ont été comme nous; mais il y a un lieu où nous nous reposerons. Si je ne craignais d'avoir la langue aussi légère que celle d'un blanc, je vous demanderais si vous avez entendu parler de Chactas, le Natché? » A ces mots, l'Indienne me regarda et me dit : « Qui est-ce qui vous a parlé de Chactas, le Natché? » Je répondis : « C'est la sagesse. » L'Indienne reprit : « Je vous dirai ce que je sais, parce que vous avez éloigné les mouches du corps de mon fils, et que vous venez de dire de belles paroles sur le grand Esprit. Je suis la fille de René l'Européen, que Chactas avait adopté. Chactas, qui avait reçu le baptême, et René mon aïeul si malheureux, ont péri dans le massacre. » — « L'homme va toujours de douleur en douleur, répondis-je en m'inclinant. Vous pourriez donc aussi m'apprendre des nouvelles du père Aubry? » — Il n'a pas été plus heureux que Chactas, dit l'Indienne. Les Chéroquois [94], ennemis des Français, pénétrèrent à sa Mission; ils y furent conduits par le son de la cloche qu'on sonnait pour secourir les voyageurs. Le père Aubry se pouvait sauver; mais il ne voulut pas abandonner ses enfants, et il demeura pour les encourager à mourir, par son exemple. Il fut brûlé avec de grandes tortures; jamais on ne put tirer de lui un cri qui tournât à la honte de son

Dieu, ou au déshonneur de sa patrie[95]. Il ne
cessa, durant le supplice, de prier pour ses
bourreaux, et de compatir au sort des victimes.
Pour lui arracher une marque de faiblesse, les
Chéroquois amenèrent à ses pieds un Sauvage
chrétien, qu'ils avaient horriblement mutilé. Mais
ils furent bien surpris, quand ils virent le jeune
homme se jeter à genoux, et baiser les plaies du
vieil hermite qui lui criait : « Mon enfant, nous
avons été mis en spectacle aux anges et aux
hommes. » Les Indiens furieux lui plongèrent un
fer rouge dans la gorge, pour l'empêcher de
parler. Alors ne pouvant plus consoler les
hommes, il expira.

« On dit que les Chéroquois, tout accoutumés
qu'ils étaient à voir des Sauvages souffrir avec
constance, ne purent s'empêcher d'avouer qu'il y
avait dans l'humble courage du père Aubry
quelque chose qui leur était inconnu, et qui
surpassait tous les courages de la terre. Plusieurs
d'entr'eux, frappés de cette mort, se sont faits
chrétiens.

« Quelques années après, Chactas, à son retour
de la terre des blancs, ayant appris les malheurs
du chef de la prière, partit pour aller recueillir ses
cendres et celles d'Atala. Il arriva à l'endroit où
était située la Mission, mais il put à peine le
reconnaître. Le lac s'était débordé, et la savane
était changée en un marais; le pont naturel, en
s'écroulant, avait enseveli sous ses débris le
tombeau d'Atala et les Bocages de la mort.
Chactas erra longtemps dans ce lieu; il visita la

grotte du Solitaire qu'il trouva remplie de ronces
et de framboisiers, et dans laquelle une biche
allaitait son faon. Il s'assit sur le rocher de la
Veillée de la mort, où il ne vit que quelques
plumes tombées de l'aile de l'oiseau de passage.
Tandis qu'il y pleurait, le serpent familier du
missionnaire sortit des broussailles voisines, et
vint s'entortiller à ses pieds. Chactas réchauffa
dans son sein ce fidèle ami, resté seul au milieu de
ces ruines. Le fils d'Outalissi a raconté que
plusieurs fois aux approches de la nuit, il avait
cru voir les ombres d'Atala et du père Aubry
s'élever dans la vapeur du crépuscule[96]. Ces
visions le remplirent d'une religieuse frayeur et
d'une joie triste.

« Après avoir cherché vainement le tombeau de
sa sœur et celui de l'hermite, il était près
d'abandonner ces lieux, lorsque la biche de la
grotte se mit à bondir devant lui. Elle s'arrêta au
pied de la croix de la Mission. Cette croix était
alors à moitié entourée d'eau; son bois était
rongé de mousse, et le pélican du désert aimait à
se percher sur ses bras vermoulus. Chactas jugea
que la biche reconnaissante l'avait conduit au
tombeau de son hôte. Il creusa sous la roche qui
jadis servait d'autel, et il y trouva les restes d'un
homme et d'une femme. Il ne douta point que ce
ne fussent ceux du prêtre et de la vierge, que les
anges avaient peut-être ensevelis dans ce lieu; il
les enveloppa dans des peaux d'ours, et reprit le
chemin de son pays emportant les précieux
restes, qui résonnaient sur ses épaules comme le

carquois de la mort. La nuit, il les mettait sous sa tête, et il avait des songes d'amour et de vertu. O étranger, tu peux contempler ici cette poussière avec celle de Chactas lui-même! »

Comme l'Indienne achevait de prononcer ces mots, je me levai; je m'approchai des cendres sacrées, et me prosternai devant elles en silence. Puis m'éloignant à grands pas, je m'écriai : « Ainsi passe sur la terre tout ce qui fut bon, vertueux, sensible! Homme, tu n'es qu'un songe rapide, un rêve douloureux; tu n'existes que par le malheur; tu n'es quelque chose que par la tristesse de ton âme et l'éternelle mélancolie de ta pensée! »

Ces réflexions m'occupèrent toute la nuit. Le lendemain, au point du jour, mes hôtes me quittèrent. Les jeunes guerriers ouvraient la marche, et les épouses la fermaient; les premiers étaient chargés des saintes reliques; les secondes portaient leurs nouveau-nés; les vieillards cheminaient lentement au milieu, placés entre leurs aïeux et leur postérité, entre les souvenirs et l'espérance, entre la patrie perdue et la patrie à venir. Oh! que de larmes sont répandues, lorsqu'on abandonne ainsi la terre natale, lorsque du haut de la colline de l'exil, on découvre pour la dernière fois le toit où l'on fut nourri et le fleuve de la cabane, qui continue de couler tristement à travers les champs solitaires de la patrie!

Indiens infortunés que j'ai vus errer dans les déserts du Nouveau-Monde, avec les cendres de

vos aïeux, vous qui m'aviez donné l'hospitalité
malgré votre misère, je ne pourrais vous la rendre
aujourd'hui, car j'erre, ainsi que vous, à la merci
des hommes; et moins heureux dans mon exil, je
n'ai point emporté les os de mes pères [97].

René

En arrivant chez les Natchez, René avait été obligé de prendre une épouse, pour se conformer aux mœurs des Indiens; mais il ne vivait point avec elle. Un penchant mélancolique l'entraînait au fond des bois; il y passait seul des journées entières, et semblait sauvage parmi des sauvages. Hors Chactas, son père adoptif, et le P. Souël[1], missionnaire au fort Rosalie[a], il avait renoncé au commerce des hommes. Ces deux vieillards avaient pris beaucoup d'empire sur son cœur : le premier, par une indulgence aimable, l'autre, au contraire par une extrême sévérité. Depuis la chasse du castor, où le Sachem aveugle raconta ses aventures à René, celui-ci n'avait jamais voulu parler des siennes. Cependant Chactas et le missionnaire désiraient vivement connaître par quel malheur un Européen bien né avait été conduit à l'étrange résolution de s'ensevelir dans les déserts de la Louisiane. René avait toujours donné pour motifs de ses refus, le peu d'intérêt de son histoire qui se bornait, disait-il, à celle de ses

a. Colonie française aux Natchez.

pensées et de ses sentiments. « Quant à l'événement qui m'a déterminé à passer en Amérique,
ajoutait-il, je le dois ensevelir dans un éternel
oubli. »

Quelques années s'écoulèrent de la sorte, sans
que les deux vieillards lui pussent arracher son
secret. Une lettre qu'il reçut d'Europe, par le
bureau des Missions étrangères, redoubla telle-
ment sa tristesse, qu'il fuyait jusqu'à ses vieux
amis. Ils n'en furent que plus ardents à le presser
de leur ouvrir son cœur; ils y mirent tant de
discrétion, de douceur et d'autorité, qu'il fut
enfin obligé de les satisfaire. Il prit donc jour
avec eux, pour leur raconter, non les aventures
de sa vie, puisqu'il n'en avait point éprouvé, mais
les sentiments secrets de son âme.

Le 21 de ce mois que les sauvages appellent *la
lune des fleurs*, René se rendit à la cabane de
Chactas. Il donna le bras au Sachem, et le
conduisit sous un sassafras, au bord du Meschacebé. Le P. Souël ne tarda pas à arriver au
rendez-vous. L'aurore se levait : à quelque distance dans la plaine, on apercevait le village des
Natchez, avec son bocage de mûriers, et ses
cabanes qui ressemblent à des ruches d'abeilles.
La colonie française et le fort Rosalie se montraient sur la droite, au bord du fleuve. Des
tentes, des maisons à moitié bâties, des forteres-
ses commencées, des défrichements couverts de
Nègres, des groupes de Blancs et d'Indiens,
présentaient dans ce petit espace, le contraste des
mœurs sociales et des mœurs sauvages. Vers

l'orient, au fond de la perspective, le soleil commençait à paraître entre les sommets brisés des Apalaches, qui se dessinaient comme des caractères d'azur, dans les hauteurs dorées du ciel; à l'occident, le Meschacebé roulait ses ondes dans un silence magnifique, et formait la bordure du tableau avec une inconcevable grandeur.

Le jeune homme et le missionnaire admirèrent quelque temps cette belle scène, en plaignant le Sachem qui ne pouvait plus en jouir; ensuite le P. Souël et Chactas s'assirent sur le gazon, au pied de l'arbre; René prit sa place au milieu d'eux, et après un moment de silence, il parla de la sorte à ses vieux amis :

« Je ne puis, en commençant mon récit, me défendre d'un mouvement de honte. La paix de vos cœurs, respectables vieillards, et le calme de la nature autour de moi, me font rougir du trouble et de l'agitation de mon âme.

« Combien vous aurez pitié de moi! Que mes éternelles inquiétudes vous paraîtront misérables! Vous qui avez épuisé tous les chagrins de la vie, que penserez-vous d'un jeune homme sans force et sans vertu, qui trouve en lui-même son tourment, et ne peut guère se plaindre que des maux qu'il se fait à lui-même? Hélas, ne le condamnez pas; il a été trop puni!

« J'ai coûté la vie à ma mère en venant au monde; j'ai été tiré de son sein avec le fer. J'avais un frère que mon père bénit, parce qu'il voyait en lui son fils aîné. Pour moi, livré de

bonne heure à des mains étrangères, je fus élevé
loin du toit paternel.

« Mon humeur[2] était impétueuse, mon caractère inégal. Tour à tour bruyant et joyeux,
silencieux et triste, je rassemblais autour de moi
mes jeunes compagnons; puis, les abandonnant
tout à coup[3], j'allais m'asseoir à l'écart, pour
contempler la nue fugitive, ou entendre la pluie
tomber sur le feuillage.

« Chaque automne, je revenais au château
paternel, situé au milieu des forêts, près d'un lac,
dans une province reculée.

« Timide et contraint devant mon père, je ne
trouvais l'aise et le contentement qu'auprès de
ma sœur Amélie. Une douce conformité
d'humeur et de goûts m'unissait étroitement à
cette sœur; elle était un peu plus âgée que moi.
Nous aimions à gravir les coteaux ensemble, à
voguer sur le lac, à parcourir les bois à la chute
des feuilles : promenades dont le souvenir remplit
encore mon âme de délices. O illusions de
l'enfance et de la patrie, ne perdez-vous jamais
vos douceurs?

« Tantôt nous marchions en silence, prêtant
l'oreille au sourd mugissement de l'automne[4], ou
au bruit des feuilles séchées, que nous traînions
tristement sous nos pas; tantôt, dans nos jeux
innocents, nous poursuivions l'hirondelle dans la
prairie, l'arc-en-ciel sur les collines pluvieuses;
quelquefois aussi nous murmurions des vers que
nous inspirait le spectacle de la nature. Jeune, je
cultivais les Muses; il n'y a rien de plus poétique,

dans la fraîcheur de ses passions, qu'un cœur de seize années. Le matin de la vie est comme le matin du jour, plein de pureté, d'images et d'harmonies.

« Les dimanches et les jours de fête, j'ai souvent entendu, dans le grand bois, à travers les arbres, les sons de la cloche lointaine qui appelait au temple l'homme des champs. Appuyé contre le tronc d'un ormeau, j'écoutais en silence le pieux murmure. Chaque frémissement de l'airain portait à mon âme naïve l'innocence des mœurs champêtres, le calme de la solitude, le charme de la religion, et la délectable mélancolie des souvenirs de ma première enfance. Oh! quel cœur si mal fait n'a tressailli au bruit des cloches de son lieu natal, de ces cloches qui frémirent de joie sur son berceau, qui annoncèrent son avènement à la vie, qui marquèrent le premier battement de son cœur, qui publièrent dans tous les lieux d'alentour la sainte allégresse de son père, les douleurs et les joies encore plus ineffables de sa mère! Tout se trouve dans les rêveries enchantées où nous plonge le bruit de la cloche natale : religion, famille, patrie, et le berceau et la tombe, et le passé et l'avenir.

« Il est vrai qu'Amélie et moi nous jouissions plus que personne de ces idées graves et tendres, car nous avions tous les deux un peu de tristesse au fond du cœur; nous tenions cela de Dieu ou de notre mère.

« Cependant mon père fut atteint d'une maladie qui le conduisit en peu de jours au tombeau.

Il expira dans mes bras. J'appris à connaître la mort sur les lèvres de celui qui m'avait donné la vie. Cette impression fut grande ; elle dure encore. C'est la première fois que l'immortalité de l'âme s'est présentée clairement à mes yeux. Je ne pus croire que ce corps inanimé était en moi l'auteur de la pensée ; je sentis qu'elle me devait venir d'une autre source ; et, dans une sainte douleur qui approchait de la joie, j'espérai me rejoindre un jour à l'esprit de mon père.

« Un autre phénomène me confirma dans cette haute idée. Les traits paternels avaient pris au cercueil quelque chose de sublime. Pourquoi cet étonnant mystère ne serait-il pas l'indice de notre immortalité ? Pourquoi la mort, qui sait tout, n'aurait-elle pas gravé sur le front de sa victime les secrets d'un autre univers ? Pourquoi n'y aurait-il pas dans la tombe quelque grande vision de l'éternité ?

« Amélie, accablée de douleur, était retirée au fond d'une tour, d'où elle entendit retentir, sous les voûtes du château gothique, le chant des prêtres du convoi, et les sons de la cloche funèbre.

« J'accompagnai mon père à son dernier asile ; la terre se referma sur sa dépouille ; l'éternité et l'oubli le pressèrent de tout leur poids : le soir même l'indifférent passait sur sa tombe ; hors pour sa fille et pour son fils, c'était déjà comme s'il n'avait jamais été.

« Il fallut quitter le toit paternel, devenu

l'héritage de mon frère : je me retirai avec Amélie chez de vieux parents.

« Arrêté à l'entrée des voies trompeuses de la vie, je les considérais l'une après l'autre sans m'y oser engager. Amélie m'entretenait souvent du bonheur de la vie religieuse; elle me disait que j'étais le seul lien qui la retînt dans le monde, et ses yeux s'attachaient sur moi avec tristesse.

« Le cœur ému par ces conversations pieuses, je portais souvent mes pas vers un monastère voisin de mon nouveau séjour; un moment même j'eus la tentation d'y cacher ma vie. Heureux ceux qui ont fini leur voyage sans avoir quitté le port, et qui n'ont point, comme moi, traîné d'inutiles jours sur la terre!

« Les Européens, incessamment agités, sont obligés de se bâtir des solitudes. Plus notre cœur est tumultueux et bruyant, plus le calme et le silence nous attirent. Ces hospices de mon pays, ouverts aux malheureux et aux faibles, sont souvent cachés dans des vallons qui portent au cœur le vague sentiment de l'infortune et l'espérance d'un abri; quelquefois aussi on les découvre sur de hauts sites où l'âme religieuse, comme une plante des montagnes, semble s'élever vers le ciel pour lui offrir ses parfums.

« Je vois encore le mélange majestueux des eaux et des bois de cette antique abbaye où je pensai dérober ma vie aux caprices du sort; j'erre encore au déclin du jour dans ces cloîtres retentissants et solitaires. Lorsque la lune éclairait à demi les piliers des arcades, et dessinait leur ombre sur le mur opposé, je m'arrêtais à contempler la croix qui marquait le champ de la mort, et les longues herbes qui croissaient entre les pierres des tombes. O hommes, qui ayant vécu loin du monde, avez passé du silence de la vie au silence de la mort, de quel dégoût de la terre [5] vos tombeaux ne remplissaient-ils point mon cœur !

« Soit inconstance naturelle, soit préjugé contre la vie monastique, je changeai mes desseins; je me résolus à voyager. Je dis adieu à ma sœur; elle me serra dans ses bras avec un mouvement qui ressemblait à de la joie, comme si elle eût été heureuse de me quitter; je ne pus me défendre d'une réflexion amère sur l'inconséquence des amitiés humaines.

« Cependant, plein d'ardeur, je m'élançai seul sur cet orageux océan du monde, dont je ne connaissais ni les ports, ni les écueils. Je visitai d'abord les peuples qui ne sont plus; je m'en allai m'asseyant sur les débris de Rome et de la Grèce, pays de forte et d'ingénieuse mémoire, où les palais sont ensevelis dans la poudre, et les mausolées des rois cachés sous les ronces. Force de la nature, et faiblesse de l'homme ! un brin d'herbe perce souvent le marbre le plus dur de ces tombeaux, que tous ces morts, si puissants, ne soulèveront jamais !

« Quelquefois une haute colonne se montrait seule debout dans un désert, comme une grande pensée s'élève, par intervalles, dans une âme que le temps et le malheur ont dévastée.

« Je méditai sur ces monuments dans tous les

accidents et à toutes les heures de la journée.
Tantôt ce même soleil qui avait vu jeter les
fondements de ces cités, se couchait majestueuse-
ment, à mes yeux, sur leurs ruines; tantôt la lune
se levant dans un ciel pur, entre deux urnes
cinéraires à moitié brisées, me montrait les pâles
tombeaux. Souvent aux rayons de cet astre qui
alimente les rêveries, j'ai cru voir le Génie des
souvenirs, assis tout pensif à mes côtés.

« Mais je me lassai de fouiller dans des cercueils, où je ne remuais trop souvent qu'une
poussière criminelle.

« Je voulus voir si les races vivantes m'offri-
raient plus de vertus, ou moins de malheurs que
les races évanouies. Comme je me promenais un
jour dans une grande cité, en passant derrière un
palais, dans une cour retirée et déserte, j'aperçus
une statue qui indiquait du doigt un lieu fameux
par un sacrifice [a] [6]. Je fus frappé du silence de ces
lieux; le vent seul gémissait autour du marbre
tragique. Des manœuvres étaient couchés avec
indifférence au pied de la statue, ou taillaient des
pierres en sifflant. Je leur demandai ce que
signifiait ce monument : les uns purent à peine
me le dire, les autres ignoraient la catastrophe
qu'il retraçait [7]. Rien ne m'a plus donné la juste
mesure des événements de la vie, et du peu que
nous sommes. Que sont devenus ces personnages
qui firent tant de bruit? Le temps a fait un pas,
et la face de la terre a été renouvelée.

« Je recherchai surtout dans mes voyages les

a. A Londres, derrière White-Hall, la statue de Charles II.

artistes et ces hommes divins qui chantent les Dieux sur la lyre, et la félicité des peuples qui honorent les lois, la religion et les tombeaux.

« Ces chantres sont de race divine, ils possèdent le seul talent incontestable dont le ciel ait fait présent à la terre. Leur vie est à la fois naïve et sublime ; ils célèbrent les dieux avec une bouche d'or, et sont les plus simples des hommes ; ils causent comme des immortels ou comme de petits enfants ; ils expliquent les lois de l'univers, et ne peuvent comprendre les affaires les plus innocentes de la vie ; ils ont des idées merveilleuses de la mort, et meurent sans s'en apercevoir, comme des nouveau-nés.

« Sur les monts de la Calédonie, le dernier barde qu'on ait ouï dans ces déserts me chanta les poëmes dont un héros consolait jadis sa vieillesse. Nous étions assis sur quatre pierres rongées de mousse ; un torrent coulait à nos pieds ; le chevreuil paissait à quelque distance parmi les débris d'une tour, et le vent des mers sifflait sur la bruyère de Cona. Maintenant la religion chrétienne, fille aussi des hautes montagnes, a placé des croix sur les monuments des héros de Morven, et touché la harpe de David, au bord du même torrent où Ossian fit gémir la sienne. Aussi pacifique que les divinités de Selma étaient guerrières, elle garde des troupeaux où Fingal livrait des combats, et elle a répandu des anges de paix dans les nuages qu'habitaient des fantômes homicides.

« L'ancienne et riante Italie m'offrit la foule de

ses chefs-d'œuvre. Avec quelle sainte et poétique
horreur j'errais dans ces vastes édifices consacrés
par les arts à la religion! Quel labyrinthe de
colonnes! Quelle succession d'arches et de voûtes!
Qu'ils sont beaux ces bruits qu'on entend autour
des dômes, semblables aux rumeurs des flots dans
l'Océan, aux murmures des vents dans les forêts,
ou à la voix de Dieu dans son temple! L'archi-
tecte bâtit, pour ainsi dire, les idées du poëte et
les fait toucher aux sens [8].

« Cependant qu'avais-je appris jusqu'alors avec
tant de fatigue? Rien de certain parmi les
anciens, rien de beau parmi les modernes. Le
passé et le présent sont deux statues incomplè-
tes : l'une a été retirée toute mutilée du débris
des âges; l'autre n'a pas encore reçu sa perfection
de l'avenir.

« Mais peut-être, mes vieux amis, vous surtout,
habitants du désert, êtes-vous étonnés que, dans
ce récit de mes voyages, je ne vous aie pas
une seule fois entretenus des monuments de la
nature?

« Un jour j'étais monté au sommet de l'Etna [9],
volcan qui brûle au milieu d'une île. Je vis le
soleil se lever dans l'immensité de l'horizon au-
dessous de moi, la Sicile resserrée comme un
point à mes pieds, et la mer déroulée au loin dans
les espaces. Dans cette vue perpendiculaire du
tableau, les fleuves ne me semblaient plus que
des lignes géographiques tracées sur une carte;
mais tandis que d'un côté mon œil apercevait ces
objets, de l'autre il plongeait dans le cratère de

l'Etna, dont je découvrais les entrailles brûlantes, entre les bouffées d'une noire vapeur.

« Un jeune homme plein de passions, assis sur la bouche d'un volcan, et pleurant sur les mortels dont à peine il voyait à ses pieds les demeures, n'est sans doute, ô vieillards, qu'un objet digne de votre pitié; mais quoi que vous puissiez penser de René, ce tableau vous offre l'image de son caractère et de son existence : c'est ainsi que toute ma vie j'ai eu devant les yeux une création à la fois immense et imperceptible, et un abîme ouvert à mes côtés. »

En prononçant ces derniers mots, René se tut, et tomba subitement dans la rêverie. Le P. Souël le regardait avec étonnement, et le vieux Sachem aveugle, qui n'entendait plus parler le jeune homme, ne savait que penser de ce silence.

René avait les yeux attachés sur un groupe d'Indiens qui passaient gaiement dans la plaine. Tout à coup sa physionomie s'attendrit, des larmes coulent de ses yeux, il s'écrie :

« Heureux sauvages! Oh! que ne puis-je jouir de la paix qui vous accompagne toujours! Tandis qu'avec si peu de fruit je parcourais tant de contrées, vous, assis tranquillement sous vos chênes, vous laissiez couler les jours sans les compter. Votre raison n'était que vos besoins, et vous arriviez, mieux que moi, au résultat de la sagesse [10], comme l'enfant, entre les jeux et le sommeil. Si cette mélancolie qui s'engendre de l'excès du bonheur atteignait quelquefois votre âme, bientôt vous sortiez de cette tristesse passagère, et votre regard levé vers le Ciel cherchait avec attendrissement ce je ne sais quoi inconnu, qui prend pitié du pauvre Sauvage. »

Ici la voix de René expira de nouveau, et le jeune homme pencha la tête sur sa poitrine. Chactas, étendant le bras dans l'ombre, et prenant le bras de son fils, lui cria d'un ton ému : « Mon fils! mon cher fils! » A ces accents, le frère d'Amélie revenant à lui, et rougissant de son trouble, pria son père de lui pardonner.

Alors le vieux Sauvage : « Mon jeune ami, les mouvements d'un cœur comme le tien ne sauraient être égaux; modère seulement ce caractère qui t'a déjà fait tant de mal. Si tu souffres plus qu'un autre des choses de la vie, il ne faut pas t'en étonner; une grande âme doit contenir plus de douleur, qu'une petite. Continue ton récit. Tu nous as fait parcourir une partie de l'Europe, fais-nous connaître ta patrie. Tu sais que j'ai vu la France, et quels liens m'y ont attaché; j'aimerai à entendre parler de ce grand Chef[a], qui n'est plus, et dont j'ai visité la superbe cabane. Mon enfant, je ne vis plus que par la mémoire. Un vieillard avec ses souvenirs ressemble au chêne décrépit de nos bois : ce chêne ne se décore plus de son propre feuillage, mais il couvre quelquefois sa nudité des plantes étrangères qui ont végété sur ses antiques rameaux. »

Le frère d'Amélie, calmé par ces paroles, reprit ainsi l'histoire de son cœur :

« Hélas! mon père, je ne pourrai t'entretenir de

[a]. Louis XIV.

ce grand siècle dont je n'ai vu que la fin dans mon enfance, et qui n'était plus lorsque je rentrai dans ma patrie. Jamais un changement plus étonnant et plus soudain ne s'est opéré chez un peuple. De la hauteur du génie, du respect pour la religion, de la gravité des mœurs, tout était subitement descendu à la souplesse de l'esprit, à l'impiété, à la corruption.

« C'était donc bien vainement que j'avais espéré retrouver dans mon pays de quoi calmer cette inquiétude, cette ardeur de désir qui me suit partout. L'étude du monde ne m'avait rien appris, et pourtant je n'avais plus la douceur de l'ignorance.

« Ma sœur, par une conduite inexplicable, semblait se plaire à augmenter mon ennui; elle avait quitté Paris quelques jours avant mon arrivée. Je lui écrivis que je comptais l'aller rejoindre; elle se hâta de me répondre pour me détourner de ce projet, sous prétexte qu'elle était incertaine du lieu où l'appelleraient ses affaires. Quelles tristes réflexions ne fis-je point alors sur l'amitié, que la présence attiédit, que l'absence efface, qui ne résiste point au malheur, et encore moins à la prospérité!

« Je me trouvai bientôt plus isolé dans ma patrie que je ne l'avais été sur une terre étrangère. Je voulus me jeter pendant quelque temps dans un monde qui ne me disait rien et qui ne m'entendait pas. Mon âme, qu'aucune passion n'avait encore usée, cherchait un objet qui pût l'attacher; mais je m'aperçus que je donnais plus

que je ne recevais. Ce n'était ni un langage élevé,
ni un sentiment profond qu'on demandait de
moi. Je n'étais occupé qu'à rapetisser ma vie,
pour la mettre au niveau de la société. Traité
partout d'esprit romanesque, honteux du rôle
que je jouais, dégoûté de plus en plus des choses
et des hommes, je pris le parti de me retirer dans
un faubourg pour y vivre totalement ignoré.

« Je trouvai d'abord assez de plaisir dans cette
vie obscure et indépendante. Inconnu, je me
mêlais à la foule : vaste désert d'hommes [11] !

« Souvent assis dans une église peu fréquentée,
je passais des heures entières en méditation. Je
voyais de pauvres femmes venir se prosterner
devant le Très-Haut, ou des pécheurs s'agenouil-
ler au tribunal de la pénitence. Nul ne sortait de
ces lieux sans un visage plus serein, et les sourdes
clameurs qu'on entendait au dehors semblaient
être les flots des passions et les orages du monde,
qui venaient expirer au pied du temple du
Seigneur. Grand Dieu, qui vis en secret couler
mes larmes dans ces retraites sacrées, tu sais
combien de fois je me jetai à tes pieds, pour te
supplier de me décharger du poids de l'existence,
ou de changer en moi le vieil homme ! Ah ! qui n'a
senti quelquefois le besoin de se régénérer, de se
rajeunir aux eaux du torrent, de retremper son
âme à la fontaine de vie ? Qui ne se trouve
quelquefois accablé du fardeau de sa propre
corruption, et incapable de rien faire de grand, de
noble, de juste ?

« Quand le soir était venu, reprenant le chemin

de ma retraite, je m'arrêtais sur les ponts, pour
voir se coucher le soleil. L'astre, enflammant les
vapeurs de la cité, semblait osciller lentement
dans un fluide d'or, comme le pendule de
l'horloge des siècles. Je me retirais ensuite avec la
nuit, à travers un labyrinthe de rues solitaires.
En regardant les lumières qui brillaient dans la
demeure des hommes, je me transportais par la
pensée au milieu des scènes de douleur et de joie
qu'elles éclairaient ; et je songeais que sous tant
de toits habités, je n'avais pas un ami [12]. Au
milieu de mes réflexions, l'heure venait frapper à
coups mesurés dans la tour de la cathédrale
gothique ; elle allait se répétant sur tous les tons
et à toutes les distances d'église en église. Hélas !
chaque heure dans la société ouvre un tombeau,
et fait couler des larmes.

« Cette vie, qui m'avait d'abord enchanté, ne
tarda pas à me devenir insupportable. Je me
fatiguai de la répétition des mêmes scènes et des
mêmes idées. Je me mis à sonder mon cœur, à me
demander ce que je désirais. Je ne le savais pas ;
mais je crus tout à coup que les bois me seraient
délicieux. Me voilà soudain résolu d'achever,
dans un exil champêtre, une carrière à peine
commencée, et dans laquelle j'avais déjà dévoré
des siècles.

« J'embrassai ce projet avec l'ardeur que je
mets à tous mes desseins ; je partis précipitamment pour m'ensevelir dans une chaumière,
comme j'étais parti autrefois pour faire le tour du
monde.

« On m'accuse d'avoir des goûts inconstants, de ne pouvoir jouir long-temps de la même chimère, d'être la proie d'une imagination qui se hâte d'arriver au fond de mes plaisirs, comme si elle était accablée de leur durée; on m'accuse de passer toujours le but que je puis atteindre : hélas! je cherche seulement un bien inconnu, dont l'instinct me poursuit. Est-ce ma faute, si je trouve partout des bornes, si ce qui est fini n'a pour moi aucune valeur? Cependant je sens que j'aime la monotonie des sentiments de la vie, et si j'avais encore la folie de croire au bonheur, je le chercherais dans l'habitude.

« La solitude absolue, le spectacle de la nature, me plongèrent bientôt dans un état presque impossible à décrire. Sans parents, sans amis, pour ainsi dire seul sur la terre, n'ayant point encore aimé [13], j'étais accablé d'une surabondance de vie. Quelquefois je rougissais subitement, et je sentais couler dans mon cœur, comme des ruisseaux d'une lave ardente; quelquefois je poussais des cris involontaires, et la nuit était également troublée de mes songes et de mes veilles. Il me manquait quelque chose pour remplir l'abîme de mon existence : je descendais dans la vallée, je m'élevais sur la montagne, appelant de toute la force de mes désirs l'idéal objet d'une flamme future; je l'embrassais dans les vents; je croyais l'entendre dans les gémissements du fleuve; tout était ce fantôme imaginaire, et les astres dans les cieux, et le principe même de vie dans l'univers.

« Toutefois cet état de calme et de trouble, d'indigence et de richesse, n'était pas sans quelques charmes : un jour je m'étais amusé à effeuiller une branche de saule sur un ruisseau, et à attacher une idée à chaque feuille que le courant entraînait. Un roi qui craint de perdre sa couronne par une révolution subite, ne ressent pas des angoisses plus vives que les miennes, à chaque accident qui menaçait les débris de mon rameau. O faiblesse des mortels! O enfance du cœur humain qui ne vieillit jamais! Voilà donc à quel degré de puérilité notre superbe raison peut descendre! Et encore est-il vrai que bien des hommes attachent leur destinée à des choses d'aussi peu de valeur que mes feuilles de saule.

« Mais comment exprimer cette foule de sensations fugitives, que j'éprouvais dans mes promenades? Les sons que rendent les passions dans le vide d'un cœur solitaire ressemblent au murmure que les vents et les eaux font entendre dans le silence d'un désert : on en jouit, mais on ne peut les peindre.

« L'automne me surprit au milieu de ces incertitudes : j'entrai avec ravissement dans les mois des tempêtes. Tantôt j'aurais voulu être un de ces guerriers errant au milieu des vents, des nuages et des fantômes; tantôt j'enviais jusqu'au sort du pâtre que je voyais réchauffer ses mains à l'humble feu de broussailles qu'il avait allumé au coin d'un bois. J'écoutais ses chants mélancoliques, qui me rappelaient que dans tout pays, le chant naturel de l'homme est triste, lors même qu'il exprime le bonheur. Notre cœur est un instrument incomplet, une lyre où il manque des cordes, et où nous sommes forcés de rendre les accents de la joie sur le ton consacré aux soupirs.

« Le jour, je m'égarais sur de grandes bruyères terminées par des forêts. Qu'il fallait peu de chose à ma rêverie! une feuille séchée que le vent chassait devant moi, une cabane dont la fumée s'élevait dans la cime dépouillée des arbres, la mousse qui tremblait au souffle du nord sur le tronc d'un chêne, une roche écartée, un étang désert où le jonc flétri murmurait! Le clocher solitaire s'élevant au loin dans la vallée, a souvent attiré mes regards; souvent j'ai suivi des yeux les oiseaux de passage qui volaient au-dessus de ma tête. Je me figurais les bords ignorés, les climats lointains où ils se rendent; j'aurais voulu être sur leurs ailes. Un secret instinct me tourmentait; je sentais que je n'étais moi-même qu'un voyageur; mais une voix du ciel semblait me dire : « Homme, la saison de ta migration n'est pas encore venue; attends que le vent de la mort se lève, alors tu déploieras ton vol vers ces régions inconnues que ton cœur demande. »

« Levez-vous vite, orages désirés, qui devez emporter René dans les espaces d'une autre vie! Ainsi disant, je marchais à grands pas, le visage enflammé, le vent sifflant dans ma chevelure, ne sentant ni pluie ni frimas, enchanté, tourmenté, et comme possédé par le démon de mon cœur.

« La nuit, lorsque l'aquilon ébranlait ma chaumière, que les pluies tombaient en torrent sur mon toit, qu'à travers ma fenêtre je voyais la lune sillonner les nuages amoncelés, comme un pâle vaisseau qui laboure les vagues, il me semblait que la vie redoublait au fond de mon cœur, que j'aurais eu la puissance de créer des mondes. Ah! si j'avais pu faire partager à une autre les transports que j'éprouvais! O Dieu! si tu m'avais donné une femme selon mes désirs; si, comme à notre premier père, tu m'eusses amené par la main une Ève tirée de moi-même... Beauté céleste! je me serais prosterné devant toi; puis te prenant dans mes bras, j'aurais prié l'Éternel de te donner le reste de ma vie.

« Hélas! j'étais seul, seul sur la terre! Une langueur secrète s'emparait de mon corps. Ce dégoût de la vie que j'avais ressenti dès mon enfance, revenait avec une force nouvelle. Bientôt mon cœur ne fournit plus d'aliment à ma pensée, et je ne m'apercevais de mon existence que par un profond sentiment d'ennui.

Je luttai quelque temps contre mon mal, mais avec indifférence et sans avoir la ferme résolution de le vaincre. Enfin, ne pouvant trouver de remède à cette étrange blessure de mon cœur, qui n'était nulle part et qui était partout, je résolus de quitter la vie.

« Prêtre du Très-Haut, qui m'entendez, pardonnez à un malheureux que le ciel avait presque privé de la raison. J'étais plein de religion, et je raisonnais en impie; mon cœur aimait Dieu, et mon esprit le méconnaissait; ma conduite, mes discours, mes sentiments, mes pensées, n'étaient que contradiction, ténèbres, mensonges. Mais l'homme sait-il bien toujours ce qu'il veut, est-il toujours sûr de ce qu'il pense?

« Tout m'échappait à la fois, l'amitié, le monde, la retraite. J'avais essayé de tout, et tout m'avait été fatal. Repoussé par la société, abandonné d'Amélie, quand la solitude vint à me manquer, que me restait-il? C'était la dernière planche sur laquelle j'avais espéré me sauver, et je la sentais encore s'enfoncer dans l'abîme!

« Décidé que j'étais à me débarrasser du poids de la vie, je résolus de mettre toute ma raison dans cet acte insensé. Rien ne me pressait; je ne fixai point le moment du départ, afin de savourer à longs traits les derniers moments de l'existence, et de recueillir toutes mes forces, à l'exemple d'un Ancien[14], pour sentir mon âme s'échapper.

« Cependant je crus nécessaire de prendre des arrangements concernant ma fortune, et je fus obligé d'écrire à Amélie. Il m'échappa quelques plaintes sur son oubli, et je laissai sans doute percer l'attendrissement qui surmontait peu à peu mon cœur. Je m'imaginais pourtant avoir bien dissimulé mon secret; mais ma sœur, accoutumée à lire dans les replis de mon âme, le devina sans peine. Elle fut alarmée du ton de contrainte qui régnait dans ma lettre, et de mes questions sur des affaires dont je ne m'étais jamais occupé. Au lieu de me répondre, elle me vint tout à coup surprendre.

« Pour bien sentir quelle dut être dans la suite

l'amertume de ma douleur, et quels furent mes premiers transports en revoyant Amélie, il faut vous figurer que c'était la seule personne au monde que j'eusse aimée, que tous mes sentiments se venaient confondre en elle, avec la douceur des souvenirs de mon enfance. Je reçus donc Amélie dans une sorte d'extase de cœur. Il y avait si long-temps que je n'avais trouvé quelqu'un qui m'entendît, et devant qui je pusse ouvrir mon âme !

« Amélie se jetant dans mes bras, me dit : « Ingrat, tu veux mourir, et ta sœur existe ! Tu soupçonnes son cœur ! Ne t'explique point, ne t'excuse point, je sais tout ; j'ai tout compris, comme si j'avais été avec toi. Est-ce moi que l'on trompe, moi, qui ai vu naître tes premiers sentiments ? Voilà ton malheureux caractère, tes dégoûts, tes injustices. Jure, tandis que je te presse sur mon cœur, jure que c'est la dernière fois que tu te livreras à tes folies ; fais le serment de ne jamais attenter à tes jours. »

« En prononçant ces mots, Amélie me regardait avec compassion et tendresse, et couvrait mon front de ses baisers ; c'était presque une mère, c'était quelque chose de plus tendre. Hélas ! mon cœur se rouvrit à toutes les joies ; comme un enfant, je ne demandais qu'à être consolé ; je cédai à l'empire d'Amélie ; elle exigea un serment solennel ; je le fis sans hésiter, ne soupçonnant même pas que désormais je pusse être malheureux.

« Nous fûmes plus d'un mois à nous accoutu-

mer à l'enchantement d'être ensemble. Quand le
matin, au lieu de me trouver seul, j'entendais la
voix de ma sœur, j'éprouvais un tressaillement de
joie et de bonheur. Amélie avait reçu de la nature
quelque chose de divin; son âme avait les mêmes
grâces innocentes que son corps; la douceur de
ses sentiments était infinie; il n'y avait rien que
de suave et d'un peu rêveur dans son esprit; on
eût dit que son cœur, sa pensée et sa voix
soupiraient comme de concert; elle tenait de la
femme la timidité et l'amour, et de l'ange la
pureté et la mélodie.

« Le moment était venu où j'allais expier
toutes mes inconséquences. Dans mon délire
j'avais été jusqu'à désirer d'éprouver un malheur,
pour avoir du moins un objet réel de souffrance :
épouvantable souhait que Dieu, dans sa colère, a
trop exaucé!

« Que vais-je vous révéler, ô mes amis! Voyez
les pleurs qui coulent de mes yeux. Puis-je
même... il y a quelques jours, rien n'aurait pu
m'arracher ce secret... A présent tout est fini!

« Toutefois, ô vieillards, que cette histoire soit
à jamais ensevelie dans le silence : souvenez-vous
qu'elle n'a été racontée que sous l'arbre du
désert.

« L'hiver finissait, lorsque je m'aperçus
qu'Amélie perdait le repos et la santé qu'elle
commençait à me rendre. Elle maigrissait; ses
yeux se creusaient, sa démarche était languis-
sante, et sa voix troublée. Un jour, je la surpris
tout en larmes au pied d'un crucifix. Le monde,

la solitude, mon absence, ma présence, la nuit,
le jour tout l'alarmait. D'involontaires soupirs
venaient expirer sur ses lèvres; tantôt elle soutenait, sans se fatiguer, une longue course; tantôt
elle se traînait à peine; elle prenait et laissait son
ouvrage, ouvrait un livre sans pouvoir lire, commençait une phrase qu'elle n'achevait pas, fondait
tout à coup en pleurs, et se retirait pour prier.

« En vain je cherchais à découvrir son secret.
Quand je l'interrogeais, en la pressant dans mes
bras, elle me répondait, avec un sourire, qu'elle
était comme moi, qu'elle ne savait pas ce qu'elle
avait.

« Trois mois se passèrent de la sorte, et son état
devenait pire chaque jour. Une correspondance
mystérieuse me semblait être la cause de ses
larmes; car elle paraissait ou plus tranquille ou
plus émue, selon les lettres qu'elle recevait.
Enfin, un matin, l'heure à laquelle nous déjeu-
nions ensemble étant passée, je monte à son
appartement; je frappe; on ne me répond point;
j'entrouvre la porte, il n'y avait personne dans la
chambre. J'aperçois sur la cheminée un paquet à
mon adresse. Je le saisis en tremblant, je l'ouvre,
et je lis cette lettre, que je conserve pour m'ôter à
l'avenir tout mouvement de joie.

A René

« Le Ciel m'est témoin, mon frère, que je
donnerais mille fois ma vie pour vous épargner un

moment de peine; mais, infortunée que je suis, je
ne puis rien pour votre bonheur. Vous me
pardonnerez donc de m'ètre dérobée de chez vous
comme une coupable; je n'aurais pu résister à vos
prières, et cependant il fallait partir... Mon Dieu,
ayez pitié de moi!

« Vous savez, René, que j'ai toujours eu du
penchant pour la vie religieuse; il est temps que
je mette à profit les avertissements du ciel.
Pourquoi ai-je attendu si tard! Dieu m'en punit.
J'étais restée pour vous dans le monde... Pardonnez, je suis toute troublée par le chagrin que j'ai
de vous quitter.

« C'est à présent, mon cher frère, que je sens
bien la nécessité de ces asiles, contre lesquels je
vous ai vu souvent vous élever. Il est des
malheurs qui nous séparent pour toujours des
hommes : que deviendraient alors de pauvres
infortunées?... Je suis persuadée que vous-mème,
mon frère, vous trouveriez le repos dans ces
retraites de la religion : la terre n'offre rien qui
soit digne de vous.

« Je ne vous rappellerai point votre serment :
je connais la fidélité de votre parole. Vous l'avez
juré, vous vivrez pour moi. Y a-t-il rien de plus
misérable que de songer sans cesse à quitter la
vie? Pour un homme de votre caractère, il est si
aisé de mourir! Croyez-en votre sœur, il est plus
difficile de vivre.

« Mais, mon frère, sortez au plus vite de la
solitude, qui ne vous est pas bonne; cherchez

quelque occupation. Je sais que vous riez amèrement de cette nécessité où l'on est en France de
prendre un état. Ne méprisez pas tant l'expérience
et la sagesse de nos pères. Il vaut mieux, mon
cher René, ressembler un peu plus au commun
des hommes, et avoir un peu moins de malheur.

« Peut-être trouveriez-vous dans le mariage un
soulagement à vos ennuis. Une femme, des
enfants occuperaient vos jours. Et quelle est la
femme qui ne chercherait pas à vous rendre
heureux! L'ardeur de votre âme, la beauté de
votre génie, votre air noble et passionné, ce
regard fier et tendre, tout vous assurerait de son
amour et de sa fidélité. Ah! avec quelles délices
ne te presserait-elle pas dans ses bras et sur son
cœur! Comme tous ses regards, toutes ses pensées
seraient attachés sur toi pour prévenir tes
moindres peines! Elle serait tout amour, toute
innocence devant toi; tu croirais retrouver une
sœur.

« Je pars pour le couvent de... Ce monastère,
bâti au bord de la mer, convient à la situation de
mon âme. La nuit, du fond de ma cellule,
j'entendrai le murmure des flots qui baignent les
murs du couvent; je songerai à ces promenades
que je faisais avec vous, au milieu des bois, alors
que nous croyions retrouver le bruit des mers
dans la cime agitée des pins. Aimable compagnon
de mon enfance, est-ce que je ne vous verrai
plus? A peine plus âgée que vous, je vous
balançais dans votre berceau; souvent nous
avons dormi ensemble. Ah! si un même tombeau

nous réunissait un jour! Mais non : je dois dormir
seule sous les marbres glacés de ce sanctuaire où
reposent pour jamais ces filles qui n'ont point
aimé.

« Je ne sais si vous pourrez lire ces lignes à
demi effacées par mes larmes. Après tout, mon
ami, un peu plus tôt, un peu plus tard, n'aurait-il
pas fallu nous quitter? Qu'ai-je besoin de vous
entretenir de l'incertitude et du peu de valeur de
la vie? Vous vous rappelez le jeune M... qui fit
naufrage à l'Isle-de-France. Quand vous reçûtes
sa dernière lettre, quelques mois après sa mort, sa
dépouille terrestre n'existait même plus, et l'instant où vous commenciez son deuil en Europe
était celui où on le finissait aux Indes [15]. Qu'est-
ce donc que l'homme, dont la mémoire périt si
vite? Une partie de ses amis ne peut apprendre sa
mort, que l'autre n'en soit déjà consolée! Quoi,
cher et trop cher René, mon souvenir s'effacera-t-
il si promptement de ton cœur? O mon frère, si je
m'arrache à vous dans le temps, c'est pour n'être
pas séparée de vous dans l'éternité. »

Amélie

P.S. « Je joins ici l'acte de la donation de mes
biens; j'espère que vous ne refuserez pas cette
marque de mon amitié. »

« La foudre qui fût tombée à mes pieds ne
m'eût pas causé plus d'effroi que cette lettre.
Quel secret Amélie me cachait-elle? Qui la forçait
si subitement à embrasser la vie religieuse? Ne

m'avait-elle rattaché à l'existence par le charme de l'amitié, que pour me délaisser tout à coup? Oh! pourquoi était-elle venue me détourner de mon dessein! Un mouvement de pitié l'avait rappelée auprès de moi, mais bientôt fatiguée d'un pénible devoir, elle se hâte de quitter un malheureux qui n'avait qu'elle sur la terre. On croit avoir tout fait quand on a empêché un homme de mourir! Telles étaient mes plaintes. Puis faisant un retour sur moi-même : « Ingrate Amélie, disais-je, si tu avais été à ma place, si, comme moi, tu avais été perdue dans le vide de tes jours, ah! tu n'aurais pas été abandonnée de ton frère. »

« Cependant, quand je relisais la lettre, j'y trouvais je ne sais quoi de si triste et de si tendre, que tout mon cœur se fondait. Tout à coup il me vint une idée qui me donna quelque espérance : je m'imaginai qu'Amélie avait peut-être conçu une passion pour un homme qu'elle n'osait avouer. Ce soupçon sembla m'expliquer sa mélancolie, sa correspondance mystérieuse, et le ton passionné qui respirait dans sa lettre. Je lui écrivis aussitôt pour la supplier de m'ouvrir son cœur.

« Elle ne tarda pas à me répondre [16], mais sans me découvrir son secret : elle me mandait seulement qu'elle avait obtenu les dispenses du noviciat, et qu'elle allait prononcer ses vœux.

« Je fus révolté de l'obstination d'Amélie, du mystère de ses paroles, et de son peu de confiance en mon amitié.

« Après avoir hésité un moment sur le parti que j'avais à prendre, je résolus d'aller à B... pour faire un dernier effort auprès de ma sœur. La terre où j'avais été élevé se trouvait sur la route. Quand j'aperçus les bois où j'avais passé les seuls moments heureux de ma vie, je ne pus retenir mes larmes, et il me fut impossible de résister à la tentation de leur dire un dernier adieu.

« Mon frère aîné avait vendu l'héritage paternel, et le nouveau propriétaire ne l'habitait pas. J'arrivai au château par la longue avenue de sapins; je traversai à pied les cours désertes; je m'arrêtai à regarder les fenêtres fermées ou demi-brisées, le chardon qui croissait au pied des murs, les feuilles qui jonchaient le seuil des portes, et ce perron solitaire où j'avais vu si souvent mon père et ses fidèles serviteurs. Les marches étaient déjà couvertes de mousse; le violier [17] jaune croissait entre leurs pierres déjointes et tremblantes. Un gardien inconnu m'ouvrit brusquement les portes. J'hésitais à franchir le seuil; cet homme s'écria : « Eh bien! Allez-vous faire comme cette étrangère qui vint ici il y a quelques jours? Quand ce fut pour entrer, elle s'évanouit, et je fus obligé de la reporter à sa voiture. » Il me fut aisé de reconnaître l'*étrangère* qui, comme moi, était venue chercher dans ces lieux des pleurs et des souvenirs!

« Couvrant un moment mes yeux de mon mouchoir, j'entrai sous le toit de mes ancêtres. Je parcourus les appartements sonores où l'on n'entendait que le bruit de mes pas. Les chambres étaient à peine éclairées par la faible lumière qui pénétrait entre les volets fermés : je visitai celle où ma mère avait perdu la vie en me mettant au monde, celle où se retirait mon père, celle où j'avais dormi dans mon berceau, celle enfin où l'amitié avait reçu mes premiers vœux dans le sein d'une sœur. Partout les salles étaient détendues, et l'araignée filait sa toile dans les couches abandonnées. Je sortis précipitamment de ces lieux, je m'en éloignai à grands pas, sans oser tourner la tête. Qu'ils sont doux, mais qu'ils sont rapides, les moments que les frères et les sœurs passent dans leurs jeunes années, réunis sous l'aile de leurs vieux parents! La famille de l'homme n'est que d'un jour; le souffle de Dieu la disperse comme une fumée. A peine le fils connaît-il le père, le père le fils, le frère la sœur, la sœur le frère! Le chêne voit germer ses glands autour de lui : il n'en est pas ainsi des enfants des hommes!

« En arrivant à B... [18], je me fis conduire au couvent; je demandai à parler à ma sœur. On me dit qu'elle ne recevait personne. Je lui écrivis : elle me répondit que, sur le point de se consacrer à Dieu, il ne lui était pas permis de donner une pensée au monde; que si je l'aimais, j'éviterais de l'accabler de ma douleur. Elle ajoutait : « Cependant si votre projet est de paraître à l'autel le jour de ma profession, daignez m'y servir de père; ce rôle est le seul digne de votre courage, le seul qui convienne à notre amitié et à mon repos. »

« Cette froide fermeté qu'on opposait à l'ardeur de mon amitié me jeta dans de violents transports. Tantôt j'étais près de retourner sur mes pas; tantôt je voulais rester, uniquement pour troubler le sacrifice. L'enfer me suscitait jusqu'à la pensée de me poignarder dans l'église, et de mêler mes derniers soupirs aux vœux qui m'arrachaient ma sœur. La supérieure du couvent me fit prévenir qu'on avait préparé un banc dans le sanctuaire, et elle m'invitait à me rendre à la cérémonie, qui devait avoir lieu dès le lendemain.

« Au lever de l'aube, j'entendis le premier son des cloches... Vers dix heures, dans une sorte d'agonie, je me traînai au monastère. Rien ne peut plus être tragique quand on a assisté à un pareil spectacle; rien ne peut plus être douloureux quand on y a survécu.

« Un peuple immense remplissait l'église. On me conduit au banc du sanctuaire; je me précipite à genoux sans presque savoir où j'étais, ni à quoi j'étais résolu. Déjà le prêtre attendait à l'autel; tout à coup la grille mystérieuse s'ouvre, et Amélie s'avance, parée de toutes les pompes du monde. Elle était si belle, il y avait sur son visage quelque chose de si divin, qu'elle excita un mouvement de surprise et d'admiration. Vaincu par la glorieuse douleur de la sainte, abattu par les grandeurs de la religion, tous mes projets de violence s'évanouirent; ma force m'abandonna; je me sentis lié par une main toute-puissante, et au lieu de blasphèmes et de menaces, je ne trouvai dans mon cœur que de profondes adorations et les gémissements de l'humilité.

« Amélie se place sous un dais. Le sacrifice commence à la lueur des flambeaux, au milieu des fleurs et des parfums, qui devaient rendre l'holocauste agréable. A l'offertoire, le prêtre se dépouilla de ses ornements, ne conserva qu'une tunique de lin, monta en chaire, et dans un discours simple et pathétique, peignit le bonheur de la vierge qui se consacre au Seigneur. Quand il prononça ces mots : « Elle a paru comme l'encens qui se consume dans le feu [19] », un grand calme et des odeurs célestes semblèrent se répandre dans l'auditoire ; on se sentit comme à l'abri sous les ailes de la colombe mystique, et l'on eût cru voir les anges descendre sur l'autel et remonter vers les cieux avec des parfums et des couronnes.

« Le prêtre achève son discours, reprend ses vêtements, continue le sacrifice. Amélie, soutenue de deux jeunes religieuses, se met à genoux sur la dernière marche de l'autel. On vient alors me chercher, pour remplir les fonctions paternelles. Au bruit de mes pas chancelants dans le sanctuaire, Amélie est prête à défaillir. On me place à côté du prêtre, pour lui présenter les ciseaux. En ce moment, je sens renaître mes transports ; ma fureur va éclater, quand Amélie, rappelant son courage, me lance un regard où il y a tant de reproche et de douleur que j'en suis atterré. La religion triomphe. Ma sœur profite de mon trouble ; elle avance hardiment la tête. Sa superbe chevelure tombe de toutes parts sous le

fer sacré; une longue robe d'étamine remplace
pour elle les ornements du siècle, sans la rendre
moins touchante; les ennuis de son front se
cachent sous un bandeau de lin; et le voile
mystérieux, double symbole de la virginité et de
la religion, accompagne sa tête dépouillée. Jamais
elle n'avait paru si belle. L'œil de la pénitente
était attaché sur la poussière du monde, et son
âme était dans le ciel.

« Cependant Amélie n'avait point encore prononcé ses vœux; et pour mourir au monde il
fallait qu'elle passât à travers le tombeau. Ma
sœur se couche sur le marbre; on étend sur elle
un drap mortuaire; quatre flambeaux en marquent les quatre coins. Le prêtre, l'étole au cou,
le livre à la main, commence l'Office des morts;
de jeunes vierges le continuent. O joies de la
religion, que vous êtes grandes, mais que vous
êtes terribles! On m'avait contraint de me placer
à genoux, près de ce lugubre appareil. Tout à
coup un murmure confus sort de dessous le voile
sépulcral; je m'incline, et ces paroles épouvantables (que je fus seul à entendre) viennent
frapper mon oreille : « Dieu de miséricorde, fais
que je ne me relève jamais de cette couche funèbre,
et comble de tes biens un frère qui n'a point
partagé ma criminelle passion! »

« A ces mots échappés du cercueil, l'affreuse
vérité m'éclaire; ma raison s'égare, je me laisse
tomber sur le linceul de la mort, je presse ma
sœur dans mes bras, je m'écrie : « Chaste épouse
de Jésus-Christ, reçois mes derniers embrasse-

ments à travers les glaces du trépas et les profondeurs de l'éternité, qui te séparent déjà de ton frère ! »

« Ce mouvement, ce cri, ces larmes, troublent la cérémonie : le prêtre s'interrompt, les religieuses ferment la grille, la foule s'agite et se presse vers l'autel; on m'emporte sans connaissance. Que je sus peu de gré à ceux qui me rappelèrent au jour! J'appris, en rouvrant les yeux, que le sacrifice était consommé, et que ma sœur avait été saisie d'une fièvre ardente. Elle me faisait prier de ne plus chercher à la voir. O misère de ma vie! une sœur craindre de parler à un frère, et un frère craindre de faire entendre sa voix à une sœur! Je sortis du monastère comme de ce lieu d'expiation où des flammes nous préparent pour la vie céleste, où l'on a tout perdu comme aux enfers, hors l'espérance.

« On peut trouver des forces dans son âme contre un malheur personnel[20]; mais devenir la cause involontaire du malheur d'un autre, cela est tout à fait insupportable. Éclairé sur les maux de ma sœur, je me figurais ce qu'elle avait dû souffrir. Alors s'expliquèrent pour moi plusieurs choses que je n'avais pu comprendre : ce mélange de joie et de tristesse, qu'Amélie avait fait paraître au moment de mon départ pour mes voyages, le soin qu'elle prit de m'éviter à mon retour, et cependant cette faiblesse qui l'empêcha si longtemps d'entrer dans un monastère; sans doute la fille malheureuse s'était flattée de guérir! Ses projets de retraite, la dispense du noviciat, la disposition de ses biens en ma faveur, avaient apparemment produit cette correspondance secrète qui servit à me tromper.

« O mes amis, je sus donc ce que c'était que de verser des larmes, pour un mal qui n'était point imaginaire ! Mes passions, si long-temps indéterminées, se précipitèrent sur cette première proie avec fureur. Je trouvai même une sorte de satisfaction inattendue dans la plénitude de mon chagrin, et je m'aperçus, avec un secret mouvement de joie, que la douleur n'est pas une affection qu'on épuise comme le plaisir.

« J'avais voulu quitter la terre avant l'ordre du Tout-Puissant ; c'était un grand crime : Dieu m'avait envoyé Amélie à la fois pour me sauver et pour me punir. Ainsi, toute pensée coupable, toute action criminelle entraîne après elle des désordres et des malheurs. Amélie me priait de vivre, et je lui devais bien de ne pas aggraver ses maux. D'ailleurs (chose étrange !) je n'avais plus envie de mourir depuis que j'étais réellement malheureux. Mon chagrin était devenu une occupation qui remplissait tous mes moments : tant mon cœur est naturellement pétri d'ennui et de misère !

« Je pris donc subitement une autre résolution ; je me déterminai à quitter l'Europe, et à passer en Amérique.

« On équipait, dans ce moment même, au port de B..., une flotte pour la Louisiane ; je m'arrangeai avec un des capitaines de vaisseau ; je fis savoir mon projet à Amélie, et je m'occupai de mon départ.

« Ma sœur avait touché aux portes de la mort; mais Dieu, qui lui destinait la première palme des vierges, ne voulut pas la rappeler si vite à lui; son épreuve ici-bas fut prolongée. Descendue une seconde fois dans la pénible carrière de la vie, l'héroïne, courbée sous la croix, s'avança courageusement à l'encontre des douleurs, ne voyant plus que le triomphe dans le combat, et dans l'excès des souffrances, l'excès de la gloire.

« La vente du peu de bien qui me restait, et que je cédai à mon frère, les longs préparatifs d'un convoi, les vents contraires, me retinrent long-temps dans le port. J'allais chaque matin m'informer des nouvelles d'Amélie, et je revenais toujours avec de nouveaux motifs d'admiration et de larmes.

« J'errais sans cesse autour du monastère bâti au bord de la mer [21]. J'apercevais souvent à une petite fenêtre grillée qui donnait sur une plage déserte, une religieuse assise dans une attitude pensive; elle rêvait à l'aspect de l'océan où apparaissait quelque vaisseau, cinglant aux extrémités de la terre. Plusieurs fois, à la clarté de la lune, j'ai revu la même religieuse [22] aux barreaux de la même fenêtre : elle contemplait la mer, éclairée par l'astre de la nuit, et semblait prêter l'oreille au bruit des vagues qui se brisaient tristement sur des grèves solitaires.

« Je crois encore entendre la cloche qui, pendant la nuit, appelait les religieuses aux veilles et aux prières. Tandis qu'elle tintait avec lenteur, et que les vierges s'avançaient en silence à l'autel du Tout-Puissant, je courais au monastère : là, seul au pied des murs, j'écoutais dans une sainte extase les derniers sons des cantiques, qui se mêlaient sous les voûtes du temple au faible bruissement des flots.

« Je ne sais comment toutes ces choses, qui auraient dû nourrir mes peines, en émoussaient au contraire l'aiguillon. Mes larmes avaient moins d'amertume, lorsque je les répandais sur les rochers et parmi les vents. Mon chagrin même, par sa nature extraordinaire, portait avec lui quelque remède : on jouit de ce qui n'est pas commun, même quand cette chose est un malheur. J'en conçus presque l'espérance que ma sœur deviendrait à son tour moins misérable.

« Une lettre que je reçus d'elle avant mon départ sembla me confirmer dans ces idées. Amélie se plaignait tendrement de ma douleur, et m'assurait que le temps diminuait la sienne. « Je ne désespère pas de mon bonheur, me disait-elle. L'excès même du sacrifice, à présent que le sacrifice est consommé, sert à me rendre quelque paix. La simplicité de mes compagnes, la pureté de leurs vœux, la régularité de leur vie, tout répand du baume sur mes jours. Quand j'entends gronder les orages, et que l'oiseau de mer vient battre des ailes à ma fenêtre, moi, pauvre colombe du ciel, je songe au bonheur que j'ai eu de trouver un abri contre la tempête [23]. C'est ici la sainte montagne, le sommet élevé d'où l'on entend les derniers bruits de la terre, et les premiers concerts du ciel; c'est ici que la religion trompe doucement une âme sensible : aux plus violentes amours elle substitue une sorte de chasteté brûlante où l'amante et la vierge sont unies; elle épure les soupirs; elle change [24] en une flamme incorruptible une flamme périssable; elle mêle divinement son calme et son innocence à ce reste de trouble et de volupté d'un cœur qui cherche à se reposer, et d'une vie qui se retire. »

« Je ne sais ce que le ciel me réserve, et s'il a voulu m'avertir que les orages accompagneraient partout mes pas. L'ordre était donné pour le départ de la flotte; déjà plusieurs vaisseaux avaient appareillé au baisser du soleil; je m'étais arrangé pour passer la dernière nuit à terre, afin d'écrire ma lettre d'adieux à Amélie. Vers minuit, tandis que je m'occupe de ce soin, et que je mouille mon papier de mes larmes, le bruit des vents vient frapper mon oreille. J'écoute; et au milieu de la tempête, je distingue les coups de canon d'alarme, mêlés au glas de la cloche monastique. Je vole sur le rivage où tout était désert, et où l'on n'entendait que le rugissement des flots. Je m'assieds sur un rocher. D'un côté s'étendent les vagues étincelantes, de l'autre les murs sombres du monastère se perdent confusément dans les cieux [25]. Une petite lumière paraissait à la fenêtre grillée. Était-ce toi, ô mon Amélie, qui, prosternée au pied du crucifix, priais le Dieu des orages d'épargner ton malheureux frère! La tempête sur les flots, le calme dans ta

retraite; des hommes brisés sur des écueils, au
pied de l'asile que rien ne peut troubler; l'infini
de l'autre côté du mur d'une cellule; les fanaux
agités des vaisseaux, le phare immobile du
couvent; l'incertitude des destinées du naviga-
teur, la vestale connaissant dans un seul jour
tous les jours futurs de sa vie; d'une autre part,
une âme telle que la tienne, ô Amélie, orageuse
comme l'océan; un naufrage plus affreux que
celui du marinier : tout ce tableau est encore
profondément gravé dans ma mémoire. Soleil de
ce ciel nouveau, maintenant témoin de mes
larmes, écho du rivage américain qui répétez les
accents de René, ce fut le lendemain de cette nuit
terrible, qu'appuyé sur le gaillard de mon vaisseau, je vis s'éloigner pour jamais ma terre
natale! Je contemplai long-temps sur la côte les
derniers balancements des arbres de la patrie, et
les faîtes du monastère qui s'abaissaient à l'horizon. »

Comme René achevait de raconter son histoire,
il tira un papier de son sein, et le donna au
P. Souël; puis, se jetant dans les bras de Chactas,
et étouffant ses sanglots, il laissa le temps au
missionnaire de parcourir la lettre qu'il venait de
lui remettre.

Elle était de la supérieure de... Elle contenait
le récit des derniers moments de la sœur Amélie
de la Miséricorde, morte victime de son zèle et de
sa charité, en soignant ses compagnes attaquées
d'une maladie contagieuse. Toute la communauté

était inconsolable, et l'on y regardait Amélie comme une sainte. La supérieure ajoutait que, depuis trente ans qu'elle était à la tête de la maison, elle n'avait jamais vu de religieuse d'une humeur aussi douce et aussi égale, ni qui fût plus contente d'avoir quitté les tribulations du monde.

Chactas pressait René dans ses bras; le vieillard pleurait. « Mon enfant, dit-il à son fils, je voudrais que le P. Aubry fût ici; il tirait du fond de son cœur je ne sais quelle paix qui, en les calmant, ne semblait cependant point étrangère aux tempêtes; c'était la lune dans une nuit orageuse : les nuages errants ne peuvent l'emporter dans leur course; pure et inaltérable, elle s'avance tranquille au-dessus d'eux. Hélas, pour moi, tout me trouble et m'entraîne! »

Jusqu'alors le P. Souël, sans proférer une parole, avait écouté d'un air austère l'histoire de René. Il portait en secret un cœur compatissant, mais il montrait au dehors un caractère inflexible; la sensibilité du Sachem le fit sortir du silence :

« Rien, dit-il au frère d'Amélie, rien ne mérite, dans cette histoire, la pitié qu'on vous montre ici. Je vois un jeune homme entêté de chimères, à qui tout déplaît, et qui s'est soustrait aux charges de la société pour se livrer à d'inutiles rêveries. On n'est point, monsieur, un homme supérieur parce qu'on aperçoit le monde sous un jour odieux. On ne hait les hommes et la vie, que faute de voir assez loin. Étendez un peu plus votre regard, et

vous serez bientôt convaincu que tous ces maux
dont vous vous plaignez sont de purs néants.
Mais quelle honte de ne pouvoir songer au seul
malheur réel de votre vie, sans être forcé de
rougir! Toute la pureté, toute la vertu, toute la
religion, toutes les couronnes d'une sainte
rendent à peine tolérable la seule idée de vos
chagrins. Votre sœur a expié sa faute; mais,
s'il faut dire ici ma pensée, je crains que, par une
épouvantable justice, un aveu sorti du sein de la
tombe n'ait troublé votre âme à son tour. Que
faites-vous seul au fond des forêts où vous
consumez vos jours, négligeant tous vos devoirs?
Des saints, me direz-vous, se sont ensevelis dans
les déserts? Ils y étaient avec leurs larmes, et
employaient à éteindre leurs passions le temps
que vous perdez peut-être à allumer les vôtres.
Jeune présomptueux qui avez cru que l'homme
se peut suffire à lui-même! La solitude est
mauvaise à celui qui n'y vit pas avec Dieu; elle
redouble les puissances de l'âme, en même temps
qu'elle leur ôte tout sujet pour s'exercer.
Quiconque a reçu des forces, doit les consacrer au
service de ses semblables; s'il les laisse inutiles, il
en est d'abord puni par une secrète misère, et tôt
ou tard le ciel lui envoie un châtiment
effroyable. »

Troublé par ces paroles, René releva du sein de
Chactas sa tête humiliée. Le Sachem aveugle se
prit à sourire; et ce sourire de la bouche, qui ne
se mariait plus à celui des yeux, avait quelque
chose de mystérieux et de céleste. « Mon fils, dit

le vieil amant d'Atala, il nous parle sévèrement; il corrige et le vieillard et le jeune homme, et il a raison. Oui, il faut que tu renonces à cette vie extraordinaire qui n'est pleine que de soucis; il n'y a de bonheur que dans les voies communes.

« Un jour le Meschacebé, encore assez près de sa source, se lassa de n'être qu'un limpide ruisseau. Il demande des neiges aux montagnes, des eaux aux torrents, des pluies aux tempêtes, il franchit ses rives, et désole ses bords charmants. L'orgueilleux ruisseau s'applaudit d'abord de sa puissance; mais voyant que tout devenait désert sur son passage; qu'il coulait, abandonné dans la solitude; que ses eaux étaient toujours troublées, il regretta l'humble lit que lui avait creusé la nature, les oiseaux, les fleurs, les arbres et les ruisseaux, jadis modestes compagnons de son paisible cours. »

Chactas cessa de parler, et l'on entendit la voix du *Flammant*[26] qui, retiré dans les roseaux du Meschacebé, annonçait un orage pour le milieu du jour. Les trois amis reprirent la route de leurs cabanes : René marchait en silence entre le missionnaire qui priait Dieu, et le Sachem aveugle qui cherchait sa route. On dit que, pressé par les deux vieillards, il retourna chez son épouse, mais sans y trouver le bonheur. Il périt peu de temps après avec Chactas et le P. Souël, dans le massacre des Français et des Natchez à la Louisiane. On montre encore un rocher où il allait s'asseoir au soleil couchant.

*Les Aventures
du dernier Abencerage*

Lorsque Boabdil, dernier roi de Grenade[1], fut obligé d'abandonner le royaume de ses pères, il s'arrêta au sommet du mont Padul[2]. De ce lieu élevé on découvrait la mer où l'infortuné monarque allait s'embarquer pour l'Afrique; on apercevait aussi Grenade, la Véga[3] et le Xénil[4], au bord duquel s'élevaient les tentes de Ferdinand et d'Isabelle. A la vue de ce beau pays et des cyprès qui marquaient encore çà et là les tombeaux des musulmans, Boabdil se prit à verser des larmes. La sultane Aïxa, sa mère, qui l'accompagnait dans son exil avec les grands qui composaient jadis sa cour, lui dit : « Pleure maintenant comme une femme un royaume que tu n'as pas su défendre comme un homme. » Ils descendirent de la montagne, et Grenade disparut à leurs yeux pour toujours.

Les Maures d'Espagne, qui partagèrent le sort de leur roi, se dispersèrent en Afrique. Les tribus des Zégris et des Gomèles s'établirent dans le royaume de Fez, dont elles tiraient leur origine. Les Vanégas et les Alabès s'arrêtèrent sur la côte,

depuis Oran jusqu'à Alger; enfin les Abencerages
se fixèrent dans les environs de Tunis. Ils
formèrent, à la vue des ruines de Carthage, une
colonie que l'on distingue encore aujourd'hui des
Maures d'Afrique, par l'élégance de ses mœurs et
la douceur de ses lois.

Ces familles portèrent dans leur patrie nouvelle
le souvenir de leur ancienne patrie. Le *Paradis de
Grenade* vivait toujours dans leur mémoire, les
mères en redisaient le nom aux enfants qui
suçaient encore la mamelle. Elles les berçaient
avec les romances des Zégris et des Abencerages.
Tous les cinq jours on priait dans la mosquée, en
se tournant vers Grenade. On invoquait Allah,
afin qu'il rendît à ses élus cette terre de délices.
En vain le pays des Lotophages [5] offrait aux
exilés ses fruits, ses eaux, sa verdure, son brillant
soleil; loin des *Tours Vermeilles* [a], il n'y avait ni
fruits agréables, ni fontaines limpides, ni fraîche
verdure, ni soleil digne d'être regardé. Si l'on
montrait à quelque banni les plaines de la
Bagrada, il secouait la tête et s'écriait en
soupirant : « Grenade! »

Les Abencerages [6] surtout conservaient le plus
tendre et le plus fidèle souvenir de la patrie. Ils
avaient quitté avec un mortel regret le théâtre de
leur gloire, et les bords qu'ils firent si souvent
retentir de ce cri d'armes : « Honneur et Amour. »
Ne pouvant plus lever la lance dans les déserts, ni
se couvrir du casque dans une colonie de labou-

---

a. Tours d'un palais de Grenade.

reurs, ils s'étaient consacrés à l'étude des simples,
profession estimée chez les Arabes à l'égal du
métier des armes. Ainsi cette race de guerriers
qui jadis faisait des blessures s'occupait maintenant de l'art de les guérir. En cela elle avait
retenu quelque chose de son premier génie, car les
chevaliers pansaient souvent eux-mêmes les
plaies de l'ennemi qu'ils avaient abattu.

La cabane de cette famille, qui jadis eut des
palais, n'était point placée dans le hameau des
autres exilés, au pied de la montagne du Mamé-
life; elle était bâtie parmi les débris mêmes de
Carthage, au bord de la mer, dans l'endroit où
saint Louis mourut sur la cendre, et où l'on voit
aujourd'hui un hermitage mahométan[7]. Aux
murailles de la cabane étaient attachés des
boucliers de peau de lion, qui portaient
empreintes sur un champ d'azur deux figures de
sauvages, brisant une ville avec une massue.
Autour de cette devise on lisait ces mots : « *C'est
peu de chose!* » armes et devise des Abencerages.
Des lances ornées de pennons blancs et bleus, des
alburnos[8], des casaques de satin tailladé étaient
rangés auprès des boucliers, et brillaient au
milieu des cimeterres et des poignards. On voyait
encore suspendus çà et là des gantelets, des mors
enrichis de pierreries, de larges étriers d'argent,
de longues épées dont le fourreau avait été brodé
par les mains des princesses, et des éperons d'or
que les Yseult, les Genièvre, les Oriane, chaus-
sèrent jadis à de vaillants chevaliers.

Sur des tables, au pied de ces trophées de la

gloire, étaient posés des trophées d'une vie
pacifique : c'étaient des plantes cueillies sur les
sommets de l'Atlas et dans le désert de Zaara;
plusieurs même avaient été apportées de la plaine
de Grenade. Les unes étaient propres à soulager
les maux du corps; les autres devaient étendre
leur pouvoir jusque sur les chagrins de l'âme. Les
Abencerages estimaient surtout celles qui servaient à calmer les vains regrets, à dissiper les
folles illusions et ces espérances de bonheur
toujours naissantes, toujours déçues. Malheureusement ces simples avaient des vertus oppo-
sées, et souvent le parfum d'une fleur de la patrie
était comme une espèce de poison pour les
illustres bannis.

Vingt-quatre ans s'étaient écoulés depuis la
prise de Grenade [9]. Dans ce court espace de
temps quatorze Abencerages avaient péri par
l'influence d'un nouveau climat, par les accidents
d'une vie errante, et surtout par le chagrin, qui
mine sourdement les forces de l'homme. Un seul
rejeton était tout l'espoir de cette maison
fameuse. Aben-Hamet portait le nom de cet
Abencerage qui fut accusé par les Zégris d'avoir
séduit la sultane Alfaïma. Il réunissait en lui la
beauté, la valeur, la courtoisie, la générosité de
ses ancêtres, avec ce doux éclat et cette légère
expression de tristesse que donne le malheur
noblement supporté. Il n'avait que vingt-deux
ans lorsqu'il perdit son père; il résolut alors de
faire un pèlerinage au pays de ses aïeux, afin de
satisfaire au besoin de son cœur, et d'accomplir

un dessein qu'il cacha soigneusement à sa mère.

Il s'embarque à l'Échelle de Tunis; un vent favorable le conduit à Carthagène; il descend du navire, et prend aussitôt la route de Grenade : il s'annonçait comme un médecin arabe qui venait herboriser parmi les rochers de la Sierra-Nevada. Une mule paisible le portait lentement dans le pays où les Abencerages volaient jadis sur de belliqueux coursiers : un guide marchait en avant, conduisant deux autres mules ornées de sonnettes et de touffes de laine de diverses couleurs. Aben-Hamet traversa les grandes bruyères [10] et les bois de palmiers du royaume de Murcie : à la vieillesse de ces palmiers, il jugea qu'ils devaient avoir été plantés par ses pères, et son cœur fut pénétré de regrets. Là s'élevait une tour où veillait la sentinelle au temps de la guerre des Maures et des Chrétiens; ici se montrait une ruine dont l'architecture annonçait une origine moresque; autre sujet de douleur pour l'Abencerage! Il descendait de sa mule, et sous prétexte de chercher des plantes, il se cachait un moment dans ces débris pour donner libre cours à ses larmes. Il reprenait ensuite sa route, en rêvant au bruit des sonnettes de la caravane et au chant monotone de son guide. Celui-ci n'interrompait sa longue romance que pour encourager ses mules, en leur donnant le nom de *belles* et de *valeureuses*, ou pour les gourmander, en les appelant *paresseuses* et *obstinées*.

Des troupeaux de moutons qu'un berger conduisait comme une armée dans des plaines

jaunes et incultes, quelques voyageurs solitaires,
loin de répandre la vie sur le chemin, ne servaient
qu'à le faire paraître plus triste et plus désert.
Ces voyageurs portaient tous une épée à la
ceinture : ils étaient enveloppés dans un manteau, et un large chapeau rabattu leur couvrait à
demi le visage. Ils saluaient en passant Aben-
Hamet, qui ne distinguait dans ce noble salut que
le nom de *Dieu*, de *Seigneur* et de *Chevalier*. Le
soir à la *venta* [11] l'Abencerage prenait sa place au
milieu des étrangers, sans être importuné de leur
curiosité indiscrète. On ne lui parlait point, on ne
le questionnait point; son turban, sa robe, ses
armes, n'excitaient aucun étonnement. Puisque
Allah avait voulu que les Maures d'Espagne
perdissent leur belle patrie, Aben-Hamet ne
pouvait s'empêcher d'en estimer les graves
conquérants.

Des émotions encore plus vives attendaient
l'Abencerage au terme de sa course. Grenade est
bâtie au pied de la Sierra-Nevada, sur deux
hautes collines que sépare une profonde vallée.
Les maisons placées sur la pente des coteaux,
dans l'enfoncement de la vallée, donnent à la
ville l'air et la forme d'une grenade entr'ouverte,
d'où lui est venu son nom. Deux rivières, le Xénil
et le Douro, dont l'une roule des paillettes d'or,
et l'autre des sables d'argent, lavent le pied des
collines, se réunissent, et serpentent ensuite au
milieu d'une plaine charmante, appelée la Véga.
Cette plaine que domine Grenade est couverte de
vignes, de grenadiers, de figuiers, de mûriers,

d'orangers; elle est entourée par des montagnes d'une forme et d'une couleur admirables. Un ciel enchanté, un air pur et délicieux [12], portent dans l'âme une langueur secrète dont le voyageur qui ne fait que passer a même de la peine à se défendre. On sent que dans ce pays les tendres passions auraient promptement étouffé les passions héroïques, si l'amour, pour être véritable, n'avait pas toujours besoin d'être accompagné de la gloire.

Lorsque Aben-Hamet découvrit le faîte des premiers édifices de Grenade, le cœur lui battit avec tant de violence qu'il fut obligé d'arrêter sa mule. Il croisa les bras sur sa poitrine, et, les yeux attachés sur la ville sacrée, il resta muet et immobile. Le guide s'arrêta à son tour, et comme tous les sentiments élevés sont aisément compris d'un Espagnol, il parut touché et devina que le Maure revoyait son ancienne patrie. L'Abencerage rompit enfin le silence.

« Guide, s'écria-t-il, sois heureux ! ne me cache point la vérité, car le calme régnait dans les flots le jour de ta naissance, et la lune entrait dans son croissant. Quelles sont ces tours qui brillent comme des étoiles au-dessus d'une verte forêt? »

« C'est l'Alhambra », répond le guide.

« Et cet autre château, sur cette autre colline? » dit Aben-Hamet.

« C'est le Généralife, répliqua l'Espagnol. Il y a dans ce château un jardin planté de myrtes où l'on prétend qu'Abencerage fut surpris avec la

sultane Alfaïma. Plus loin vous voyez l'Albaïzyn,
et plus près de nous les Tours Vermeilles. »

Chaque mot du guide perçait le cœur d'Aben-
Hamet. Qu'il est cruel d'avoir recours à des
étrangers pour apprendre à connaître les monuments de ses pères, et de se faire raconter par des
indifférents l'histoire de sa famille et de ses amis !
Le guide, mettant fin aux réflexions d'Aben-
Hamet, s'écria : « Marchons, seigneur Maure ;
marchons, Dieu l'a voulu ! Prenez courage. François Ier n'est-il pas aujourd'hui même prisonnier
dans notre Madrid ? Dieu l'a voulu. » Il ôta son
chapeau, fit un grand signe de croix et frappa ses
mules. L'Abencerage, pressant la sienne à son
tour, s'écria : « C'était écrit [a] » ; et ils descendirent vers Grenade.

Ils passèrent près du gros frêne célèbre par le
combat de Muça et du grand-maître de Calatrava, sous le dernier roi de Grenade. Ils firent le
tour de la promenade Alameïda, et pénétrèrent
dans la cité par la porte d'Elvire. Ils remontèrent
le Rambla et arrivèrent bientôt sur une place
qu'environnaient de toutes parts des maisons
d'architecture moresque [13]. Un kan était ouvert
sur cette place pour les Maures d'Afrique, que le
commerce de soies de la Véga attirait en foule à
Grenade. Ce fut là que le guide conduisit Aben-
Hamet.

L'Abencerage était trop agité pour goûter un

---

a. Expression que les musulmans ont sans cesse à la bouche,
et qu'ils appliquent à la plupart des événements de la vie.

peu de repos dans sa nouvelle demeure; la patrie le tourmentait. Ne pouvant résister aux sentiments qui troublaient son cœur, il sortit au milieu de la nuit pour errer dans les rues de Grenade. Il essayait de reconnaître avec ses yeux ou ses mains quelques-uns des monuments que les vieillards lui avaient si souvent décrits. Peut-être que ce haut édifice dont il entrevoyait les murs à travers les ténèbres était autrefois la demeure des Abencerages; peut-être était-ce sur cette place solitaire que se donnaient ces fêtes qui portèrent la gloire de Grenade jusqu'aux nues. Là passaient les quadrilles superbement vêtus de brocarts; là s'avançaient les galères chargées d'armes et de fleurs, les dragons qui lançaient des feux et qui recélaient dans leurs flancs d'illustres guerriers; ingénieuses inventions du plaisir et de la galanterie [14].

Mais, hélas! au lieu du son des anafins, du bruit des trompettes et des chants d'amour, un silence profond régnait autour d'Aben-Hamet. Cette ville muette avait changé d'habitants, et les vainqueurs reposaient sur la couche des vaincus. « Ils dorment donc, ces fiers Espagnols, s'écriait le jeune Maure indigné, sous ces toits dont ils ont exilé mes aïeux. Et moi, Abencerage, je veille inconnu, solitaire, délaissé, à la porte du palais de mes pères! »

Aben-Hamet réfléchissait alors sur les destinées humaines, sur les vicissitudes de la fortune, sur la chute des empires, sur cette Grenade enfin, surprise par ses ennemis au milieu des plaisirs, et changeant tout à coup ses guirlandes de fleurs contre des chaînes; il lui semblait voir ses citoyens abandonnant leurs foyers en habits de fête, comme des convives qui, dans le désordre de leur parure, sont tout à coup chassés de la salle du festin par un incendie.

Toutes ces images, toutes ces pensées se pressaient dans l'âme d'Aben-Hamet; plein de douleur et de regret, il songeait surtout à exécuter le projet qui l'avait amené à Grenade : le jour le surprit. L'Abencerage s'était égaré : il se trouvait loin du kan, dans un faubourg écarté de la ville. Tout dormait; aucun bruit ne troublait le silence des rues; les portes et les fenêtres des maisons étaient fermées : seulement la voix du coq proclamait dans l'habitation du pauvre, le retour des peines et des travaux.

Après avoir erré longtemps sans pouvoir retrouver sa route, Aben-Hamet entendit une porte s'ouvrir. Il vit sortir une jeune femme, vêtue à peu près comme ces reines gothiques sculptées sur les monuments de nos anciennes abbayes. Son corset noir, garni de jais, serrait sa taille élégante; son jupon court, étroit et sans plis, découvrait une jambe fine et un pied charmant; une mantille également noire était jetée sur sa tête : elle tenait avec sa main gauche, cette mantille croisée et fermée comme une guimpe au-dessous de son menton, de sorte que l'on n'apercevait de tout son visage que ses grands yeux et sa bouche de rose. Une duègne accompagnait ses pas; un page portait devant elle un livre d'église [15]; deux varlets, parés de ses couleurs, suivaient à quelque distance la belle inconnue : elle se rendait à la prière matinale, que les tintements d'une cloche annonçaient dans un monastère voisin.

Aben-Hamet crut voir l'ange Israfil [16] ou la plus jeune des houris. L'Espagnole, non moins surprise, regardait l'Abencerage, dont le turban, la robe et les armes embellissaient encore la noble figure. Revenue de son premier étonnement, elle fit signe à l'étranger de s'approcher avec une grâce et une liberté particulières aux femmes de ce [17] pays. « Seigneur Maure, lui dit-elle, vous paraissez nouvellement arrivé à Grenade : vous seriez-vous égaré? »

« Sultane des fleurs, répondit Aben-Hamet, délices des yeux des hommes, ô esclave chrétienne, plus belle que les vierges de la Géorgie, tu l'as deviné! je suis étranger dans cette ville : perdu au milieu de ses palais, je n'ai pu retrouver le kan des Maures. Que Mahomet touche ton cœur et récompense ton hospitalité! »

« Les Maures sont renommés pour leur galanterie », reprit l'Espagnole avec le plus doux sourire; « mais je ne suis ni sultane des fleurs, ni esclave, ni contente d'être recommandée à Mahomet. Suivez-moi, seigneur chevalier : je vais vous reconduire au kan des Maures ».

Elle marcha légèrement devant l'Abencerage, le mena jusqu'à la porte du kan, le lui montra de la main, passa derrière un palais et disparut.

A quoi tient donc le repos de la vie! La patrie

n'occupe plus seule et toute entière l'âme d'Aben-
Hamet : Grenade a cessé d'être pour lui déserte,
abandonnée, veuve, solitaire ; elle est plus chère
que jamais à son cœur, mais c'est un prestige
nouveau qui embellit ses ruines ; au souvenir des
aïeux se mêle à présent un autre charme. Aben-
Hamet a découvert le cimetière où reposent les
cendres des Abencerages ; mais en priant, mais en
se prosternant, mais en versant des larmes
filiales, il songe que la jeune Espagnole a passé
quelquefois sur ces tombeaux, et il ne trouve plus
ses ancêtres si malheureux.

   C'est en vain qu'il ne veut s'occuper que de son
pèlerinage au pays de ses pères ; c'est en vain
qu'il parcourt les coteaux du Douro et du Xénil,
pour y cueillir des plantes au lever de l'aurore : la
fleur qu'il cherche maintenant, c'est [18] la belle
chrétienne. Que d'inutiles efforts il a déjà tentés
pour retrouver le palais de son enchanteresse !
Que de fois il a essayé de repasser par les chemins
que lui fit parcourir son divin guide ! Que de fois
il a cru reconnaître le son de cette cloche, le
chant de ce coq qu'il entendit près de la demeure
de l'Espagnole ! Trompé par des bruits pareils, il
court aussitôt de ce côté, et le palais magique ne
s'offre point à ses regards ! Souvent encore le
vêtement uniforme des femmes de Grenade lui
donnait un moment d'espoir : de loin toutes les
chrétiennes ressemblaient à la maîtresse de son
cœur ; de près pas une n'avait sa beauté ou sa
grâce. Aben-Hamet avait enfin parcouru les
églises pour découvrir l'étrangère ; il avait même

pénétré jusqu'à la tombe de Ferdinand et d'Isabelle; mais c'était aussi le plus grand sacrifice qu'il eût jusqu'alors fait à l'amour.

Un jour il herborisait dans la vallée du Douro. Le coteau du midi soutenait sur sa pente fleurie les murailles de l'Alhambra et les jardins du Généralife; la colline du nord était décorée par l'Albaïzyn, par de riants vergers, et par des grottes qu'habitait un peuple nombreux. A l'extrémité occidentale de la vallée on découvrait les clochers de Grenade qui s'élevaient en groupe du milieu des chênes-verts et des cyprès. A l'autre extrémité, vers l'orient, l'œil rencontrait sur des pointes de rochers, des couvents, des hermitages, quelques ruines de l'ancienne Illibérie, et dans le lointain les sommets de la Sierra-Nevada. Le Douro roulait au milieu du vallon, et présentait le long de son cours de frais moulins, de bruyantes cascades, les arches brisées d'un aqueduc romain, et les restes d'un pont du temps des Maures.

Aben-Hamet n'était plus ni assez infortuné, ni assez heureux, pour bien goûter le charme de la solitude : il parcourait avec distraction et indifférence ces bords enchantés. En marchant à l'aventure, il suivit une allée d'arbres qui circulait sur la pente du coteau de l'Albaïzyn. Une maison de campagne, environnée d'un bocage d'orangers, s'offrit bientôt à ses yeux : en approchant du bocage, il entendit les sons d'une [19] voix et d'une guitare. Entre la voix, les traits et les regards d'une femme, il y a des rapports qui ne trompent jamais un homme que l'amour possède. « C'est ma houri ! » dit Aben-Hamet ; et il écoute, le cœur palpitant : au nom des Abencerages plusieurs fois répété, son cœur bat encore plus vite. L'inconnue chantait une romance castillane qui retraçait l'histoire des Abencerages et des Zégris. Aben-Hamet ne peut plus résister à son émotion ; il s'élance à travers une haie de myrtes et tombe au milieu d'une troupe de jeunes femmes effrayées qui fuient en poussant des cris. L'Espagnole qui venait de chanter et qui tenait encore la guitare s'écrie : « C'est le seigneur Maure ! » Et elle rappelle ses compagnes. « Favorite des Génies, dit l'Abencerage, je te cherchais comme l'Arabe cherche une source dans l'ardeur du midi ; j'ai entendu les sons de ta guitare, tu célébrais les héros de mon pays, je t'ai devinée à la beauté de tes accents, et j'apporte à tes pieds le cœur d'Aben-Hamet. »

« Et moi, répondit Doña Blanca, c'était en pensant à vous que je redisais la romance des Abencerages. Depuis que je vous ai vu, je me suis figuré que ces chevaliers Maures vous ressemblaient. »

Une légère rougeur monta au front de Blanca en prononçant ces mots. Aben-Hamet se sentit prêt à tomber aux genoux de la jeune chrétienne, à lui déclarer qu'il était le dernier Abencerage ; mais un reste de prudence le retint ; il craignit que son nom, trop fameux à Grenade, ne donnât des inquiétudes au gouverneur. La guerre des Morisques [20] était à peine terminée, et la présence

d'un Abencerage dans ce moment pouvait inspirer aux Espagnols de justes craintes. Ce n'est pas
qu'Aben-Hamet s'effrayât d'aucun péril, mais il
frémissait à la pensée d'être obligé de s'éloigner
pour jamais de la fille de don Rodrigue.

Doña Blanca descendait d'une famille qui
tirait son origine du Cid de Bivar et de Chimène,
fille du comte Gomez de Gormas. La postérité du
vainqueur de Valence-la-Belle tomba, par l'ingratitude de la cour de Castille, dans une extrême
pauvreté; on crut même pendant plusieurs siècles
qu'elle s'était éteinte, tant elle devint obscure.
Mais vers le temps de la conquête de Grenade, un
dernier rejeton de la race des Bivars, l'aïeul de
Blanca, se fit reconnaître moins encore à ses
titres qu'à l'éclat de sa valeur. Après l'expulsion
des Infidèles, Ferdinand donna au descendant du
Cid les biens de plusieurs familles maures, et le
créa duc de Santa-Fé. Le nouveau duc fixa sa
demeure à Grenade, et mourut jeune encore,
laissant un fils unique déjà marié, don Rodrigue,
père de Blanca.

Doña Thérésa de Xérès, femme de don
Rodrigue, mit au jour un fils qui reçut à sa
naissance le nom de Rodrigue comme tous ses
aïeux, mais que l'on appela don Carlos, pour le
distinguer de son père. Les grands événements
que don Carlos eut sous les yeux, dès sa plus
tendre jeunesse, les périls auxquels il fut exposé
presque au sortir de l'enfance, ne firent que
rendre plus grave et plus rigide un caractère
naturellement porté à l'austérité. Don Carlos

comptait à peine quatorze ans, lorsqu'il suivit
Cortez au Mexique : il avait supporté tous les
dangers, il avait été témoin de toutes les horreurs
de cette étonnante aventure; il avait assisté à la
chute du dernier roi d'un monde jusqu'alors
inconnu. Trois ans après cette catastrophe, don
Carlos s'était trouvé en Europe à la bataille de
Pavie, comme pour voir l'honneur et la vaillance
couronnés succomber sous les coups de la fortune.
L'aspect d'un nouvel univers, de longs voyages
sur des mers non encore parcourues, le spectacle
des révolutions et des vicissitudes du sort,
avaient fortement ébranlé l'imagination religieuse et mélancolique de don Carlos : il était
entré dans l'Ordre chevaleresque de Calatrava,
et, renonçant au mariage malgré les prières de
don Rodrigue, il destinait tous ses biens à sa
sœur.

Blanca de Bivar, sœur unique de don Carlos, et
beaucoup plus jeune que lui, était l'idole de son
père : elle avait perdu sa mère, et elle entrait
dans sa dix-huitième année, lorsqu'Aben-Hamet
parut à Grenade. Tout était séduction dans cette
femme enchanteresse; sa voix était ravissante, sa
danse plus légère que le zéphyr : tantôt elle se
plaisait à guider un char comme Armide, tantôt
elle volait sur le dos du plus rapide coursier de
l'Andalousie, comme ces Fées charmantes qui
apparaissaient à Tristan et à Galaor dans les
forêts. Athènes l'eût prise pour Aspasie, et Paris
pour Diane de Poitiers qui commençait à briller à
la cour. Mais avec les charmes d'une Française,

elle avait les passions d'une Espagnole, et sa coquetterie naturelle n'ôtait rien à la sûreté, à la constance, à la force, à l'élévation des sentiments de son cœur.

Aux cris qu'avaient poussés les jeunes Espagnoles lorsque Aben-Hamet s'était élancé dans le bocage, don Rodrigue était accouru. « Mon père, dit Blanca, voilà le seigneur Maure dont je vous ai parlé. Il m'a entendu chanter, il m'a reconnue; il est entré dans le jardin pour me remercier de lui avoir enseigné sa route. »

Le duc de Santa-Fé reçut l'Abencerage avec la politesse grave et pourtant naïve des Espagnols. On ne remarque chez cette nation aucun de ces airs serviles, aucun de ces tours de phrase qui annoncent l'abjection des pensées et la dégradation de l'âme. La langue du grand seigneur et du paysan est la même, le salut le même, les compliments, les habitudes, les usages sont les mêmes. Autant la confiance et la générosité de ce peuple envers les étrangers sont sans bornes, autant sa vengeance est terrible quand on le trahit. D'un courage héroïque, d'une patience à toute épreuve, incapable de céder à la mauvaise fortune, il faut qu'il la dompte ou qu'il en soit écrasé. Il a peu de ce qu'on appelle esprit, mais les passions exaltées lui tiennent lieu de cette lumière qui vient de la finesse et de l'abondance des idées. Un Espagnol qui passe le jour sans parler, qui n'a rien vu, qui ne se soucie de rien voir, qui n'a rien lu, rien étudié, rien comparé, trouvera dans la grandeur de ses résolutions les

ressources nécessaires au moment de l'adversité [21].

C'était le jour de la naissance de don Rodrigue,
et Blanca donnait à son père une *tertullia*, ou
petite fête, dans cette charmante solitude. Le duc
de Santa-Fé invita Aben-Hamet à s'asseoir au
milieu des jeunes femmes, qui s'amusaient du turban et de la robe de l'étranger. On apporta des
carreaux de velours, et l'Abencerage se reposa sur
ces carreaux à la façon des Maures. On lui fit des
questions sur son pays et sur ses aventures [22] : il
y répondit avec esprit et gaieté. Il parlait le
castillan le plus pur; on aurait pu le prendre pour
un Espagnol, s'il n'eût presque toujours dit *toi* au
lieu de *vous*. Ce mot avait quelque chose de si
doux dans sa bouche, que Blanca ne pouvait se
défendre d'un secret dépit, lorsqu'il s'adressait à
l'une de ses compagnes.

De nombreux serviteurs parurent : ils portaient le chocolat [23], les pâtes de fruits et les
petits pains de sucre de Malaga, blancs comme la
neige, poreux et légers comme des éponges. Après
le Refresco, on pria Blanca d'exécuter une de ces
danses de caractère, où elle surpassait les plus
habiles Guitanas. Elle fut obligée de céder aux
vœux de ses amies. Aben-Hamet avait gardé le
silence, mais ses regards suppliants parlaient au
défaut de sa bouche. Blanca choisit une Zambra,
danse expressive que les Espagnols ont empruntée des Maures.

Une des jeunes femmes commence à jouer sur
la guitare l'air de la danse étrangère. La fille de

don Rodrigue ôte son voile, et attache à ses
mains blanches des castagnettes de bois d'ébène.
Ses cheveux noirs tombent en boucles sur son cou
d'albâtre; sa bouche et ses yeux sourient de
concert; son teint est animé par le mouvement de
son cœur. Tout à coup elle fait retentir le
bruyant ébène, frappe trois fois la mesure,
entonne le chant de la Zambra, et, mêlant sa voix
aux sons de la guitare, elle part comme un éclair.

Quelle variété dans ses pas! quelle élégance
dans ses attitudes! Tantôt elle lève ses bras avec
vivacité, tantôt elle les laisse retomber avec
mollesse. Quelquefois elle s'élance comme enivrée
de plaisir, et se retire comme accablée de douleur.
Elle tourne la tête, semble appeler quelqu'un
d'invisible, tend modestement une joue vermeille
au baiser d'un nouvel époux, fuit honteuse,
revient brillante et consolée, marche d'un pas
noble et presque guerrier, puis voltige de nouveau sur le gazon. L'harmonie de ses pas, de ses
chants, et des sons de sa guitare était parfaite. La
voix de Blanca, légèrement voilée, avait cette
sorte d'accent qui remue les passions jusqu'au
fond de l'âme. La musique espagnole, composée
de soupirs, de mouvements vifs, de refrains
tristes, de chants subitement arrêtés, offre un
singulier mélange de gaieté et de mélancolie.
Cette musique et cette danse fixèrent sans retour
le destin du dernier Abencerage : elles auraient
suffi pour troubler un cœur moins malade que le
sien.

On retourna le soir à Grenade, par la vallée du

Douro. Don Rodrigue, charmé des manières
nobles et polies d'Aben-Hamet, ne voulut point
se séparer de lui qu'il ne lui eût promis de venir
souvent amuser Blanca des merveilleux récits de
l'Orient. Le Maure, au comble de ses vœux,
accepta l'invitation du duc de Santa-Fé; et dès le
lendemain il se rendit au palais où respirait celle
qu'il aimait plus que la lumière du jour.

Blanca se trouva bientôt engagée dans une
passion profonde par l'impossibilité même où elle
crut être d'éprouver jamais cette passion. Aimer
un Infidèle, un Maure, un inconnu, lui paraissait
une chose si étrange, qu'elle ne prit aucune
précaution contre le mal qui commençait à se
glisser dans ses veines; mais aussitôt qu'elle en
reconnut les atteintes, elle accepta ce mal en
véritable Espagnole. Les périls et les chagrins
qu'elle prévit ne la firent point reculer au bord de
l'abîme, ni délibérer long-temps avec son cœur.
Elle se dit : « Qu'Aben-Hamet soit chrétien, qu'il
m'aime, et je le suis au bout de la terre. »

L'Abencerage ressentait de son côté toute la
puissance d'une passion irrésistible : il ne vivait
plus que pour Blanca. Il ne s'occupait plus des
projets qui l'avaient amené à Grenade : il lui
était facile d'obtenir les éclaircissements qu'il
était venu chercher, mais tout autre intérêt que
celui de son amour s'était évanoui à ses yeux. Il
redoutait même des lumières qui auraient pu
apporter des changements dans sa vie. Il ne
demandait rien, il ne voulait rien connaître, il se
disait : « Que Blanca soit musulmane, qu'elle

m'aime, et je la sers jusqu'à mon dernier soupir. »

Aben-Hamet et Blanca, ainsi fixés dans leur résolution, n'attendaient que le moment de se découvrir leurs sentiments. On était alors dans les plus beaux jours de l'année. « Vous n'avez point encore vu l'Alhambra, dit la fille du duc de Santa-Fé à l'Abencerage. Si j'en crois quelques paroles qui vous sont échappées, votre famille est originaire de Grenade. Peut-être serez-vous bien aise de visiter le palais de vos anciens rois? Je veux moi-même ce soir vous servir de guide. »

Aben-Hamet jura par le Prophète que jamais promenade ne pouvait lui être plus agréable.

L'heure fixée pour le pèlerinage à l'Alhambra étant arrivée, la fille de don Rodrigue monta sur une haquenée blanche accoutumée à gravir les rochers comme un chevreuil. Aben-Hamet accompagnait la brillante Espagnole sur un cheval andalou équipé à la manière des Turcs. Dans la course rapide du jeune Maure, sa robe de pourpre s'enflait derrière lui, son sabre recourbé retentissait sur la selle élevée, et le vent agitait l'aigrette dont son turban était surmonté. Le peuple, charmé de sa bonne grâce, disait en le regardant passer : « C'est un prince infidèle que doña Blanca va convertir. »

Ils suivirent d'abord une longue rue qui portait encore le nom d'une illustre famille maure; cette rue aboutissait à l'enceinte extérieure de l'Alhambra. Ils traversèrent ensuite un bois d'ormeaux, arrivèrent à une fontaine, et se trouvèrent bientôt devant l'enceinte intérieure du

palais de Boabdil. Dans une muraille flanquée de
tours et surmontée de créneaux, s'ouvrait une
porte appelée la Porte du Jugement. Ils fran-
chirent cette première porte, et s'avancèrent par
un chemin étroit qui serpentait entre de hauts
murs, et des masures à demi ruinées. Ce chemin
les conduisit à la place des Algibes, près de
laquelle Charles-Quint faisait alors élever un
palais. De là, tournant vers le nord, ils s'arrêtèrent dans une cour déserte, au pied d'un mur
sans ornements et dégradé par les âges. Aben-
Hamet, sautant légèrement à terre, offrit la main
à Blanca pour descendre de sa mule. Les serviteurs frappèrent à une porte abandonnée, dont
l'herbe cachait le seuil : la porte s'ouvrit et laissa
voir tout à coup les réduits secrets de l'Alhambra.

Tous les charmes, tous les regrets de la patrie,
mêlés aux prestiges de l'amour, saisirent le cœur
du dernier Abencerage. Immobile et muet, il
plongeait des regards étonnés dans cette habitation des Génies; il croyait être transporté à
l'entrée d'un de ces palais dont on lit la description dans les contes arabes [24]. De légères galeries,
des canaux de marbre blanc bordés de citronniers
et d'orangers en fleurs, des fontaines, des cours
solitaires, s'offraient de toutes parts aux yeux
d'Aben-Hamet, et, à travers les voûtes allongées
des portiques, il apercevait d'autres labyrinthes
et de nouveaux enchantements. L'azur du plus
beau ciel se montrait entre des colonnes qui
soutenaient une chaîne d'arceaux gothiques. Les

murs, chargés d'arabesques, imitaient à la vue
ces étoffes de l'Orient, que brode dans l'ennui du
harem le caprice d'une femme esclave. Quelque
chose de voluptueux, de religieux et de guerrier
semblait respirer dans ce magique édifice; espèce
de cloître de l'amour [25], retraite mystérieuse où
les rois maures goûtaient tous les plaisirs, et
oubliaient tous les devoirs de la vie.

Après quelques instants de surprise et de
silence, les deux amants entrèrent dans ce séjour
de la puissance évanouie et des félicités passées.
Ils firent d'abord le tour de la salle des Mésucar,
au milieu du parfum des fleurs et de la fraîcheur
des eaux. Ils pénétrèrent ensuite dans la cour des
Lions. L'émotion d'Aben-Hamet augmentait à
chaque pas. « Si tu ne remplissais mon âme de
délices, dit-il à Blanca, avec quel chagrin me
verrais-je obligé de te demander, à toi Espagnole,
l'histoire de ces demeures! Ah! ces lieux sont
faits pour servir de retraite au bonheur, et
moi!... »

Aben-Hamet aperçut le nom de Boabdil
enchâssé dans des mosaïques. « O mon roi,
s'écria-t-il, qu'es-tu devenu? Où te trouverai-je
dans ton Alhambra désert? » Et les larmes de la
fidélité, de la loyauté et de l'honneur couvraient
les yeux du jeune Maure. « Vos anciens maîtres,
dit Blanca, ou plutôt les rois de vos pères, étaient
des ingrats. » — « Qu'importe! repartit l'Abencerage, ils ont été malheureux! »

Comme il prononçait ces mots, Blanca le
conduisit dans un cabinet qui semblait être le

sanctuaire même du temple de l'amour. Rien n'égalait l'élégance de cet asile : la voûte entière, peinte d'azur et d'or, et composée d'arabesques découpées à jour, laissait passer la lumière comme à travers un tissu de fleurs. Une fontaine jaillissait au milieu de l'édifice, et ses eaux, retombant en rosée, étaient recueillies dans une conque d'albâtre. « Aben-Hamet, dit la fille du duc de Santa-Fé, regardez bien cette fontaine ; elle reçut les têtes défigurées des Abencerages. Vous voyez encore sur le marbre la tache du sang des infortunés que Boabdil sacrifia à ses soupçons. C'est ainsi qu'on traite dans votre pays les hommes qui séduisent les femmes crédules. »

Aben-Hamet n'écoutait plus Blanca ; il s'était prosterné et baisait avec respect la trace du sang de ses ancêtres. Il se relève et s'écrie : « O Blanca ! je jure par le sang de ces chevaliers, de t'aimer avec la constance, la fidélité et l'ardeur d'un Abencerage. »

« Vous m'aimez donc ? » repartit Blanca en joignant ses deux belles mains et levant ses regards au ciel. « Mais songez-vous que vous êtes un Infidèle, un Maure, un ennemi, et que je suis Chrétienne et Espagnole ? »

« O saint Prophète, dit Aben-Hamet, soyez témoin de mes serments !... » Blanca l'interrompant : « Quelle foi voulez-vous que j'ajoute aux serments d'un persécuteur de mon Dieu ? Savez-vous si je vous aime ? Qui vous a donné l'assurance de me tenir un pareil langage ? »

Aben-Hamet consterné répondit : « Il est vrai,

je ne suis que ton esclave; tu ne m'as pas choisi pour ton chevalier. »

« Maure, dit Blanca, laisse là la ruse; tu as vu dans mes regards que je t'aimais; ma folie pour toi passe toute mesure; sois Chrétien, et rien ne pourra m'empêcher d'être à toi. Mais si la fille du duc de Santa-Fé ose te parler avec cette franchise, tu peux juger par cela même qu'elle saura se vaincre, et que jamais un ennemi des Chrétiens n'aura aucun droit sur elle. »

Aben-Hamet, dans un transport de passion, saisit les mains de Blanca, les posa sur son turban et ensuite sur son cœur. « Allah est puissant, s'écria-t-il, et Aben-Hamet est heureux! O Mahomet! que cette Chrétienne connaisse ta loi, et rien ne pourra... » — « Tu blasphèmes, dit Blanca: sortons d'ici. »

Elle s'appuya sur le bras du Maure, et s'approcha de la fontaine des Douze-Lions, qui donne son nom à l'une des cours de l'Alhambra : « Étranger, dit la naïve Espagnole, quand je regarde ta robe, ton turban, tes armes, et que je songe à nos amours, je crois voir l'ombre du bel Abencerage se promenant dans cette retraite abandonnée avec l'infortunée Alfaïma. Explique-moi l'inscription arabe gravée sur le marbre de cette fontaine. »

Aben-Hamet lut ces mots [a] :

La belle princesse qui se promène couverte de

---

a. Cette inscription existe avec quelques autres. Il est inutile de répéter que j'ai fait cette description de l'Alhambra sur les lieux mêmes.

perles dans son jardin, en augmente si prodigieuse-
ment la beauté..., le reste de l'inscription était
effacé.

« C'est pour toi qu'elle a été faite, cette
inscription, dit Aben-Hamet. Sultane aimée, ces
palais n'ont jamais été aussi beaux dans leur
jeunesse, qu'ils le sont aujourd'hui dans leurs
ruines. Écoute le bruit des fontaines dont la
mousse a détourné les eaux; regarde les jardins
qui se montrent à travers ces arcades à demi
tombées; contemple l'astre du jour qui se couche
par delà tous ces portiques : qu'il est doux d'errer
avec toi dans ces lieux! Tes paroles embaument
ces retraites, comme les roses de l'hymen [26]. Avec
quel charme je reconnais dans ton langage
quelques accents de la langue de mes pères! le
seul frémissement de ta robe sur ces marbres me
fait tressaillir. L'air n'est parfumé que parce qu'il
a touché ta chevelure. Tu es belle comme le Génie
de ma patrie au milieu de ces débris [27]. Mais
Aben-Hamet peut-il espérer de fixer ton cœur?
Qu'est-il auprès de toi? Il a parcouru les montagnes avec son père; il connaît les plantes du
désert...; hélas! il n'en est pas une seule qui pût
le guérir de la blessure que tu lui as faite! il porte
des armes, mais il n'est point chevalier. Je me
disais autrefois : L'eau de la mer qui dort à l'abri
dans le creux du rocher est tranquille et muette,
tandis que tout auprès la grande mer est agitée et
bruyante. Aben-Hamet! ainsi sera ta vie, silen-
cieuse, paisible, ignorée dans un coin de terre
inconnu, tandis que la cour du sultan est boule-

versée par les orages. Je me disais cela, jeune Chrétienne, et tu m'as prouvé que la tempête peut aussi troubler la goutte d'eau dans le creux du rocher. »

Blanca écoutait avec ravissement ce langage nouveau pour elle, et dont le tour oriental semblait si bien convenir à la demeure des Fées, qu'elle parcourait avec son amant. L'amour pénétrait dans son cœur de toutes parts; elle sentait chanceler ses genoux; elle était obligée de s'appuyer plus fortement sur le bras de son guide. Aben-Hamet soutenait le doux fardeau, et répétait en marchant : « Ah! que ne suis-je un brillant Abencerage! »

« Tu me plairais moins, dit Blanca, car je serais plus tourmentée; reste obscur et vis pour moi. Souvent un chevalier célèbre oublie l'amour pour la renommée. »

« Tu n'aurais pas ce danger à craindre », répliqua vivement Aben-Hamet.

« Et comment m'aimerais-tu donc, si tu étais un Abencerage? » dit la descendante de Chimène.

« Je t'aimerais, répondit le Maure, plus que la gloire et moins que l'honneur. »

Le soleil était descendu sous l'horizon, pendant la promenade des deux amants. Ils avaient parcouru tout l'Alhambra. Quels souvenirs offerts à la pensée d'Aben-Hamet! Ici la sultane recevait par des soupiraux la fumée des parfums qu'on brûlait au-dessous d'elle. Là, dans cet asile écarté elle se parait de tous les atours de l'Orient. Et c'était Blanca, c'était une femme adorée qui racontait ces détails au beau jeune homme qu'elle idolâtrait.

La lune, en se levant, répandit sa clarté douteuse dans les sanctuaires abandonnés, et dans les parvis déserts de l'Alhambra [28]. Ses blancs rayons dessinaient sur le gazon des parterres, sur les murs des salles, la dentelle d'une architecture aérienne, les cintres des cloîtres, l'ombre mobile des eaux jaillissantes, et celle des arbustes balancés par le zéphyr. Le rossignol chantait dans un cyprès qui perçait les dômes d'une mosquée en ruine, et les échos répétaient ses plaintes. Aben-Hamet écrivit, au clair de la lune, le nom de Blanca sur le marbre de la salle des Deux-Sœurs [29] : il traça ce nom en caractères arabes, afin que le voyageur eût un mystère de plus à deviner dans ce palais des mystères [30].

« Maure, ces jeux sont cruels, dit Blanca, quittons ces lieux. Le destin de ma vie est fixé pour jamais. Retiens bien ces mots : « Musulman, je suis ton amante sans espoir; chrétien, je suis ton épouse fortunée. »

Aben-Hamet répondit : « Chrétienne, je suis ton esclave désolé; musulmane, je suis ton époux glorieux. »

Et ces nobles amants sortirent de ce dangereux palais.

La passion de Blanca s'augmenta de jour en jour, et celle d'Aben-Hamet s'accrut avec la même violence. Il était si enchanté d'être aimé pour lui seul, de ne devoir à aucune cause étrangère les sentiments qu'il inspirait, qu'il ne révéla point le secret de sa naissance à la fille du duc de Santa-Fé : il se faisait un plaisir délicat de lui apprendre qu'il portait un nom illustre, le jour même où elle consentirait à lui donner sa main. Mais il fut tout à coup rappelé à Tunis : sa mère, atteinte d'un mal sans remède. voulait embrasser son fils et le bénir avant d'abandonner la vie. Aben-Hamet se présente au palais de Blanca. « Sultane, lui dit-il, ma mère va mourir. Elle me demande pour lui fermer les yeux. Me conserveras-tu ton amour? »

« Tu me quittes, répondit Blanca pâlissante. Te reverrai-je jamais? »

« Viens, dit Aben-Hamet. Je veux exiger de toi un serment et t'en faire un que la mort seule pourra briser. Suis-moi. »

Ils sortent; ils arrivent à un cimetière qui fut jadis celui des Maures. On voyait encore çà et là de petites colonnes funèbres autour desquelles le sculpteur figura jadis un turban; mais les Chrétiens avaient depuis remplacé ce turban par une croix. Aben-Hamet conduisit Blanca au pied de ces colonnes

« Blanca, dit-il, mes ancêtres reposent ici; je jure par leurs cendres de t'aimer jusqu'au jour où l'ange du jugement m'appellera au tribunal d'Allah. Je te promets de ne jamais engager mon cœur à une autre femme, et de te prendre pour épouse aussitôt que tu connaîtras la sainte lumière du Prophète. Chaque année, à cette époque, je reviendrai à Grenade pour voir si tu m'as gardé ta foi et si tu veux renoncer à tes erreurs. »

« Et moi, dit Blanca en larmes, je t'attendrai tous les ans; je te conserverai jusqu'à mon dernier soupir la foi que je t'ai jurée, et je te recevrai pour époux lorsque le Dieu des Chrétiens, plus puissant que ton amante, aura touché ton cœur infidèle. »

Aben-Hamet part; les vents l'emportent aux bords africains : sa mère venait d'expirer. Il la pleure, il embrasse son cercueil. Les mois s'écoulent : tantôt errant parmi les ruines de Carthage, tantôt assis sur le tombeau de saint Louis, l'Abencerage exilé appelle le jour qui doit le ramener à Grenade. Ce jour se lève enfin : Aben-Hamet monte sur un vaisseau et fait tourner la proue vers Malaga. Avec quel transport, avec quelle joie mêlée de crainte il aperçut les premiers promontoires de l'Espagne! Blanca l'attend-elle sur ces bords? Se souvient-elle encore d'un pauvre Arabe qui ne cessa de l'adorer sous le palmier du désert?

La fille du duc de Santa-Fé n'était point infidèle à ses serments. Elle avait prié son père de la conduire à Malaga. Du haut des montagnes qui bordaient la côte inhabitée, elle [31] suivait des yeux les vaisseaux lointains et les voiles fugitives. Pendant la tempête, elle contemplait avec effroi la mer soulevée par les vents : elle aimait alors à se perdre dans les nuages, à s'exposer dans les passages dangereux, à se sentir baignée par les mêmes vagues, enlevée par le même tourbillon qui menaçaient les jours d'Aben-Hamet. Quand elle voyait la mouette plaintive raser les flots avec ses grandes ailes recourbées, et voler vers les rivages de l'Afrique, elle la chargeait de toutes ces paroles d'amour, de tous ces vœux insensés qui sortent d'un cœur que la passion dévore.

Un jour qu'elle errait sur les grèves, elle aperçut une longue barque dont la proue élevée, le mât penché et la voile latine annonçaient l'élégant génie des Maures. Blanca court au port, et voit bientôt entrer le vaisseau barbaresque qui faisait écumer l'onde sous la rapidité de sa course. Un Maure, couvert de superbes habits, se tenait debout sur la proue. Derrière lui deux esclaves noirs arrêtaient par le frein un cheval arabe, dont les naseaux fumants et les crins épars annonçaient à la fois son naturel ardent, et la frayeur que lui inspirait le bruit des vagues. La barque arrive, abaisse ses voiles, touche au môle, présente le flanc : le Maure s'élance sur la rive qui retentit du son de ses armes. Les esclaves font sortir le coursier tigré comme un léopard, qui hennit et bondit de joie en retrouvant la terre. D'autres esclaves descendent doucement une corbeille où reposait une gazelle couchée parmi des feuilles de palmier. Ses jambes fines étaient attachées et ployées sous elle, de peur qu'elles ne se fussent brisées dans les mouvements du vaisseau : elle portait un collier de grains d'aloès; et sur une plaque d'or qui servait à rejoindre les deux bouts du collier, étaient gravés, en arabe, un nom et un talisman.

Blanca reconnaît Aben-Hamet : elle n'ose se trahir aux yeux de la foule; elle se retire, et envoie Dorothée, une de ses femmes, avertir l'Abencerage qu'elle l'attend au palais des Maures. Aben-Hamet présentait dans ce moment au gouverneur son firman écrit en lettres d'azur, sur un vélin précieux et renfermé dans un fourreau de soie. Dorothée s'approche et conduit l'heureux Abencerage aux pieds de Blanca. Quels transports, en se retrouvant tous deux fidèles! Quel bonheur de se revoir, après avoir été si longtemps séparés! Quels nouveaux serments de s'aimer toujours!

Les deux esclaves noirs amènent le cheval numide, qui, au lieu de selle, n'avait sur le dos qu'une peau de lion, rattachée par une zone de pourpre. On apporte ensuite la gazelle. « Sultane, dit Aben-Hamet, c'est un chevreuil de mon pays, presque aussi léger que toi. » Blanca détache elle-même l'animal charmant qui semblait la remercier, en jetant sur elle les regards les plus doux. Pendant l'absence de l'Abencerage, la fille du duc de Santa-Fé avait étudié l'arabe : elle lut avec des yeux attendris son propre nom sur le collier de la gazelle. Celle-ci, rendue à la liberté, se soutenait à peine sur ses pieds si longtemps enchaînés; elle se couchait à terre, et appuyait sa tête sur les genoux de sa maîtresse. Blanca lui présentait des dattes nouvelles, et caressait cette chevrette du désert, dont la peau fine avait retenu l'odeur du bois d'aloès et de la rose de Tunis.

L'Abencerage, le duc de Santa-Fé et sa fille partirent ensemble pour Grenade. Les jours du couple heureux s'écoulèrent comme ceux de l'année précédente : mêmes promenades, même regret à la vue de la patrie, même amour ou plutôt amour toujours croissant, toujours partagé; mais aussi même attachement dans les deux amants à la religion de leurs pères. « Sois chrétien », disait Blanca; « Sois musulmane », disait Aben-Hamet, et ils se séparèrent encore une fois sans avoir succombé à la passion qui les entraînait l'un vers l'autre.

Aben-Hamet reparut la troisième année, comme ces oiseaux voyageurs que l'amour ramène au printemps dans nos climats. Il ne trouva point Blanca au rivage, mais une lettre de cette femme adorée apprit au fidèle Arabe le départ du duc de Santa-Fé pour Madrid, et l'arrivée de don Carlos à Grenade. Don Carlos était accompagné d'un prisonnier français, ami du frère de Blanca. Le Maure sentit son cœur se serrer à la lecture de cette lettre. Il partit de Malaga pour Grenade avec les plus tristes pressentiments. Les montagnes lui parurent d'une solitude effrayante, et il tourna plusieurs fois la tête pour regarder la mer qu'il venait de traverser.

Blanca, pendant l'absence de son père, n'avait pu quitter un frère qu'elle aimait, un frère qui voulait en sa faveur se dépouiller de tous ses biens, et qu'elle revoyait après sept années d'absence. Don Carlos avait tout le courage et

toute la fierté de sa nation : terrible comme les
conquérants du Nouveau-Monde, parmi lesquels
il avait fait ses premières armes; religieux comme
les chevaliers espagnols vainqueurs des Maures, il
nourrissait dans son cœur contre les Infidèles la
haine qu'il avait héritée du sang du Cid.

Thomas de Lautrec [32], de l'illustre maison de
Foix, où la beauté dans les femmes et la valeur
dans les hommes passait pour un don héréditaire,
était frère cadet de la comtesse de Foix, et du
brave et malheureux Odet de Foix, seigneur de
Lautrec. A l'âge de dix-huit ans, Thomas avait
été armé chevalier par Bayard, dans cette
retraite qui coûta la vie au Chevalier sans peur et
sans reproche. Quelque temps après, Thomas fut
percé de coups et fait prisonnier à Pavie, en
défendant le roi chevalier qui perdit tout alors,
fors l'honneur.

Don Carlos de Bivar, témoin de la vaillance de
Lautrec, avait fait prendre soin des blessures du
jeune Français, et bientôt il s'établit entre eux
une de ces amitiés héroïques, dont l'estime et la
vertu sont les fondements. François Ier était
retourné en France; mais Charles-Quint retint les
autres prisonniers. Lautrec avait eu l'honneur de
partager la captivité de son roi, et de coucher à
ses pieds dans la prison. Resté en Espagne après
le départ du monarque, il avait été remis sur sa
parole à don Carlos, qui venait de l'amener à
Grenade.

Lorsque Aben-Hamet se présenta au palais de
don Rodrigue, et fut introduit dans la salle où se

trouvait la fille du duc de Santa-Fé, il sentit des
tourments jusqu'alors inconnus pour lui. Aux
pieds de doña Blanca était assis un jeune homme
qui la regardait en silence, dans une espèce de
ravissement. Ce jeune homme portait un haut-de-
chausse de buffle, et un pourpoint de même
couleur, serré par un ceinturon d'où pendait une
épée aux fleurs de lis. Un manteau de soie était
jeté sur ses épaules, et sa tête était couverte d'un
chapeau à petits bords, ombragé de plumes : une
fraise de dentelle, rabattue sur sa poitrine,
laissait voir son cou découvert. Deux moustaches
noires comme l'ébène donnaient à son visage
naturellement doux un air mâle et guerrier. De
larges bottes, qui tombaient et se repliaient sur
ses pieds, portaient l'éperon d'or, marque de la
chevalerie.

A quelque distance, un autre chevalier se
tenait debout, appuyé sur la croix de fer de sa
longue épée : il était vêtu comme l'autre chevalier; mais il paraissait plus âgé. Son air austère,
bien qu'ardent et passionné, inspirait le respect
et la crainte. La croix rouge de Calatrava était
brodée sur son pourpoint, avec cette devise :
Pour elle et pour mon roi.

Un cri involontaire s'échappa de la bouche de
Blanca, lorsqu'elle aperçut Aben-Hamet. « Chevaliers, dit-elle aussitôt, voici l'Infidèle dont je
vous ai tant parlé, craignez qu'il ne remporte la
victoire. Les Abencerages étaient faits comme lui,
et nul ne les surpassait en loyauté, courage et
galanterie. »

Don Carlos s'avança au-devant d'Aben-Hamet : « Seigneur Maure, dit-il, mon père et ma sœur m'ont appris votre nom; on vous croit d'une race noble et brave; vous-même, vous êtes distingué par votre courtoisie. Bientôt Charles-Quint, mon maître, doit porter la guerre à Tunis, et nous nous verrons, j'espère, au champ d'honneur. »

Aben-Hamet posa la main sur son sein, s'assit à terre sans répondre, et resta les yeux attachés sur Blanca et sur Lautrec. Celui-ci admirait, avec la curiosité de son pays, la robe superbe, les armes brillantes, la beauté du Maure; Blanca ne paraissait point embarrassée; toute son âme était dans ses yeux : la sincère Espagnole n'essayait point de cacher le secret de son cœur. Après quelques moments de silence, Aben-Hamet se leva, s'inclina devant la fille de don Rodrigue, et se retira. Étonné du maintien du Maure et des regards de Blanca, Lautrec sortit avec un soupçon qui se changea bientôt en certitude.

Don Carlos resta seul avec sa sœur. « Blanca, lui dit-il, expliquez-vous? D'où naît le trouble que vous a causé la vue de cet étranger? »

« Mon frère, répondit Blanca, j'aime Aben-Hamet, et, s'il veut se faire chrétien, ma main est à lui. »

« Quoi! s'écria don Carlos, vous aimez Aben-Hamet! la fille des Bivars aime un Maure, un Infidèle, un ennemi que nous avons chassé de ces palais! »

« Don Carlos, répliqua Blanca, j'aime Aben-

Hamet ; Aben-Hamet m'aime ; depuis trois ans il renonce à moi plutôt que de renoncer à la religion de ses pères. Noblesse, honneur, chevalerie sont en lui ; jusqu'à mon dernier soupir je l'adorerai. »

Don Carlos était digne de sentir ce que la résolution d'Aben-Hamet avait de généreux, quoiqu'il déplorât l'aveuglement de cet Infidèle. « Infortunée Blanca, dit-il, où te conduira cet amour ? J'avais espéré que Lautrec, mon ami, deviendrait mon frère. »

« Tu t'étais trompé, répondit Blanca : je ne puis aimer cet étranger. Quant à mes sentiments pour Aben-Hamet, je n'en dois compte à personne. Garde tes serments de chevalerie comme je garderai mes serments d'amour. Sache seulement, pour te consoler, que jamais Blanca ne sera l'épouse d'un Infidèle. »

« Notre famille disparaîtra donc de la terre ! » s'écria don Carlos.

« C'est à toi de la faire revivre, dit Blanca. Qu'importent d'ailleurs des fils que tu ne verras point, et qui dégénéreront de ta vertu ? Don Carlos, je sens que nous sommes les derniers de notre race ; nous sortons trop de l'ordre commun pour que notre sang fleurisse après nous : le Cid fut notre aïeul, il sera notre postérité. » Blanca sortit.

Don Carlos vole chez l'Abencerage. « Maure, lui dit-il, renonce à ma sœur ou accepte le combat. »

« Es-tu chargé par ta sœur, répondit Aben-Hamet, de me demander les serments qu'elle m'a faits ? »

« Non, répliqua don Carlos, elle t'aime plus que jamais. »

« Ah! digne frère de Blanca! s'écria Aben-Hamet en l'interrompant, je dois tenir tout mon bonheur de ton sang! O fortuné Aben-Hamet! O heureux jour! je croyais Blanca infidèle pour ce chevalier français... »

« Et c'est là ton malheur, s'écria à son tour don Carlos hors de lui; Lautrec est mon ami; sans toi il serait mon frère. Rends-moi raison des larmes que tu fais verser à ma famille. »

« Je le veux bien, répondit Aben-Hamet; mais né d'une race qui peut-être a combattu la tienne, je ne suis pourtant point chevalier. Je ne vois ici personne pour me conférer l'ordre qui te permettra de te mesurer avec moi sans descendre de ton rang. »

Don Carlos frappé de la réflexion du Maure, le regarda avec un mélange d'admiration et de fureur. Puis tout à coup : « C'est moi qui t'armerai chevalier! Tu en es digne. »

Aben-Hamet fléchit le genou devant don Carlos, qui lui donne l'accolade, en lui frappant trois fois l'épaule du plat de son épée; ensuite don Carlos lui ceint cette même épée que l'Abencerage va peut-être lui plonger dans la poitrine : tel était l'antique honneur.

Tous deux s'élancent sur leurs coursiers, sortent des murs de Grenade, et volent à la fontaine du Pin. Les duels des Maures et des Chrétiens avaient depuis longtemps rendu cette source célèbre. C'était là que Malique Alabès

s'était battu contre Ponce de Léon, et que le
grand-maître de Calatrava avait donné la mort
au valeureux Abayados. On voyait encore les
débris des armes de ce chevalier maure suspendus
aux branches du pin, et l'on apercevait sur
l'écorce de l'arbre quelques lettres d'une inscription funèbre. Don Carlos montra de la main la
tombe d'Abayados à l'Abencerage : « Imite, lui
cria-t-il, ce brave Infidèle ; et reçois le baptême et
la mort de ma main. »

« La mort peut-être, répondit Aben-Hamet :
mais vive Allah et le Prophète ! »

Ils prirent aussitôt du champ, et coururent l'un
sur l'autre avec furie. Ils n'avaient que leurs
épées : Aben-Hamet était moins habile dans les
combats que don Carlos, mais la bonté de ses
armes, trempées à Damas, et la légèreté de son
cheval arabe, lui donnaient encore l'avantage sur
son ennemi. Il lança son coursier comme les
Maures, et avec son large étrier tranchant, il
coupa la jambe droite du cheval de don Carlos
au-dessous du genou. Le cheval blessé s'abattit,
et don Carlos, démonté par ce coup heureux,
marcha sur Aben-Hamet l'épée haute. Aben-
Hamet saute à terre et reçoit don Carlos avec
intrépidité. Il pare les premiers coups de l'Espagnol, qui brise son épée sur le fer de Damas.
Trompé deux fois par la fortune, don Carlos verse
des pleurs de rage, et crie à son ennemi :
« Frappe, Maure, frappe ; don Carlos désarmé te
défie, toi et toute ta race infidèle. »

« Tu pouvais me tuer, répond l'Abencerage,

mais je n'ai jamais songé à te faire la moindre blessure : j'ai voulu seulement te prouver que j'étais digne d'être ton frère, et t'empêcher de me mépriser. »

Dans cet instant on aperçoit un nuage de poussière : Lautrec et Blanca pressaient deux cavales de Fez plus légères que les vents. Ils arrivent à la fontaine du Pin et voient le combat suspendu.

« Je suis vaincu, dit don Carlos, ce chevalier m'a donné la vie. Lautrec, vous serez peut-être plus heureux que moi. »

« Mes blessures, dit Lautrec d'une voix noble et gracieuse, me permettent de refuser le combat contre ce chevalier courtois. Je ne veux point, ajouta-t-il en rougissant, connaître le sujet de votre querelle, et pénétrer un secret qui porterait peut-être la mort dans mon sein. Bientôt mon absence fera renaître la paix parmi vous, à moins que Blanca ne m'ordonne de rester à ses pieds. »

« Chevalier, dit Blanca, vous demeurerez auprès de mon frère; vous me regarderez comme votre sœur. Tous les cœurs qui sont ici éprouvent des chagrins; vous apprendrez de nous à supporter les maux de la vie. »

Blanca voulut contraindre les trois chevaliers à se donner la main; tous les trois s'y refusèrent : « Je hais Aben-Hamet! » s'écria don Carlos. — « Je l'envie », dit Lautrec. — « Et moi, dit l'Abencerage, j'estime don Carlos, et je plains Lautrec, mais je ne saurais les aimer. »

« Voyons-nous toujours, dit Blanca, et tôt ou

tard l'amitié suivra l'estime. Que l'événement
fatal qui nous rassemble ici soit à jamais ignoré
de Grenade. »

Aben-Hamet devint, dès ce moment, mille fois
plus cher à la fille du duc de Santa-Fé : l'amour
aime la vaillance; il ne manquait plus rien à
l'Abencerage, puisqu'il était brave, et que
don Carlos lui devait la vie. Aben-Hamet, par le
conseil de Blanca, s'abstint, pendant quelques
jours, de se présenter au palais, afin de laisser se
calmer la colère de don Carlos. Un mélange de
sentiments doux et amers remplissait l'âme de
l'Abencerage : si d'un côté l'assurance d'être aimé
avec tant de fidélité et d'ardeur, était pour lui
une source inépuisable de délices; d'un autre côté
la certitude de n'être jamais heureux sans renoncer à la religion de ses pères, accablait le courage
d'Aben-Hamet. Déjà plusieurs années s'étaient
écoulées sans apporter de remède à ses maux :
verrait-il ainsi s'écouler le reste de sa vie?

Il était plongé dans un abîme de réflexions les
plus sérieuses et les plus tendres, lorsqu'un soir il
entendit sonner cette prière chrétienne qui
annonce la fin du jour. Il lui vint en pensée
d'entrer dans le temple du Dieu de Blanca, et de
demander des conseils au Maître de la nature.

Il sort, il arrive à la porte d'une ancienne
mosquée convertie en église par les fidèles. Le
cœur saisi de tristesse et de religion, il pénètre
dans le temple qui fut autrefois celui de son Dieu
et de sa patrie. La prière venait de finir : il n'y
avait plus personne dans l'église. Une sainte

obscurité régnait à travers une multitude de
colonnes qui ressemblaient aux troncs des arbres
d'une forêt régulièrement plantée[33]. L'architecture légère des Arabes s'était mariée à l'architecture gothique, et, sans rien perdre de son
élégance, elle avait pris une gravité plus convenable aux méditations. Quelques lampes éclairaient à peine les enfoncements des voûtes; mais
à la clarté de plusieurs cierges allumés, on voyait
encore briller l'autel du sanctuaire : il étincelait
d'or et de pierreries. Les Espagnols mettent toute
leur gloire à se dépouiller de leurs richesses pour
en parer les objets de leur culte; et l'image du
Dieu vivant placée au milieu des voiles de
dentelles, des couronnes de perles et des gerbes de
rubis, est adorée par un peuple à demi nu.

On ne remarquait aucun siège au milieu de la
vaste enceinte : un pavé de marbre qui recouvrait
des cercueils servait aux grands comme aux
petits, pour se prosterner devant le Seigneur.
Aben-Hamet s'avançait lentement dans les nefs
désertes qui retentissaient du seul bruit de ses
pas. Son esprit était partagé entre les souvenirs
que cet ancien édifice de la religion des Maures
retraçait à sa mémoire, et les sentiments que la
religion des Chrétiens faisait naître dans son
cœur. Il entrevit au pied d'une colonne, une
figure immobile, qu'il prit d'abord pour une
statue sur un tombeau. Il s'en approche; il
distingue un jeune chevalier à genoux, le front
respectueusement incliné et les deux bras croisés
sur sa poitrine. Ce chevalier ne fit aucun mouve-

ment au bruit des pas d'Aben-Hamet; aucune distraction, aucun signe extérieur de vie ne troubla sa profonde prière. Son épée était couchée à terre devant lui, et son chapeau chargé de plumes, était posé sur le marbre à ses côtés : il avait l'air d'être fixé dans cette attitude par l'effet d'un enchantement. C'était Lautrec : « Ah! dit l'Abencerage en lui-même, ce jeune et beau Français demande au ciel quelque faveur signalée; ce guerrier, déjà célèbre par son courage, répand ici son cœur devant le Souverain du ciel, comme le plus humble et le plus obscur des hommes. Prions donc aussi le Dieu des chevaliers et de la gloire. »

Aben-Hamet allait se précipiter sur le marbre, lorsqu'il aperçut, à la lueur d'une lampe, des caractères arabes et un verset du Coran, qui paraissaient sous un plâtre à demi tombé. Les remords rentrent dans son cœur, et il se hâte de quitter l'édifice où il a pensé devenir infidèle à sa religion et à sa patrie.

Le cimetière qui environnait cette ancienne mosquée, était une espèce de jardin planté d'orangers, de cyprès, de palmiers, et arrosé par deux fontaines; un cloître régnait à l'entour. Aben-Hamet, en passant sous un des portiques, aperçut une femme prête à entrer dans l'église. Quoiqu'elle fût enveloppée d'un voile, l'Abencerage reconnut la fille du duc de Santa-Fé; il l'arrête et lui dit : « Viens-tu chercher Lautrec dans ce temple? »

« Laisse là ces vulgaires jalousies, répondit

Blanca; si je ne t'aimais plus, je te le dirais : je dédaignerais de te tromper. Je viens ici prier pour toi; toi seul es maintenant l'objet de mes vœux : j'oublie mon âme pour la tienne. Il ne fallait pas m'enivrer du poison de ton amour, ou il fallait consentir à servir le Dieu que je sers. Tu troubles toute ma famille; mon frère te hait; mon père est accablé de chagrin, parce que je refuse de choisir un époux. Ne t'aperçois-tu pas que ma santé s'altère? Vois cet asile de la mort; il est enchanté! Je m'y reposerai bientôt, si tu ne te hâtes de recevoir ma foi au pied de l'autel des Chrétiens. Les combats que j'éprouve minent peu à peu ma vie; la passion que tu m'inspires ne soutiendra pas toujours ma frêle existence : songe, ô Maure, pour te parler ton langage, que le feu qui allume le flambeau est aussi le feu qui le consume. »

Blanca entre dans l'église, et laisse Aben-Hamet accablé de ces dernières paroles.

C'en est fait : l'Abencerage est vaincu; il va renoncer aux erreurs de son culte; assez long-temps il a combattu. La crainte de voir Blanca mourir l'emporte sur tout autre sentiment dans le cœur d'Aben-Hamet. Après tout, se disait-il, le Dieu des Chrétiens est peut-être le Dieu vérita-ble? Ce Dieu est toujours le Dieu des nobles âmes, puisqu'il est celui de Blanca, de don Carlos et de Lautrec.

Dans cette pensée, Aben-Hamet attendit avec impatience le lendemain pour faire connaître sa résolution à Blanca, et changer une vie de tristesse et de larmes dans une vie de joie et de bonheur. Il ne put se rendre au palais du duc de Santa-Fé que le soir. Il apprit que Blanca était allée avec son frère au Généralife, où Lautrec donnait une fête. Aben-Hamet, agité de nouveaux soupçons, vole sur les traces de Blanca. Lautrec rougit en voyant paraître l'Abencerage; quant à don Carlos, il reçut le Maure avec une froide politesse, mais à travers laquelle perçait l'estime.

Lautrec avait fait servir les plus beaux fruits de l'Espagne et de l'Afrique dans une des salles du Généralife, appelée la salle des Chevaliers. Tout autour de cette salle étaient suspendus les portraits des princes et des chevaliers vainqueurs de Maures, Pélasge, le Cid, Gonzalve de Cordoue. L'épée du dernier roi de Grenade était attachée au-dessous de ces portraits. Aben-Hamet renferma sa douleur en lui-même, et dit seulement, comme le lion, en regardant ces tableaux : « Nous ne savons pas peindre [34]. »

Le généreux Lautrec, qui voyait les yeux de l'Abencerage se tourner malgré lui vers l'épée de Boabdil, lui dit : « Chevalier Maure, si j'avais prévu que vous m'eussiez fait l'honneur de venir à cette fête, je ne vous aurais pas reçu ici. On perd tous les jours une épée, et j'ai vu le plus vaillant des rois remettre la sienne à son heureux ennemi. »

« Ah! s'écria le Maure en se couvrant le visage d'un pan de sa robe, on peut la perdre comme François Ier; mais comme Boabdil!... »

La nuit vint; on apporta des flambeaux; la conversation changea de cours. On pria don Carlos de raconter la découverte du Mexique. Il parla de ce monde inconnu avec l'éloquence pompeuse naturelle à la nation espagnole. Il dit les malheurs de Montézume[35], les mœurs des Américains, les prodiges de la valeur castillane, et même les cruautés de ses compatriotes qui ne lui semblaient mériter ni blâme ni louange. Ces récits enchantaient Aben-Hamet, dont la passion pour les histoires merveilleuses trahissait le sang arabe. Il fit à son tour le tableau de l'empire Ottoman, nouvellement assis sur les ruines de Constantinople, non sans donner des regrets au premier empire de Mahomet; temps heureux où le Commandeur des Croyants voyait briller autour de lui Zobéide, Fleur de Beauté, Force des Cœurs, Tourmente, et ce généreux Ganem, esclave par amour. Quant à Lautrec, il peignit la cour galante de François Ier, les arts renaissant du sein de la barbarie, l'honneur, la loyauté, la chevalerie des anciens temps, unis à la politesse des siècles civilisés, les tourelles gothiques ornées des ordres de la Grèce, et les dames gauloises, rehaussant la richesse de leurs atours par l'élégance athénienne.

Après ces discours, Lautrec, qui voulait amuser la divinité de cette fête, prit une guitare, et chanta cette romance qu'il avait composée sur un air des montagnes de son pays[36] :

Combien j'ai douce souvenance [a]
Du joli lieu de ma naissance!
Ma sœur, qu'ils étaient beaux les jours
      De France!
O mon pays, sois mes amours
      Toujours!

Te souvient-il que notre mère,
Au foyer de notre chaumière,
Nous pressait sur son cœur joyeux,
      Ma chère;
Et nous baisions ses blancs cheveux
      Tous deux.

Ma sœur, te souvient-il encore
Du château que baignait la Dore [37],
Et de cette tant vieille tour
      Du Maure [38],
Où l'airain sonnait le retour
      Du jour?

Te souvient-il du lac tranquille
Qu'effleurait l'hirondelle agile,
Du vent qui courbait le roseau
      Mobile
Et du soleil couchant sur l'eau,
      Si beau?

Oh! qui me rendra mon Hélène,
Et ma montagne, et le grand chêne?

---

a. Cette romance est déjà connue du public. J'en avais composé les paroles pour un air des montagnes d'Auvergne, remarquable par sa douceur et sa simplicité.

> Leur souvenir fait tous les jours
> Ma peine :
> Mon pays sera mes amours
> Toujours!

Lautrec, en achevant le dernier couplet, essuya avec son gant une larme que lui arrachait le souvenir du gentil pays de France. Les regrets du beau prisonnier furent vivement sentis par Aben-Hamet, qui déplorait comme Lautrec la perte de sa patrie. Sollicité de prendre à son tour la guitare, il s'en excusa, en disant qu'il ne savait qu'une romance, et qu'elle serait peu agréable à des chrétiens.

« Si ce sont des Infidèles qui gémissent de nos victoires, repartit dédaigneusement don Carlos, vous pouvez chanter; les larmes sont permises aux vaincus. »

« Oui, dit Blanca, et c'est pour cela que nos pères, soumis autrefois au joug des Maures, nous ont laissé tant de complaintes. »

Aben-Hamet chanta donc cette ballade, qu'il avait apprise d'un poète de la tribu des Abence-rages [a] :

> Le roi don Juan,
> Un jour chevauchant,
> Vit sur la montagne

---

a. En traversant un pays montagneux entre Algésiras et Cadix, je m'arrêtai dans une Venta située au milieu d'un bois. Je n'y trouvai qu'un petit garçon de quatorze à quinze ans, et une petite fille à peu près du même âge, frère et sœur, qui tressaient auprès du feu des nattes de jonc. Ils chantaient une romance dont je ne comprenais pas les paroles, mais dont l'air

Grenade d'Espagne;
Il lui dit soudain :
 Cité mignonne,
 Mon cœur te donne
 Avec ma main.

Je t'épouserai,
Puis apporterai
En dons à ta ville,
Cordoue et Séville
Superbes atours
 Et perle fine
 Je te destine
 Pour nos amours.

Grenade répond :
Grand roi de Léon,
Au Maure liée,
Je suis mariée.
Garde tes présents :
 J'ai pour parure,
 Riche ceinture
 Et beaux enfants.

Ainsi tu disais;
Ainsi tu mentais;
O mortelle injure !

était simple et naïf. Il faisait un temps affreux; je restai deux heures à la Venta. Mes jeunes hôtes répétèrent si longtemps les couplets de leur romance, qu'il me fut aisé d'en apprendre l'air par cœur. C'est sur cet air que j'ai composé la romance de l'Abencerage. Peut-être était-il question d'Aben-Hamet dans la chanson de mes deux petits Espagnols. Au reste, le dialogue de Grenade et du roi de Léon est imité d'une romance espagnole.

Grenade est parjure !
Un Chrétien maudit,
D'Abencerage
Tient l'héritage :
C'était écrit !

Jamais le chameau
N'apporte au tombeau
Près de la Piscine,
L'Haggi [39] de Médine.
Un Chrétien maudit,
D'Abencerage
Tient l'héritage :
C'était écrit !

O bel Alhambra !
O palais d'Allah !
Cité des fontaines !
Fleuve aux vertes plaines !
Un Chrétien maudit,
D'Abencerage
Tient l'héritage :
C'était écrit !

La naïveté de ces plaintes avait touché jusqu'au superbe don Carlos, malgré les imprécations prononcées contre les chrétiens. Il aurait bien désiré qu'on le dispensât de chanter lui-même ; mais par courtoisie pour Lautrec il crut devoir céder à ses prières. Aben-Hamet donna la guitare au frère de Blanca, qui célébra les exploits du Cid son illustre aïeul [a] [40].

---

a. Tout le monde connaît l'air des FOLIES D'ESPAGNE. Cet air était sans paroles, du moins il n'y avait point de paroles

Prêt à partir pour la rive africaine,
Le Cid armé, tout brillant de valeur,
Sur sa guitare, aux pieds de sa Chimène,
Chantait ces vers que lui dictait l'honneur :

Chimène a dit : Va combattre le Maure;
De ce combat surtout reviens vainqueur.
Oui, je croirai que Rodrigue m'adore
S'il fait céder son amour à l'honneur.

Donnez, donnez et mon casque et ma lance :
Je veux montrer que Rodrigue a du cœur :
Dans les combats signalant sa vaillance
Son cri sera pour sa dame et l'honneur.

Maure vanté par ta galanterie,
De tes accents mon noble chant vainqueur
D'Espagne un jour deviendra la folie,
Car il peindra l'amour avec l'honneur.

Dans le vallon de notre Andalousie,
Les vieux Chrétiens conteront ma valeur :
Il préféra, diront-ils, à la vie,
Son Dieu, son roi, sa Chimène et l'honneur.

---

qui en rendissent le caractère grave, religieux et chevaleresque.
J'ai essayé d'exprimer ce caractère dans la romance du Cid.
Cette romance s'étant répandue dans le public sans mon aveu,
des maîtres célèbres m'ont fait l'honneur de l'embellir de leur
musique. Mais comme je l'avais expressément composée pour
l'air des FOLIES D'ESPAGNE, il y a un couplet qui devient un
vrai galimatias, s'il ne se rapporte à mon intention primitive :
    ... Mon noble chant vainqueur
    D'Espagne un jour deviendra *la folie*, etc.
  Enfin ces trois romances n'ont quelque mérite qu'autant
qu'elles sont chantées sur trois vieux airs véritablement na-
tionaux; elles amènent d'ailleurs le dénouement.

Don Carlos avait paru si fier, en chantant ces paroles d'une voix mâle et sonore, qu'on l'aurait pris pour le Cid lui-même. Lautrec partageait l'enthousiasme guerrier de son ami; mais l'Abencerage avait pâli au nom du Cid.

« Ce chevalier, dit-il, que les chrétiens appellent la Fleur des batailles, porte parmi nous le nom de cruel. Si sa générosité avait égalé sa valeur!... »

« Sa générosité, repartit vivement don Carlos interrompant Aben-Hamet, surpassait encore son courage, et il n'y a que les Maures qui puissent calomnier le héros à qui ma famille doit le jour. »

« Que dis-tu? s'écria Aben-Hamet s'élançant du siège où il était à demi couché : tu comptes le Cid parmi tes aïeux? »

« Son sang coule dans mes veines, répliqua don Carlos, et je me reconnais de ce noble sang à la haine qui brûle dans mon cœur contre les ennemis de mon Dieu. »

« Ainsi, dit Aben-Hamet, regardant Blanca, vous êtes de la maison de ces Bivars qui, après la conquête de Grenade, envahirent les foyers des malheureux Abencerages et donnèrent la mort à un vieux chevalier de ce nom qui voulut défendre le tombeau de ses aïeux! »

« Maure! s'écria don Carlos enflammé de colère, sache que je ne me laisse point interroger. Si je possède aujourd'hui la dépouille des Abencerages, mes ancêtres l'ont acquise au prix de leur sang, et ils ne la doivent qu'à leur épée. »

« Encore un mot, dit Aben-Hamet, toujours

plus ému : nous avons ignoré dans notre exil que les Bivars eussent porté le titre de Santa-Fé, c'est ce qui a causé mon erreur. »

« Ce fut, répondit don Carlos, à ce même Bivar, vainqueur des Abencerages, que ce titre fut conféré par Ferdinand le Catholique. »

La tète d'Aben-Hamet se pencha dans son sein : il resta debout au milieu de don Carlos, de Lautrec et de Blanca étonnés. Deux torrents de larmes coulèrent de ses yeux sur le poignard attaché à sa ceinture. « Pardonnez, dit-il; les hommes, je le sais, ne doivent pas répandre des larmes : désormais les miennes ne couleront plus au dehors, quoiqu'il me reste beaucoup à pleurer : écoutez-moi. Blanca, mon amour pour toi égale l'ardeur des vents brùlants de l'Arabie. J'étais vaincu; je ne pouvais plus vivre sans toi. Hier, la vue de ce chevalier français en prières, tes paroles dans le cimetière du temple, m'avaient fait prendre la résolution de connaître ton Dieu, et de t'offrir ma foi. »

Un mouvement de joie de Blanca, et de surprise de don Carlos, interrompit Aben-Hamet; Lautrec cacha son visage dans ses deux mains. Le Maure devina sa pensée, et secouant la tète avec un sourire déchirant : « Chevalier, dit-il, ne perds pas toute espérance; et toi, Blanca, pleure à jamais sur le dernier Abencerage! »

Blanca, don Carlos, Lautrec lèvent tous trois les mains au ciel, et s'écrient : « Le dernier Abencerage! »

Le silence règne; la crainte, l'espoir, la haine,

l'amour, l'étonnement, la jalousie agitent tous les
cœurs; Blanca tombe bientôt à genoux. « Dieu de
bonté! dit-elle, tu justifies mon choix! je ne
pouvais aimer que le descendant des héros. »

« Ma sœur, s'écria don Carlos irrité, songez
donc que vous êtes ici devant Lautrec! »

« Don Carlos, dit Aben-Hamet, suspends ta
colère; c'est à moi à vous rendre le repos. » Alors
s'adressant à Blanca qui s'était assise de nouveau :

« Houri du ciel, Génie de l'amour et de la
beauté, Aben-Hamet sera ton esclave jusqu'à son
dernier soupir; mais connais toute l'étendue de
son malheur. Le vieillard immolé par ton aïeul en
défendant ses foyers était le père de mon père;
apprends encore un secret que je t'ai caché ou
plutôt que tu m'avais fait oublier. Lorsque je
vins la première fois visiter cette triste patrie,
j'avais surtout pour dessein de chercher quelque
fils des Bivars, qui pût me rendre compte du sang
que ses pères avaient versé. »

« Eh bien! dit Blanca d'une voix douloureuse,
mais soutenue par l'accent d'une grande âme;
quelle est ta résolution? »

« La seule qui soit digne de toi, répondit Aben-
Hamet : te rendre tes serments, satisfaire par
mon éternelle absence et par ma mort, à ce que
nous devons l'un et l'autre à l'inimitié de nos
dieux, de nos patries et de nos familles. Si jamais
mon image s'effaçait de ton cœur; si le temps qui
détruit tout, emportait de ta mémoire le souvenir

d'Abencerage... ce chevalier français... Tu dois ce sacrifice à ton frère. »

Lautrec se lève avec impétuosité, se jette dans les bras du Maure. « Aben-Hamet! s'écrie-t-il, ne crois pas me vaincre en générosité : je suis Français; Bayard m'arma chevalier; j'ai versé mon sang pour mon roi; je serai, comme mon parrain et comme mon prince, sans peur et sans reproche. Si tu restes parmi nous, je supplie don Carlos de t'accorder la main de sa sœur; si tu quittes Grenade, jamais un mot de mon amour ne troublera ton amante. Tu n'emporteras point dans ton exil la funeste idée que Lautrec, insensible à ta vertu, cherche à profiter de ton malheur. »

Et le jeune chevalier pressait le Maure sur son sein avec la chaleur et la vivacité d'un Français.

« Chevaliers, dit don Carlos à son tour, je n'attendais pas moins de vos illustres races. Aben-Hamet, à quelle marque puis-je vous reconnaître pour le dernier Abencerage? »

« A ma conduite », répondit Aben-Hamet.

« Je l'admire, dit l'Espagnol; mais, avant de m'expliquer, montrez-moi quelque signe de votre naissance. »

Aben-Hamet tira de son sein l'anneau héréditaire des Abencerages qu'il portait suspendu à une chaîne d'or.

A ce signe, don Carlos tendit la main au malheureux Aben-Hamet. « Sire chevalier, dit-il, je vous tiens pour prud'homme [41] et véritable fils de rois. Vous m'honorez par vos projets sur ma famille : j'accepte le combat que vous étiez venu secrètement chercher. Si je suis vaincu, tous mes biens, autrefois tous les vôtres, vous seront fidèlement remis. Si vous renoncez au projet de combattre, acceptez à votre tour ce que je vous offre : soyez chrétien et recevez la main de ma sœur, que Lautrec a demandée pour vous. »

La tentation était grande; mais elle n'était pas au-dessus des forces d'Aben-Hamet. Si l'amour dans toute sa puissance parlait au cœur de l'Abencerage, d'une autre part il ne pensait qu'avec épouvante à l'idée d'unir le sang des persécuteurs au sang des persécutés. Il croyait voir l'ombre de son aïeul sortir du tombeau et lui reprocher cette alliance sacrilège. Transpercé de douleur, Aben-Hamet s'écrie : « Ah! faut-il que je rencontre ici tant d'âmes sublimes, tant de caractères généreux, pour mieux sentir ce que je perds! Que Blanca prononce; qu'elle dise ce qu'il faut que je fasse, pour être plus digne de son amour! »

Blanca s'écrie : « Retourne au désert! » et elle s'évanouit.

Aben-Hamet se prosterna, adora Blanca encore plus que le ciel, et sortit sans prononcer une seule parole. Dès la nuit même il partit pour Malaga, et s'embarqua sur un vaisseau qui devait toucher à Oran. Il trouva campée près de cette ville la caravane qui tous les trois ans sort de Maroc, traverse l'Afrique, se rend en Égypte, et rejoint dans l'Yémen la caravane de La Mecque. Aben-Hamet se mit au nombre des pèlerins.

Blanca, dont les jours furent d'abord menacés, revint à la vie. Lautrec, fidèle à la parole qu'il avait donnée à l'Abencerage, s'éloigna, et jamais un mot de son amour ou de sa douleur ne troubla la mélancolie de la fille du duc de Santa-Fé. Chaque année Blanca allait errer sur les montagnes de Malaga, à l'époque où son amant avait coutume de revenir d'Afrique; elle s'asseyait sur les rochers, regardait la mer, les vaisseaux lointains, et retournait ensuite à Grenade : elle passait le reste de ses jours parmi les ruines de l'Alhambra. Elle ne se plaignait point; elle ne pleurait point; elle ne parlait jamais d'Aben-Hamet : un étranger l'aurait crue heureuse. Elle resta seule de sa famille. Son père mourut de chagrin, et don Carlos fut tué dans un duel où Lautrec lui servit de second. On n'a jamais su quelle fut la destinée d'Aben-Hamet.

Lorsqu'on sort de Tunis, par la porte qui conduit aux ruines de Carthage, on trouve un cimetière : sous un palmier, dans un coin de ce cimetière, on m'a montré un tombeau qu'on appelle *le tombeau du dernier Abencerage*. Il n'a rien de remarquable; la pierre sépulcrale en est tout unie : seulement, d'après une coutume des Maures, on a creusé au milieu de cette pierre un léger enfoncement avec le ciseau. L'eau de la pluie se rassemble au fond de cette coupe funèbre et sert, dans un climat brûlant, à désaltérer l'oiseau du ciel.

DOSSIER

VIE DE CHATEAUBRIAND

1768-1848

1768 *4 septembre*. Naissance de François-René de Chateaubriand à Saint-Malo. Il est envoyé en nourrice à Plancoët
pendant trois ans.

1775 *8 septembre*. A sept ans, il revient de Saint-Malo à
Plancoët pour y être relevé d'un vœu de sa nourrice.

1777 Le père de Chateaubriand s'installe au château de
Combourg.

1777-1781 Études chez les eudistes au collège de Dol où il
fait sa première communion. Il passe ses vacances à
Combourg.

1781-1782 Études chez les jésuites au collège de Rennes.

1783 Chateaubriand prépare à Brest l'examen de garde de
marine auquel il tente en vain de se présenter. Il va
ensuite au collège de Dinan avec l'intention d'entrer dans
les ordres.

1783-1785 Il séjourne deux ans et demi à Combourg dans
l'intimité de Lucile, sa quatrième sœur.

1785 Chateaubriand renonce à l'état ecclésiastique. Divers
projets de voyage n'aboutissent pas : Canada, Indes, Ile de
France.

1786 Nommé sous-lieutenant au régiment de Navarre, il part
pour Paris où il séjourne chez Julie, sa troisième sœur,
puis rejoint son régiment à Cambrai.
Septembre. La mort de son père à Combourg le rappelle
en Bretagne.

1787 *19 février*. Grâce à l'entremise de son frère Jean-

Baptiste, Chateaubriand est présenté à Louis XVI. Il partage son temps entre Paris et Fougères où habitent ses sœurs Marie-Anne et Julie. Il prend un congé de six mois.

1788 Il est mis en demi-solde, puis réintégré comme cadet gentilhomme au régiment de Navarre. Il est tonsuré à Saint-Malo pour pouvoir obtenir un bénéfice comme chevalier de Malte. Il assiste aux Assemblées de la noblesse lors des troubles parlementaires et à la séance orageuse des États de Bretagne.

1789 Il s'installe à Paris avec ses sœurs Julie et Lucile. Il assiste à la plupart des événements révolutionnaires.

1790 Chateaubriand forme le projet de partir pour l'Amérique. Il passe l'été à Fougères et revient l'hiver à Paris où il fréquente les milieux littéraires. Il publie une idylle dans l'*Almanach des Muses : L'Amour de la campagne.*

1791 *Janvier.* Sous l'influence du ministre Malesherbes, il décide de partir pour l'Amérique.

Février-mars. Visite à Combourg (c'est la visite dont il est question dans *René*). Il est à nouveau mis en demi-solde, à la suite de la réorganisation de l'armée.

8 avril. Départ pour l'Amérique où il séjourne cinq mois : il s'embarque à Saint-Malo sur le *Saint-Pierre;* arrive à Baltimore le 10 juillet; va à Philadelphie, New York, remonte l'Hudson en bateau; va aux chutes du Niagara et dans la région des Grands Lacs.

10 décembre. Il s'embarque pour la France.

1792 *2 janvier.* Il arrive au Havre.

21 février. Il épouse en hâte Céleste Buisson de la Vigne, amie de Lucile, qu'il connaît à peine. Séjours à Fougères et à Paris.

15 juillet. Il fuit la Révolution et rejoint à Trèves l'armée des Princes.

6 septembre. Il participe au siège de Thionville où il est blessé par un obus. Sa compagnie étant licenciée, il part pour Jersey.

1793 *Janvier-mai.* Chateaubriand séjourne à Jersey. Puis il va à Londres où il vit dans la misère. Il entreprend l'*Essai sur les révolutions*. Sa femme et ses sœurs sont emprisonnées en Bretagne.

1794 Chateaubriand s'installe à Beccles dans le Suffolk où
il enseigne le français. Son frère Jean-Baptiste est
guillotiné.

1795 Chateaubriand donne des leçons à Bungay, ville voisine
de Beccles, où il loge chez le pasteur Ives. Il a une idylle
avec la fille de celui-ci, Charlotte. Il travaille à l'*Essai sur
les révolutions*.

1796 Chateaubriand revient à Londres à la fin de l'année
scolaire. A la suite d'une chute de cheval qui l'a
immobilisé à Bungay, il obtient un certificat médical qui
le déclare inapte au service.

1797 L'*Essai historique, politique et moral sur les révolutions
anciennes et modernes, considérées dans leurs rapports avec
la révolution française* paraît en deux volumes chez
Deboffe à Londres. Chateaubriand fait la connaissance de
Mme de Belloy et fréquente les monarchiens émigrés; il se
lie avec Fontanes.

1798 Mort de la mère de Chateaubriand à Saint-Servan.
Chateaubriand écrit plusieurs livres des *Natchez* qu'il lit à
Fontanes.

1799 Chateaubriand termine en avril une première rédaction
du *Génie du christianisme*. Il donne une lecture de certains
fragments. On commence à imprimer l'ouvrage à Londres
en août. Mort de Julie à Rennes.

1800 *Mai*. Après près de huit ans d'émigration, Chateaubriand revient en France. Il débarque incognito à Calais
et obtient à Paris un permis de séjour.
Octobre. Il fait la connaissance de Pauline de Beaumont
dont il fréquente le salon.
Décembre. Il publie dans le *Mercure de France* une
première lettre à Fontanes, sur l'ouvrage de Mme de Staël
De la littérature.

1801 *2 avril*. Il publie, chez Migneret, *Atala ou les amours de
deux Sauvages dans le désert*, épisode détaché du *Génie du
christianisme*. L'ouvrage obtient un grand succès, il y a
cinq rééditions dans l'année.
Mai. Chateaubriand rencontre Mme Récamier. Il passe

l'été avec Pauline de Beaumont à Savigny où il travaille au *Génie du christianisme*. Un arrêté porte sa radiation sur la liste des émigrés.

Décembre. Il revient à Paris et se lie avec la duchesse de Duras.

1802   *14 avril.* Le *Génie du christianisme ou Beautés de la religion chrétienne* paraît en cinq volumes chez Migneret. Il contient *Atala* et l'originale de *René*. Fontanes en fait un compte rendu élogieux dans le *Mercure de France*. L'ouvrage est présenté à Bonaparte par sa sœur Elisa dont Chateaubriand a fait la connaissance à son retour d'Angleterre. Durant l'été, Chateaubriand court les châteaux où l'on fête l'auteur du *Génie du christianisme*. Début de la liaison avec Delphine de Custine qui durera jusqu'en 1805.

Octobre-novembre. Voyage dans le Midi; retour par la Bretagne où il renoue avec sa femme. Il revient en décembre à Paris.

1803   *Avril.* Seconde édition du *Génie du christianisme* en deux volumes, précédée d'une dédicace au Premier Consul.

4 mai. Chateaubriand est nommé secrétaire de légation à Rome auprès du cardinal Fesch. Il gagne son poste, mais les relations avec le cardinal sont tout de suite mauvaises. Il forme le projet d'un voyage en Grèce. En octobre, il accueille Pauline de Beaumont à Florence et l'accompagne à Rome où elle arrive presque mourante. Elle y meurt le 4 novembre. Chateaubriand est nommé chargé d'affaires à Sion, dans le Valais.

1804   Revenu à Paris en janvier, il reprend la vie conjugale. Troisième et quatrième éditions du *Génie du christianisme*. Deuxième lettre à Fontanes, sur la campagne romaine. Après l'exécution du duc d'Enghien, il donne sa démission, prétextant la santé de sa femme. En avril, il rencontre Alexandre de Laborde et sa sœur Natalie, duchesse de Noailles chez qui il passe un mois à Méréville, dans la Beauce. Il fait également des séjours à Fervacques chez Mme de Custine et à Villeneuve-sur-Yonne chez les Joubert. Sa sœur Lucile meurt à Paris en novembre.

1805 Fin de la liaison avec Delphine de Custine. Chateaubriand rejoint sa femme à Vichy et fait avec elle un
voyage en Auvergne, à Clermont-Ferrand; il rend visite à
Mme de Staël à Coppet. Début de la liaison avec Natalie
de Noailles. Douzième édition d'*Atala*, version définitive;
René figure dans le même volume.

1806 Séjours à Méréville chez Natalie de Noailles. Publication du *Voyage au Mont Blanc*. En mai, il trouve l'argent
nécessaire pour le voyage qu'il projette de faire en
Méditerranée afin de « chercher des images » pour un
roman sur les origines du christianisme, mais aussi en vue
de retrouver Natalie de Noailles en Espagne.

   13 juillet. Départ pour l'Orient par Venise et Trieste, avec
une lettre de recommandation de Talleyrand. Le voyage
durera onze mois : Athènes (22-26 août), Constantinople
(14-18 septembre), Terre sainte (4-12 octobre), Égypte où
il est immobilisé (23 octobre-23 novembre).

1807 *13 janvier.* Après un voyage effroyable, il arrive en
Tunisie où il fait un séjour forcé.

   6 avril. Chateaubriand arrive à Cadix. Il retrouve peut-
être Natalie de Noailles à l'Alhambra de Grenade et ils
visitent ensemble Madrid, l'Escorial.

   5 juin. Retour à Paris, par Bayonne et Bordeaux. Il
rachète le *Mercure de France* dont Fontanes était jusque-
là directeur. Le 4 juillet, il y publie un article hostile à la
« tyrannie » sur *Le Voyage pittoresque et historique de
l'Espagne* d'Alexandre de Laborde qui lui a peut-être valu
la disgrâce de Napoléon. Après un nouvel article, il reçoit
l'ordre de quitter la direction du journal. Il se retire
alors dans la maison de la Vallée-aux-Loups qu'il achète à
Châtenay-Malabry. Il y achève *Les Martyrs*, travaille aux
Mémoires d'outre-tombe et à l'*Itinéraire de Paris à Jérusalem*.

1809 *27 mars. Les Martyrs ou le triomphe de la religion
chrétienne.*

   31 mars. Exécution d'Armand de Chateaubriand, cousin
germain de Chateaubriand.

1811 *Itinéraire de Paris à Jérusalem*, trois volumes.

   20 février. Élection à l'Académie française.

1813 Rupture avec Natalie de Noailles.

1814   *5 avril. De Buonaparte et des Bourbons.*

     8 juillet. Nomination de ministre en Suède. Il ne rejoint pas son poste.

     27 novembre. Réflexions politiques sur les brochures du jour.

1815   *20 mars.* A la suite du roi, Chateaubriand s'enfuit à Gand où il est nommé ministre d'État chargé du département de l'Intérieur.

     9 juin. Rapport sur l'état de la France, fait au Roi dans son conseil.

     17 août. Chateaubriand pair de France.

1816   *17 septembre. De la Monarchie selon la Charte.*

1817   Installation à Paris, rue du Bac.

1818   Fondation du recueil semi-périodique *Le Conservateur*
     21 juillet. Vente de la Vallée-aux-Loups. *Du système politique suivi par le ministère. Opinion sur le projet de loi relatif à la presse. Remarques sur les affaires du moment. Génie du christianisme,* édition abrégée, deux volumes.

1819   Mme de Chateaubriand fonde l'Infirmerie Marie-Thérèse.

1820   Fin de la publication du *Conservateur. Mémoires, lettres et pièces authentiques touchant la vie et la mort de S.A.R. Charles-Ferdinand d'Artois, fils de France, duc de Berry.*

1821   *11 janvier-19 avril.* Séjour à Berlin comme ministre plénipotentiaire (démission le 27 juillet).

1822   Chateaubriand ambassadeur à Londres.

     8 septembre. Départ de Londres pour le congrès de Vérone.

     28 décembre. Nomination de Chateaubriand ministre des Affaires étrangères.

1824   *6 juin.* Chateaubriand exclu du ministère. Articles d'opposition dans *Le Journal des Débats* (jusqu'au 18 décembre 1826). *De la censure.* Deux *Lettres à un pair de France.*

1825   *29 mai.* Présence à Reims au sacre de Charles X.

     Le Roi est mort, vive le Roi. Note sur la Grèce.

1826   *Discours servant d'introduction à l'histoire de France* lu dans la séance tenue par l'Académie française le 9 février.

     31 mars. Contrat avec Ladvocat pour la publication des *Œuvres complètes.* Ordre de parution :

Tome XVI : *Atala, René, Les Aventures du dernier*

Abencerage, avec un avertissement de l'auteur sur l'édition des *Œuvres complètes*.

Tomes I et II : *Essai sur les révolutions*.

Tome XI : *Génie du christianisme*.

Tomes XVII et XVIII : *Les Martyrs*.

Tomes VIII, IX et X : *Itinéraire de Paris à Jérusalem*.

Tomes XIX et XX : *Les Natchez*.

Tome XXI : *Mélanges littéraires*.

Tome XXIII : *Discours et opinions*.

Tome XXIV : *Mélanges politiques*.

1827   Tomes XII, XIII, XIV et XV : *Génie du christianisme*.

Tome XVIII *bis : Les Martyrs* avec un appendice : « Jugements portés sur *Les Martyrs*. »

Tomes VI et VII : *Voyages en Amérique et en Italie*.

Tome III : *Mélanges historiques*.

Tome XXV : *Mélanges politiques*.

Tome XXVI : *Polémique*.

1828   Nomination d'ambassadeur à Rome. *Moïse. Les quatre Stuarts*.

Édition Ladvocat : tome XXII : *Mélanges et Poésie*.

Tome XXVII : *De la liberté de la presse*.

1829   *Mai*. Retour à Paris. Nouvelle édition des *Œuvres complètes* chez Lefèvre (vingt volumes, 1829-1831).

28 juillet-19 août. Séjour à Cauterets.

30 août. Démission de l'ambassade de Rome.

1830   *7 août*. Dernier discours à la Chambre des pairs.

1831   *24 mars. De la Restauration et de la monarchie élective*. Séjour à Genève.

12 octobre. Retour à Paris. Brochure sur le *Bannissement de Charles X et de sa famille*.

Édition Ladvocat : tomes IV, V, V *bis* et V *ter : Études ou Discours historiques*. Tome XXVIII : *Table analytique et raisonnée des matières avec une notice sur la vie et les ouvrages de l'auteur* par M. de L*** de Saint-E***.

1832   *16-30 juin*. Arrestation de Chateaubriand à la suite de l'équipée de la duchesse de Berry. Il est libéré par ordonnance de non-lieu. Installation rue d'Enfer à l'Infirmerie Marie-Thérèse. *Mémoires sur la captivité de Madame la duchesse de Berry*.

1833   *27 février*. Procès en Cour d'assises pour le *Mémoire* et
       acquittement.

       Mai. Premier voyage en Bohême pour une mission confiée
       par la duchesse de Berry auprès de Charles X.

       Septembre. Deuxième voyage à Prague par Venise et
       Ferrare.

1834   *2 octobre*. Première représentation de *Moïse* au théâtre
       de Versailles.

1836   Traité avec Delloye et la Société formée pour l'acquisi-
       tion et la publication des *Mémoires d'outre-tombe*. *Essai
       sur la littérature anglaise*. Nouvelle édition des *Œuvres
       complètes* chez Pourrat (trente-six volumes, 1836-1839).

1838   Installation rue du Bac.

1843   *Novembre*. Voyage à Londres auprès du comte de
       Chambord.

1844   *Mai-juillet*. Première et seconde édition de la *Vie de
       Rancé*.

1845   *7-17 juin*. Séjour à Venise où Chateaubriand se rend
       auprès du comte de Chambord.

1847   *8 février*. Mort de Mme de Chateaubriand.

1848   *4 juillet*. Mort de Chateaubriand.

NOTE DE L'ÉDITEUR

La première édition où ces trois contes forment un volume est le tome XVI (1826) des *Œuvres complètes* publiées chez Ladvocat. C'est là, nous a-t-il semblé, le texte qui s'impose à qui s'efforce de reconstituer leur suite dans son harmonie et sa diversité de triptyque. De là des particularités orthographiques qu'il ne nous a pas paru sans intérêt de conserver parfois (*hermitage, toute entière, Abencerage* sans accent, etc.) Toutefois nous n'avons pas cru devoir conserver les formes *faisoient, étoit, foiblesse,* etc.

Nous avons maintenu la ponctuation de l'édition Ladvocat dont Chateaubriand a soigneusement revu les épreuves, même quand cette ponctuation peut paraître insolite. L'examen des manuscrits montre l'importance qu'il y attachait : moins soucieux de marquer les articulations logiques de sa phrase que de « la façon particulière dont il entendait marquer son débit » (Paul Hazard et Marie-Jeanne Durry, Introduction aux *Aventures du dernier Abencerage*).

NOTE BIBLIOGRAPHIQUE

Sainte-Beuve : *Chateaubriand et son groupe littéraire sous l'Empire*, 1861.

Joseph Bédier : *Études critiques*, Colin, 1903.

Victor Giraud : *Études* et *Nouvelles Études sur Chateaubriand*, Hachette, 1904-1912.

Louis Hogu : « Note sur les sources d'*Atala* », *Mémoires de la Société d'agriculture, sciences et arts d'Angers*, 1913. « La publication d'*Atala* et l'opinion des contemporains », *Revue des Facultés catholiques de l'Ouest*, 1913.

Gilbert Chinard : *L'Exotisme américain dans l'œuvre de Chateaubriand*, Hachette, 1918.
Édition de Chateaubriand : *Atala* et *René*, Les Textes français, 1930.
Édition de Chateaubriand : *Les Natchez*, Droz, 1932.
Édition d'*Odérahi, histoire américaine*, Clavreuil, 1950.

Paul Hazard et Marie-Jeanne Durry : édition de Chateaubriand : *Les Aventures du dernier Abencerage* (d'après un manuscrit de l'œuvre), Champion, 1926.

Armand Weil : édition critique de Chateaubriand : *René*, Droz-Minard, 1935. *Atala*, Corti, 1950.

Marcel Duchemin : *Chateaubriand, Essais de critique et d'histoire littéraire*, Vrin, 1938.

Émile Malakis : édition critique de Chateaubriand : *Itinéraire de Paris à Jérusalem*, deux volumes, Les Belles Lettres, 1946.

André Gavoty : « Le secret d'Atala », *Revue des Deux Mondes*, mai-juin 1948.

Jean-Maurice Gautier : *L'Exotisme américain dans l'œuvre de Chateaubriand. Étude de vocabulaire*, Manchester University Press, 1951.

Louis Stinglhamber : « Chateaubriand à Grenade », *Bulletin Guillaume Budé*, 1952.

Fernand Letessier : édition critique de Chateaubriand : *Atala, René, Les Aventures du dernier Abencerage*, Garnier, 1958.

Richard Switzer : édition critique de Chateaubriand : *Voyage en Amérique*, deux volumes, Didier, 1964.

Maurice Regard : édition critique de Chateaubriand : *Œuvres romanesques et Voyages*, deux volumes, Bibliothèque de la Pléiade, Gallimard, 1969.

Chateaubriand : *Correspondance générale*. Tome I, 1789-1807. Avant-propos de Pierre Clarac, textes établis et annotés par Béatrix d'Andlau, Pierre Christophorov et Pierre Riberette, Gallimard, 1977.

PRÉFACES ET AVERTISSEMENTS

ATALA

Lettre publiée dans Le Journal des Débats
et dans Le Publiciste (1801)

Citoyen, dans mon ouvrage sur *le Génie du christianisme, ou Beautés poétiques et morales de la Religion chrétienne*, il se trouve une section entière consacrée à la *poétique du christianisme*. Cette section se divise en trois parties : poésie, beaux-arts, littérature. Ces trois parties sont terminées par une quatrième, sous le titre d'*Harmonies de la religion, avec les scènes de la nature et les passions du cœur humain*. Dans cette partie j'examine plusieurs sujets qui n'ont pu entrer dans les précédentes, tels que les effets des ruines gothiques, comparées aux autres sortes de ruines, les sites des monastères dans les solitudes, le côté poétique de cette religion populaire, qui plaçait des croix aux carrefours des chemins dans les forêts, qui mettait des images de vierges et de saints à la garde des fontaines et des vieux ormeaux; qui croyait aux pressentiments et aux fantômes, etc., etc. Cette partie est terminée par une anecdote extraite de mes voyages en Amérique, et écrite sous les huttes mêmes des Sauvages. Elle est intitulée : *Atala, etc*. Quelques épreuves de cette petite histoire s'étant trouvées égarées, pour prévenir un accident qui me causerait un tort infini, je me vois obligé de la publier à part, avant mon grand ouvrage.

Si vous vouliez, citoyen, me faire le plaisir de publier ma lettre, vous me rendriez un important service.

J'ai l'honneur d'être, etc.

PRÉFACE A LA PREMIÈRE ÉDITION (1801)

On voit par la lettre précédente, ce qui a donné lieu à la publication d'*Atala* avant mon ouvrage sur le *Génie du christianisme, ou Beautés poétiques et morales de la religion chrétienne*, dont elle fait partie. Il ne me reste plus qu'à rendre compte de la manière dont cette petite histoire a été composée.

J'étais encore très jeune, lorsque je conçus l'idée de faire l'*épopée de l'homme de la nature*, ou de peindre les mœurs des Sauvages, en les liant à quelque événement connu. Après la découverte de l'Amérique, je ne vis pas de sujet plus intéressant, surtout pour des Français, que le massacre de la colonie des Natchez à la Louisiane, en 1727. Toutes les tribus indiennes conspirant, après deux siècles d'oppression, pour rendre la liberté au Nouveau-Monde, me parurent offrir au pinceau un sujet presque aussi heureux que la conquête du Mexique. Je jetai quelques fragments de cet ouvrage sur le papier; mais je m'aperçus bientôt que je manquais des vraies couleurs, et que si je voulais faire une image semblable il fallait, à l'exemple d'Homère, visiter les peuples que je voulais peindre.

En 1789, je fis part à M. de Malesherbes [1] du dessein que j'avais de passer en Amérique. Mais désirant en même temps donner un but utile à mon voyage, je formai le dessein de découvrir par terre le *passage* tant cherché et sur lequel Cook même avait laissé des doutes. Je partis, je vis les solitudes américaines, et je revins avec des plans pour un autre voyage, qui devait durer neuf ans. Je me proposais de traverser tout le continent de l'Amérique septentrionale, de remonter ensuite le long des côtes, au nord de la Californie, et de revenir par la baie d'Hudson, en tournant sous le pôle. Si je n'eusse pas péri dans ce second voyage, j'aurais pu faire des découvertes importantes pour les sciences, et utiles à mon pays. M. de Malesherbes se chargea de présenter mes plans au

Gouvernement; et ce fut alors qu'il entendit les premiers fragments du petit ouvrage, que je donne aujourd'hui au Public. On sait ce qu'est devenue la France, jusqu'au moment où la Providence a fait paraître un de ces hommes qu'elle envoie en signe de réconciliation, lorsqu'elle est lassée de punir. Couvert du sang de mon frère unique[2], de ma belle-sœur, de celui de l'illustre vieillard leur père; ayant vu ma mère[3] et une autre sœur pleine de talents[4], mourir des suites du traitement qu'elles avaient éprouvé dans les cachots, j'ai erré sur les terres étrangères, où le seul ami que j'eusse conservé[5], s'est poignardé dans mes bras[a].

De tous mes manuscrits sur l'Amérique, je n'ai sauvé que quelques fragments, en particulier *Atala*, qui n'était qu'un épisode des *Natchez*. *Atala* a été écrite dans le désert, et sous les huttes des Sauvages. Je ne sais si le public goûtera cette histoire qui sort de toutes les routes connues, et qui présente une nature et des mœurs tout à fait étrangères à l'Europe. Il n'y a point d'aventures dans *Atala*. C'est une sorte de poëme[b], moitié descriptif, moitié dramatique : tout consiste

---

a. Nous avions été tous deux cinq jours sans nourriture, et les principes de la perfectibilité humaine nous avaient démontré qu'un peu d'eau, puisée dans le creux de la main à la fontaine publique, suffit pour soutenir la vie d'un homme aussi long-temps. Je désire fort que cette expérience soit favorable au progrès des lumières; mais j'avoue que je l'ai trouvée dure.

Tandis que toute ma famille était ainsi massacrée, emprisonnée et bannie, une de mes sœurs[6], qui devait sa liberté à la mort de son mari, se trouvait à Fougères, petite ville de Bretagne. L'armée royaliste arrive; huit cents hommes de l'armée républicaine sont pris et condamnés à être fusillés. Ma sœur se jette aux pieds de la Roche-Jacquelin et obtient la grâce des prisonniers. Aussitôt elle vole à Rennes; elle se présente au tribunal révolutionnaire avec les certificats qui prouvent qu'elle a sauvé la vie à huit cents hommes. Elle demande pour seule récompense qu'on mette ses sœurs en liberté. Le président du tribunal lui répond : *Il faut que tu sois une coquine de royaliste que je ferai guillotiner, puisque les brigands ont tant de déférence à tes prières. D'ailleurs, la république ne te sait aucun gré de ce que tu as fait : elle n'a que trop de défenseurs, et elle manque de pain.* Et voilà les hommes dont Bonaparte a délivré la France.

b. Dans un temps où tout est perverti en littérature, je suis obligé d'avertir que si je me sers ici du mot de poëme, c'est faute de savoir comment me faire entendre autrement. Je ne suis point un de ces barbares qui confondent la prose et les vers. Le poëte, quoi qu'on en

dans la peinture de deux amants qui marchent et causent dans la solitude ; tout gît dans le tableau des troubles de l'amour, au milieu du calme des déserts, et du calme de la religion. J'ai donné à ce petit ouvrage les formes les plus antiques ; il est divisé en *prologue*, *récit* et *épilogue*. Les principales parties du récit prennent une dénomination, comme les *chasseurs*, les *laboureurs*, etc. ; et c'était ainsi que dans les premiers siècles de la Grèce, les Rhapsodes chantaient, sous divers titres, les fragments de l'*Iliade* et de l'*Odyssée*. Je ne dissimule point que j'ai cherché l'extrême simplicité de fond et de style, la partie descriptive exceptée ; encore est-il vrai, que dans la description même, il est une manière d'être à la fois pompeux et simple. Dire ce que j'ai tenté, n'est pas dire ce que j'ai fait. Depuis long-temps je ne lis plus qu'Homère et la Bible ; heureux si l'on s'en aperçoit, et si j'ai fondu dans les teintes du désert, et dans les sentiments particuliers à mon cœur, les couleurs de ces deux grands et éternels modèles du beau et du vrai.

Je dirai encore que mon but n'a pas été d'arracher beaucoup de larmes ; il me semble que c'est une dangereuse erreur, avancée, comme tant d'autres, par M. de Voltaire, que *les bons ouvrages sont ceux qui font le plus pleurer*. Il y a tel drame dont personne ne voudrait être l'auteur, et qui déchire le cœur bien autrement que l'*Énéide*. On n'est point un grand écrivain, parce qu'on met l'âme à la torture. Les vraies larmes sont celles que fait couler une belle poésie ; il faut qu'il s'y mêle autant d'admiration que de douleur.

C'est Priam disant à Achille :

Ανδρὸς παιδοφόνοιο ποτὶ στόμα χεῖρ' ὀρέγεσθαι

Juge de l'excès de mon malheur, puisque je baise la main qui a tué mes fils.

---

dise, est toujours l'homme par excellence ; et des volumes entiers de prose descriptive, ne valent pas cinquante beaux vers d'Homère, de Virgile ou de Racine.

C'est Joseph s'écriant :

Ego sum Joseph, frater vester, quem vendidistis in Ægyptum.

Je suis Joseph, votre frère, que vous avez vendu pour l'Égypte.

Voilà les seules larmes qui doivent mouiller les cordes de la lyre, et en attendrir les sons. Les muses sont des femmes célestes qui ne défigurent point leurs traits par des grimaces; quand elles pleurent, c'est avec un secret dessein de s'embellir.

Au reste, je ne suis point comme M. Rousseau, un enthousiaste des Sauvages; et quoique j'aie peut-être autant à me plaindre de la société, que ce philosophe avait à s'en louer, je ne crois point que la *pure nature* soit la plus belle chose du monde. Je l'ai toujours trouvée fort laide, partout où j'ai eu l'occasion de la voir. Bien loin d'être d'opinion que l'homme qui pense soit un *animal dépravé*, je crois que c'est la pensée qui fait l'homme. Avec ce mot de *nature*, on a tout perdu. De là les détails fastidieux de mille romans où l'on décrit jusqu'au bonnet de nuit, et à la robe de chambre; de là ces drames infâmes, qui ont succédé aux chefs-d'œuvre des Racine. Peignons la nature, mais la belle nature : l'art ne doit pas s'occuper de l'imitation des monstres.

Les moralités que j'ai voulu faire dans *Atala*, étant faciles à découvrir, et se trouvant résumées dans l'épilogue, je n'en parlerai point ici; je dirai seulement un mot de mes personnages.

Atala, comme le *Philoctète*, n'a que trois personnages. On trouvera peut-être dans la femme que j'ai cherché à peindre, un caractère assez nouveau. C'est une chose qu'on n'a pas assez développée, que les contrariétés du cœur humain : elles mériteraient d'autant plus de l'être, qu'elles tiennent à l'antique tradition d'une dégradation originelle, et que conséquemment elles ouvrent des vues profondes sur tout ce qu'il y a de grand et de mystérieux dans l'homme et son histoire.

Chactas, l'amant d'*Atala*, est un Sauvage, qu'on suppose né avec du génie, et qui est plus qu'à moitié civilisé, puisque non seulement il sait les langues vivantes, mais encore les langues mortes de l'Europe. Il doit donc s'exprimer dans un style mêlé, convenable à la ligne sur laquelle il marche, entre la société et la nature. Cela m'a donné de grands avantages, en le faisant parler en Sauvage dans la peinture des mœurs, et en Européen dans le drame et la narration. Sans cela il eût fallu renoncer à l'ouvrage : si je m'étais toujours servi du style indien, *Atala* eût été de l'hébreu pour le lecteur.

Quant au missionnaire, j'ai cru remarquer que ceux qui jusqu'à présent ont mis le prêtre en action, en ont fait ou un scélérat fanatique, ou une espèce de philosophe. Le *père Aubry* n'est rien de tout cela. C'est un simple chrétien qui parle sans rougir *de la croix, du sang de son divin maître, de la chair corrompue*, etc., en un mot, c'est le prêtre tel qu'il est. Je sais qu'il est difficile de peindre un pareil caractère aux yeux de certaines gens, sans toucher au ridicule. Si je n'attendris pas, je ferai rire : on en jugera.

Après tout, si l'on examine ce que j'ai fait entrer dans un si petit cadre, si l'on considère qu'il n'y a pas une circonstance intéressante des mœurs des Sauvages, que je n'aie touchée, pas un bel effet de la nature, pas un beau site de la Nouvelle-France que je n'aie décrit; si l'on observe que j'ai placé auprès du peuple chasseur un tableau complet du peuple agricole, pour montrer les avantages de la vie sociale, sur la vie sauvage; si l'on fait attention aux difficultés que j'ai dû trouver à soutenir l'intérêt dramatique entre deux seuls personnages, pendant toute une longue peinture de mœurs, et de nombreuses descriptions de paysages; si l'on remarque enfin que dans la catastrophe même, je me suis privé de tout secours, et n'ai tâché de me soutenir, comme les anciens, que par la force du dialogue : ces considérations me mériteront peut-être quelque indulgence de la part du lecteur. Encore une fois, je ne me flatte point d'avoir réussi; mais on doit toujours savoir gré à un écrivain qui s'efforce de rappeler la littérature à ce goût antique, trop oublié de nos jours.

Il me reste une chose à dire; je ne sais par quel hasard une lettre de moi, adressée au citoyen Fontanes, a excité l'attention du public beaucoup plus que je ne m'y attendais. Je croyais que quelques lignes d'un auteur inconnu passeraient sans être aperçues; je me suis trompé. Les papiers publics ont bien voulu parler de cette lettre, et on m'a fait l'honneur de

m'écrire, à moi personnellement, et à mes amis, des pages de
compliments et d'injures. Quoique j'aie été moins étonné des
dernières que des premiers, je pensais n'avoir mérité ni les
unes, ni les autres. En réfléchissant sur ce caprice du public,
qui a fait attention à une chose de si peu de valeur, j'ai pensé
que cela pouvait venir du titre de mon grand ouvrage : *Génie
du christianisme*, etc. On s'est peut-être figuré qu'il s'agissait
d'une affaire de parti, et que je dirais dans ce livre beaucoup
de mal à la révolution et aux philosophes.

Il est sans doute permis à présent, sous un gouvernement
qui ne proscrit aucune opinion paisible, de prendre la défense
du christianisme, comme sujet de morale et de littérature. Il a
été un temps où les adversaires de cette religion, avaient seuls
le droit de parler. Maintenant la lice est ouverte, et ceux qui
pensent que le christianisme est poétique et moral, peuvent le
dire tout haut, comme les philosophes peuvent soutenir le
contraire. J'ose croire que si le grand ouvrage que j'ai entre-
pris, et qui ne tardera pas à paraître, était traité par une main
plus habile que la mienne, la question serait décidée sans retour.

Quoi qu'il en soit, je suis obligé de déclarer qu'il n'est pas
question de la révolution dans le *Génie du christianisme*; et que
je n'y parle le plus souvent que d'auteurs morts; quant aux
auteurs vivants qui s'y trouvent nommés, ils n'auront pas lieu
d'être mécontents : en général, j'ai gardé une mesure, que,
selon toutes les apparences, on ne gardera pas envers moi.

On m'a dit que la femme célèbre, dont l'ouvrage formait le
sujet de ma lettre, s'est plaint d'un passage de cette lettre. Je
prendrai la liberté d'observer, que ce n'est pas moi qui ai
employé le premier l'arme que l'on me reproche, et qui m'est
odieuse. Je n'ai fait que repousser le coup qu'on portait à un
homme dont je fais profession d'admirer les talents, et d'aimer
tendrement la personne. Mais dès lors que j'ai offensé, j'ai été
trop loin; qu'il soit donc tenu pour effacé ce passage. Au reste,
quand on a l'existence brillante et les beaux talents de Mme de
Staël, on doit oublier facilement les petites blessures que nous
peut faire un solitaire, et un homme aussi ignoré que je le suis.

Pour dire un dernier mot sur *Atala :* si, par un dessein de la
plus haute politique, le gouvernement français songeait un
jour à redemander le Canada à l'Angleterre, ma description de

la Nouvelle-France prendrait un nouvel intérêt. Enfin, le sujet d'*Atala* n'est pas tout de mon invention; il est certain qu'il y a eu un Sauvage aux galères et à la cour de Louis XIV; il est certain qu'un missionnaire français a fait les choses que j'ai rapportées; il est certain que j'ai trouvé des Sauvages emportant les os de leurs aïeux, et une jeune mère exposant le corps de son enfant sur les branches d'un arbre; quelques autres circonstances aussi sont véritables : mais comme elles ne sont pas d'un intérêt général, je suis dispensé d'en parler.

AVIS SUR LA TROISIÈME ÉDITION (1801)

J'ai profité de toutes les critiques, pour rendre ce petit ouvrage plus digne des succès qu'il a obtenus. J'ai eu le bonheur de voir que la vraie philosophie et la vraie religion sont une et même chose; car des personnes fort distinguées, qui ne pensent pas comme moi sur le christianisme, ont été les premières à faire la fortune d'*Atala*. Ce seul fait répond à ceux qui voudraient faire croire que la *vogue* de cette anecdote indienne, est une affaire de parti. Cependant j'ai été amèrement, pour ne pas dire grossièrement censuré; on a été jusqu'à tourner en ridicule cette apostrophe aux Indiens [a] :

« Indiens infortunés, que j'ai vus errer dans les déserts du Nouveau-Monde avec les cendres de vos aïeux; vous qui m'aviez donné l'hospitalité, malgré votre misère! Je ne pourrais vous l'offrir aujourd'hui, car j'erre, ainsi que vous, à la merci des hommes, et moins heureux dans mon exil, je n'ai point emporté les os de mes pères. »

C'est sur la dernière phrase de cette apostrophe, que tombe la remarque du critique. Les cendres de ma famille, confondues avec celles de M. de Malesherbes; six ans d'exil et d'infortunes, ne lui ont offert qu'un sujet de plaisanterie. Puisse-t-il n'avoir jamais à regretter les tombeaux de ses pères!

Au reste, il est facile de concilier les divers jugements qu'on a portés d'*Atala* : ceux qui m'ont blâmé, n'ont songé qu'à mes

---

a. *Décade philosophique*, n° 22, dans une note.

talents; ceux qui m'ont loué, n'ont pensé qu'à mes malheurs.

P.-S. J'apprends dans le moment qu'on vient de découvrir à Paris une contrefaçon des deux premières éditions d'*Atala*, et qu'il s'en fait plusieurs autres à Nancy et à Strasbourg. J'espère que le public voudra bien n'acheter ce petit ouvrage que chez *Migneret* et à l'ancienne Librairie de *Dupont*.

AVIS SUR LA QUATRIÈME ÉDITION (1801)

Depuis quelque temps, il a paru de nouvelles critiques d'*Atala*. Je n'ai pas pu en profiter dans cette quatrième édition. Les avis qu'on m'a fait l'honneur de m'adresser, exigeaient trop de changements, et le Public semble maintenant accoutumé à ce petit ouvrage, avec tous ses défauts. Cette quatrième édition est donc parfaitement semblable à la troisième. J'ai seulement rétabli dans quelques endroits le texte des deux premières.

PRÉFACE A L'ÉDITION DE 1805

L'indulgence avec laquelle on a bien voulu accueillir mes ouvrages, m'a imposé la loi d'obéir au goût du public, et de céder au conseil de la critique.

Quant au premier, j'ai mis tous mes soins à le satisfaire. Des personnes chargées de l'instruction de la jeunesse, ont désiré avoir une édition du *Génie du christianisme*, qui fût dépouillée de cette partie de l'Apologie, uniquement destinée aux gens du monde : malgré la répugnance naturelle que j'avais à mutiler mon ouvrage, et ne considérant que l'utilité publique, j'ai publié l'abrégé que l'on attendait de moi.

Une autre classe de lecteurs demandait une édition séparée des deux épisodes de l'ouvrage : je donne aujourd'hui cette édition.

Je dirai maintenant ce que j'ai fait relativement à la critique.

Je me suis arrêté pour le *Génie du christianisme* à des idées différentes de celles que j'ai adoptées pour ses épisodes.

Il m'a semblé d'abord que par égard pour les personnes qui ont acheté les premières éditions, je ne devais faire, du moins à présent, aucun changement notable à un livre qui se vend aussi cher que le *Génie du christianisme*. L'amour-propre et l'intérêt ne m'ont pas paru des raisons assez bonnes, même dans ce siècle, pour manquer à la délicatesse.

En second lieu, il ne s'est pas écoulé assez de temps depuis la publication du *Génie du christianisme*, pour que je sois parfaitement éclairé sur les défauts d'un ouvrage de cette étendue. Où trouverais-je la vérité parmi une foule d'opinions contradictoires? L'un vante mon sujet aux dépens de mon style; l'autre approuve mon style et désapprouve mon sujet. Si l'on m'assure, d'une part, que le *Génie du christianisme* est un monument à jamais mémorable pour la main qui l'éleva, et pour le commencement du XIXe siècle *a*; de l'autre, on a pris soin de m'avertir, un mois ou deux après la publication de l'ouvrage, que les critiques venaient trop tard, puisque cet ouvrage était déjà oublié *b*.

Je sais qu'un amour-propre plus affermi que le mien trouverait peut-être quelques motifs d'espérance pour se rassurer contre cette dernière assertion. Les éditions du *Génie du christianisme* se multiplient, malgré les circonstances qui ont ôté à la cause que j'ai défendue, le puissant intérêt du malheur. L'ouvrage, si je ne m'abuse, paraît même augmenter d'estime dans l'opinion publique à mesure qu'il vieillit, et il semble que l'on commence à y voir autre chose qu'un ouvrage de *pure imagination*. Mais à Dieu ne plaise que je prétende persuader de mon faible mérite ceux qui ont sans doute de bonnes raisons pour ne pas y croire. Hors la religion et l'honneur, j'estime trop peu de choses dans le monde, pour ne pas souscrire aux arrêts de la critique la plus rigoureuse. Je suis si peu aveuglé par quelques succès, et si loin de regarder quelques éloges comme un jugement définitif en ma faveur, que je n'ai pas cru devoir mettre la dernière main à mon ouvrage. J'attendrai encore, afin de laisser le temps aux

a. M. de Fontanes.
b. M. Ginguené.

préjugés de se calmer, à l'esprit de parti de s'éteindre; alors
l'opinion qui se sera formée sur mon livre sera sans doute la
véritable opinion; je saurai ce qu'il faudra changer au *Génie du
christianisme*, pour le rendre tel que je désire le laisser après
moi, s'il me survit.

Mais si j'ai résisté à la censure dirigée contre l'ouvrage entier
par les raisons que je viens de déduire, j'ai suivi pour *Atala*,
prise séparément, un système absolument opposé. Je n'ai pu
être arrêté dans les corrections, ni par la considération du prix
du livre, ni par celle de la longueur de l'ouvrage. Quelques
années ont été plus que suffisantes pour me faire connaître les
endroits faibles ou vicieux de cet épisode. Docile sur ce point à
la critique, jusqu'à me faire reprocher mon trop de facilité, j'ai
prouvé à ceux qui m'attaquaient que je ne suis jamais
volontairement dans l'erreur, et que dans tous les temps et sur
tous les sujets, je suis prêt à céder à des lumières supérieures
aux miennes. *Atala* a été réimprimée onze fois : cinq fois
séparément et six fois dans le *Génie du christianisme;* si l'on
confrontait ces onze éditions, à peine en trouverait-on deux
tout à fait semblables.

La douzième que je publie aujourd'hui, a été revue avec le
plus grand soin. J'ai consulté des *amis prompts à me censurer* [7];
j'ai pesé chaque phrase, examiné chaque mot. Le style, dégagé
des épithètes qui l'embarrassaient, marche peut-être avec plus
de naturel et de simplicité. J'ai mis plus d'ordre et de suite
dans quelques idées; j'ai fait disparaître jusqu'aux moindres
incorrections de langage. M. de la Harpe me disait au sujet
d'*Atala :* « Si vous voulez vous enfermer avec moi seulement
quelques heures, ce temps nous suffira pour effacer les taches
qui font crier si haut vos censeurs. » J'ai passé quatre ans à
revoir cet épisode, mais aussi il est tel qu'il doit rester. C'est la
seule *Atala* que je reconnaîtrai à l'avenir.

Cependant il y a des points sur lesquels je n'ai pas cédé
entièrement à la critique. On a prétendu que quelques
sentiments exprimés par le P. Aubry renfermaient une doctrine désolante. On a, par exemple, été révolté de ce passage
(nous avons aujourd'hui tant de sensibilité!) :

« Que dis-je! ô vanité des vanités! Que parlé-je de la
puissance des amitiés de la terre! Voulez-vous, ma chère fille,

en connaître l'étendue? Si un homme revenait à la lumière quelques années après sa mort, je doute qu'il fût revu avec joie par ceux-là même qui ont donné le plus de larmes à sa mémoire : tant on forme vite d'autres liaisons, tant on prend facilement d'autres habitudes, tant l'inconstance est naturelle à l'homme, tant notre vie est peu de chose, même dans le cœur de nos amis! »

Il ne s'agit pas de savoir si ce sentiment est pénible à avouer, mais s'il est vrai et fondé sur la commune expérience. Il serait difficile de ne pas en convenir. Ce n'est pas surtout chez les Français que l'on peut avoir la prétention de ne rien oublier. Sans parler des morts dont on ne se souvient guère, que de vivants sont revenus dans leurs familles et n'y ont trouvé que l'oubli, l'humeur et le dégoût! D'ailleurs quel est ici le but du P. Aubry? N'est-ce pas d'ôter à Atala tout regret d'une existence qu'elle vient de s'arracher volontairement, et à laquelle elle voudrait en vain revenir? Dans cette intention, le missionnaire, en exagérant même à cette infortunée les maux de la vie, ne ferait encore qu'un acte d'humanité. Mais il n'est pas nécessaire de recourir à cette explication. Le P. Aubry exprime une chose malheureusement trop vraie. S'il ne faut pas calomnier la nature humaine, il est aussi très inutile de la voir meilleure qu'elle ne l'est en effet.

Le même critique, M. l'abbé Morellet[8], s'est encore élevé contre cette autre pensée, comme fausse et paradoxale :

« Croyez-moi, mon fils, les douleurs ne sont point éternelles; il faut tôt ou tard qu'elles finissent, parce que le cœur de l'homme est fini. C'est une de nos grandes misères : nous ne sommes pas même capables d'être long-temps malheureux. »

Le critique prétend que cette sorte d'incapacité de l'homme pour la douleur est au contraire un des grands biens de la vie. Je ne lui répondrai pas que si cette réflexion est vraie, elle détruit l'observation qu'il a faite sur le premier passage du discours du P. Aubry. En effet, ce serait soutenir, d'un côté, que l'on n'oublie jamais ses amis; et de l'autre, qu'on est très heureux de n'y plus penser. Je remarquerai seulement que l'habile grammairien me semble ici confondre les mots. Je n'ai pas dit : « C'est une de nos grandes *infortunes* »; ce qui serait faux, sans doute; mais : « C'est une de nos grandes *misères* ».

ce qui est très vrai. Eh! qui ne sent que cette impuissance où
est le cœur de l'homme de nourrir longtemps un sentiment,
même celui de la douleur, est la preuve la plus complète de sa
stérilité, de son indigence, de sa *misère?* M. l'abbé Morellet
paraît faire, avec beaucoup de raison, un cas infini du bon
sens, du jugement, du naturel. Mais suit-il toujours dans la
pratique la théorie qu'il professe? Il serait assez singulier que
ses idées riantes sur l'homme et sur la vie, me donnassent le
droit de le soupçonner, à mon tour, de porter dans ses
sentiments l'exaltation et les illusions de la jeunesse.

La nouvelle nature et les mœurs nouvelles que j'ai peintes,
m'ont attiré encore un autre reproche peu réfléchi. On m'a cru
l'inventeur de quelques détails extraordinaires, lorsque je
rappelais seulement des choses connues de tous les voyageurs.
Des notes ajoutées à cette édition d'*Atala* m'auraient aisément
justifié; mais s'il en avait fallu mettre dans tous les endroits
où chaque lecteur pouvait en avoir besoin, elles auraient
bientôt surpassé la longueur de l'ouvrage. J'ai donc renoncé à
faire des notes. Je me contenterai de transcrire ici un passage de
la *Défense du Génie du christianisme* [9]. Il s'agit des ours enivrés
de raisin, que les doctes censeurs avaient pris pour une gaîté
de mon imagination. Après avoir cité des autorités respectables et le témoignage de Carver, Bartram, Imley, Charlevoix, j'ajoute : « Quand on trouve dans un auteur une
circonstance qui ne fait pas beauté en elle-même, et qui ne sert
qu'à donner de la ressemblance au tableau; si cet auteur a
d'ailleurs montré quelque sens commun, il serait assez naturel
de supposer qu'il n'a pas inventé cette circonstance, et qu'il
n'a fait que rapporter une chose réelle, bien qu'elle ne soit pas
très-connue. Rien n'empêche qu'on ne trouve *Atala* une
méchante production; mais j'ose dire que la nature américaine
y est peinte avec la plus scrupuleuse exactitude. C'est une
justice que lui rendent tous les voyageurs qui ont visité la
Louisiane et les Florides. Les deux traductions anglaises
d'*Atala* sont parvenues en Amérique; les papiers publics ont
annoncé, en outre, une troisième traduction publiée à Philadelphie avec succès; si les tableaux de cette histoire eussent
manqué de vérité, auraient-ils réussi chez un peuple qui
pouvait dire à chaque pas : « Ce ne sont pas là nos fleuves, nos

montagnes, nos forêts. » Atala est retournée au désert, et il semble que sa patrie l'ait reconnue pour véritable enfant de la solitude. »

RENÉ

PRÉFACE A L'ÉDITION DE 1805

René, qui accompagne *Atala* dans la présente édition n'avait point encore été imprimé à part. Je ne sais s'il continuera d'obtenir la préférence que plusieurs personnes lui donnent sur *Atala*. Il fait suite naturelle à cet épisode, dont il diffère néanmoins par le style et par le ton. Ce sont à la vérité les mêmes lieux et les mêmes personnages, mais ce sont d'autres mœurs et un autre ordre de sentiments et d'idées. Pour toute préface, je citerai encore les passages du *Génie du christianisme* et de la *Défense* qui se rapportent à René.

Extrait du Génie du christianisme, IIᵉ partie, liv. III, Chap. ix, intitulé : « *Du vague des passions* »

« Il reste à parler d'un état de l'âme, qui, ce nous semble, n'a pas encore été bien observé : c'est celui qui précède le développement des grandes passions, lorsque toutes les facultés, jeunes, actives, entières, mais renfermées, ne se sont exercées que sur elles-mêmes, sans but et sans objet. Plus les peuples avancent en civilisation, plus cet état du vague des passions augmente; car il arrive alors une chose fort triste : le grand nombre d'exemples qu'on a sous les yeux, la multitude de livres qui traitent de l'homme et de ses sentiments, rendent habile sans expérience. On est détrompé sans avoir joui; il reste encore des désirs, et l'on n'a plus d'illusions. L'imagination est riche abondante et merveilleuse, l'existence pauvre sèche et désenchantée. On habite, avec un cœur plein, un monde vide; et sans avoir usé de rien, on est désabusé de tout.

« L'amertume que cet état de l'âme répand sur la vie, est incroyable ; le cœur se retourne et se replie en cent manières, pour employer des forces qu'il sent lui être inutiles. Les anciens ont peu connu cette inquiétude secrète, cette aigreur des passions étouffées qui fermentent toutes ensemble : une grande existence politique, les jeux du gymnase et du champ de Mars, les affaires du forum et de la place publique, remplissaient tous leurs moments, et ne laissaient aucune place aux ennuis du cœur.

« D'une autre part, ils n'étaient pas enclins aux exagérations, aux espérances, aux craintes sans objet, à la mobilité des idées et des sentiments, à la perpétuelle inconstance, qui n'est qu'un dégoût constant : dispositions que nous acquérons dans la société intime des femmes. Les femmes, chez les peuples modernes, indépendamment de la passion qu'elles inspirent, influent encore sur tous les autres sentiments. Elles ont dans leur existence un certain abandon qu'elles font passer dans la nôtre ; elles rendent notre caractère d'homme moins décidé ; et nos passions, amollies par le mélange des leurs, prennent à la fois quelque chose d'incertain et de tendre. »

. . . .

« Il suffirait de joindre quelques infortunes à cet état indéterminé des passions, pour qu'il pût servir de fond à un drame admirable. Il est étonnant que les écrivains modernes n'aient pas encore songé à peindre cette singulière position de l'âme. Puisque nous manquons d'exemples, nous serait-il permis de donner aux lecteurs un épisode extrait, comme Atala, de nos anciens Natchez ? C'est la vie de ce jeune René, à qui Chactas a raconté son histoire, etc., etc.

Extrait de la Défense du Génie du christianisme

« On a déjà fait remarquer la tendre sollicitude des critiques[a] pour la pureté de la Religion ; on devait donc s'attendre qu'ils se formaliseraient des deux épisodes que l'auteur a introduits dans son livre. Cette objection particu-

a. Il s'agit ici des philosophes uniquement.

lière rentre dans la grande objection qu'ils ont opposée à tout l'ouvrage, et elle se détruit par la réponse générale qu'on y a faite plus haut. Encore une fois, l'auteur a dû combattre des poëmes et des romans impies, avec des poëmes et des romans pieux ; il s'est couvert des mêmes armes dont il voyait l'ennemi revêtu : c'était une conséquence naturelle et nécessaire du genre d'apologie qu'il avait choisi. Il a cherché à donner l'exemple avec le précepte. Dans la partie théorique de son ouvrage, il avait dit que la Religion embellit notre existence, corrige les passions sans les éteindre, jette un intérêt singulier sur tous les sujets où elle est employée ; il avait dit que sa doctrine et son culte se mêlent merveilleusement aux émotions du cœur et aux scènes de la nature ; qu'elle est enfin la seule ressource dans les grands malheurs de la vie : il ne suffisait pas d'avancer tout cela, il fallait encore le prouver. C'est ce que l'auteur a essayé de faire dans les deux épisodes de son livre. Ces épisodes étaient en outre une amorce préparée à l'espèce de lecteurs pour qui l'ouvrage est spécialement écrit. L'auteur avait-il donc si mal connu le cœur humain, lorsqu'il a tendu ce piège innocent aux incrédules ? Et n'est-il pas probable que tel lecteur n'eût jamais ouvert le *Génie du christianisme*, s'il n'y avait cherché *René* et *Atala*?

> *Sai che la corre il mondo dove più versi*
> *Delle sue dolcezze il lusinger parnasso,*
> *E che'l verso, condito in molli versi,*
> *I piu schivi alletando, ha persuaso* [10].

« Tout ce qu'un critique impartial qui veut entrer dans l'esprit de l'ouvrage, était en droit d'exiger de l'auteur, c'est que les épisodes de cet ouvrage eussent une tendance visible à faire aimer la Religion et à en démontrer l'utilité. Or, la nécessité des cloîtres pour certains malheurs de la vie, et pour ceux-là même qui sont les plus grands, la puissance d'une religion qui peut seule fermer des plaies que tous les baumes de la terre ne sauraient guérir, ne sont-elles pas invinciblement prouvées dans l'histoire de René ? L'auteur y combat en outre le travers particulier des jeunes gens du siècle, le travers qui mène directement au suicide. C'est J.-J Rousseau qui introduisit le premier parmi nous ces rêveries si désastreuses et si coupables. En s'isolant des hommes, en s'abandonnant à ses songes, il a fait croire à une foule de jeunes gens, qu'il est beau de se jeter ainsi dans le vague de la vie. Le roman de Werther a développé depuis ce germe de poison. L'auteur du *Génie du christianisme*, obligé de faire entrer dans le cadre de son apologie quelques tableaux pour l'imagination, a voulu dénoncer cette espèce de vice nouveau, et peindre les funestes conséquences de l'amour outré de la solitude. Les couvents offraient autrefois des retraites à ces âmes contemplatives, que la nature appelle impérieusement aux méditations. Elles y trouvaient auprès de Dieu de quoi remplir le vide qu'elles sentent en elles-mêmes, et souvent l'occasion d'exercer de rares et sublimes vertus. Mais, depuis la destruction des monastères et les progrès de l'incrédulité, on doit s'attendre à voir se multiplier au milieu de la société (comme il est arrivé en Angleterre), des espèces de solitaires tout à la fois passionnés et philosophes, qui ne pouvant ni renoncer aux vices du siècle, ni aimer ce siècle, prendront la haine des hommes pour l'élévation du génie, renonceront à tout devoir divin et humain, se nourriront à l'écart des plus vaines chimères, et se plongeront de plus en plus dans une misanthropie orgueilleuse qui les conduira à la folie, ou à la mort.

« Afin d'inspirer plus d'éloignement pour ces rêveries criminelles, l'auteur a pensé qu'il devait prendre la punition de René dans le cercle de ces malheurs épouvantables, qui appartiennent moins à l'individu qu'à la famille de l'homme, et que les anciens attribuaient à la fatalité. L'auteur eût choisi le sujet de Phèdre s'il n'eût été traité par Racine. Il ne restait que celui d'Erope et de Thyeste [a] chez les Grecs, ou d'Amnon et de Thamar chez les Hébreux [b] ; et bien qu'il ait été aussi transporté sur notre scène [c], il est toutefois moins connu que celui de Phèdre. Peut-être aussi s'applique-t-il mieux au

---

a. Sen, *in Atr. et Th.* Voyez aussi Canacé et Macareus, et Caune et Byblis dans les *Métamorphoses* et dans les *Héroïdes* d'Ovide. J'ai rejeté comme trop abominable le sujet de Myrra, qu'on retrouve encore dans celui de Loth et de ses filles.

b. Reg. 13, 14.

c. Dans l'*Abufar* de M. Ducis.

caractère que l'auteur a voulu peindre. En effet, les folles
rêveries de René commencent le mal, et ses extravagances
l'achèvent : par les premières, il égare l'imagination d'une
faible femme ; par les dernières, en voulant attenter à ses jours,
il oblige cette infortunée à se réunir à lui ; ainsi le malheur naît
du sujet, et la punition sort de la faute.

« Il ne restait qu'à sanctifier, par le Christianisme, cette
catastrophe empruntée à la fois de l'antiquité païenne et de
l'antiquité sacrée. L'auteur, même alors, n'eut pas tout à faire ;
car il trouve cette histoire presque naturalisée chrétienne dans
une vieille ballade de Pèlerin, que les paysans chantent encore
dans plusieurs provinces[a]. Ce n'est pas par les maximes
répandues dans un ouvrage, mais par l'impression que cet
ouvrage laisse au fond de l'âme, que l'on doit juger de sa
moralité. Or, la sorte d'épouvante et de mystère qui règne
dans l'épisode de René, serre et contriste le cœur sans y exciter
d'émotion criminelle. Il ne faut pas perdre de vue qu'Amélie
meurt heureuse et guérie, et que René finit misérablement.
Ainsi, le vrai coupable est puni, tandis que sa trop faible
victime, remettant son âme blessée entre les mains de *celui qui
retourne le malade sur sa couche*, sent renaître une joie ineffable
du fond même des tristesses de son cœur. Au reste, le discours
du père Souël ne laisse aucun doute sur le but et les moralités
religieuses de l'histoire de René. »

On voit, par le chapitre cité du *Génie du christianisme*,
quelle espèce de passion nouvelle j'ai essayé de peindre ; et, par
l'extrait de la *Défense*, quel vice non encore attaqué j'ai voulu
combattre. J'ajouterai que quant au style, *René* a été revu
avec autant de soin qu'*Atala*, et qu'il a reçu le degré de
perfection que je suis capable de lui donner.

a. *C'est le chevalier des Landes,*
   Malheureux chevalier, etc.

LES AVENTURES
DU DERNIER ABENCERAGE

AVERTISSEMENT (1826)

Les Aventures du dernier Abencerage sont écrites depuis à peu près une vingtaine d'années : le portrait que j'ai tracé des Espagnols explique assez pourquoi cette Nouvelle n'a pu être imprimée sous le gouvernement impérial. La résistance des Espagnols à Buonaparte, d'un peuple désarmé à ce conquérant qui avait vaincu les meilleurs soldats de l'Europe, excitait alors l'enthousiasme de tous les cœurs susceptibles d'être touchés par les grands dévouements et les nobles sacrifices. Les ruines de Saragosse fumaient encore, et la censure n'aurait pas permis des éloges où elle eût découvert, avec raison, un intérêt caché pour les victimes. La peinture des vieilles mœurs de l'Europe, les souvenirs de la gloire d'un autre temps, et ceux de la cour d'un de nos plus brillants monarques, n'auraient pas été plus agréables à la censure, qui d'ailleurs commençait à se repentir de m'avoir tant de fois laissé parler de l'ancienne monarchie et de la religion de nos pères : ces morts que j'évoquais sans cesse faisaient trop penser aux vivants.

On place souvent dans les tableaux quelque personnage difforme pour faire ressortir la beauté des autres : dans cette Nouvelle, j'ai voulu peindre trois hommes d'un caractère également élevé, mais ne sortant point de la nature, et conservant, avec des passions, les mœurs et les préjugés même de leur pays. Le caractère de la femme est aussi dessiné dans les mêmes proportions. Il faut au moins que le monde chimérique, quand on s'y transporte, nous dédommage du monde réel.

On s'apercevra facilement que cette Nouvelle est l'ouvrage d'un homme qui a senti les chagrins de l'exil, et dont le cœur est tout à sa patrie.

C'est sur les lieux mêmes que j'ai pris, pour ainsi dire, les vues de Grenade, de l'Alhambra, et de cette mosquée transformée en église, qui n'est autre chose que la cathédrale de Cordoue. Ces descriptions sont donc une espèce d'addition à ce passage de l'*Itinéraire* :

« De Cadix, je me rendis à Cordoue : j'admirai la mosquée qui fait aujourd'hui la cathédrale de cette ville. Je parcourus l'ancienne Bétique, où les poëtes avaient placé le bonheur. Je remontai jusqu'à Andujar, et je revins sur mes pas pour voir Grenade. L'Alhambra me parut digne d'être regardé même après les temples de la Grèce. La vallée de Grenade est délicieuse, et ressemble beaucoup à celle de Sparte : on conçoit que les Maures regrettent un pareil pays. » (*Itinér.*, VIIe et dernière partie.)

Il est souvent fait allusion dans cette Nouvelle à l'histoire des Zégris et des Abencerages; cette histoire est si connue qu'il m'a semblé superflu d'en donner un précis dans cet avertissement. La Nouvelle d'ailleurs contient les détails suffisants pour l'intelligence du texte.

DOCUMENTS

ATALA TELLE QUE CHATEAUBRIAND L'A PEUT-ÊTRE CONNUE EN AMÉRIQUE

Les Indiennes qui débarquèrent auprès de nous, issues d'un sang mêlé de chéroki et de castillan, avaient la taille élevée Deux d'entre elles ressemblaient à des créoles de Saint-Domingue et de l'Ile-de-France, mais jaunes et délicates comme des femmes du Gange. Ces deux Floridiennes, cousines du côté paternel, m'ont servi de modèles, l'une pour *Atala*, l'autre pour *Céluta :* elles surpassaient seulement les portraits que j'en ai faits par cette vérité de nature variable et fugitive, par cette physionomie de race et de climat que je n'ai pu rendre. Il y avait quelque chose d'indéfinissable dans ce visage ovale, dans ce teint ombré que l'on croyait voir à travers une fumée orangée et légère, dans ces cheveux si noirs et si doux, dans ces yeux si longs, à demi cachés sous le voile de deux paupières satinées qui s'entr'ouvraient avec lenteur; enfin, dans la double séduction de l'Indienne et de l'Espagnole.
. . . .
Les chasseurs étant partis pour les opérations de la journée, je restais avec les femmes et les enfants. Je ne quittais plus mes deux sylvaines : l'une était fière, et l'autre triste. Je n'entendais pas un mot de ce qu'elles me disaient, elles ne me comprenaient pas; mais j'allais chercher l'eau pour leur coupe, les sarments pour leur feu, les mousses pour leur lit. Elles

portaient la jupe courte et les grosses manches tailladées à l'espagnole, le corset et le manteau indiens. Leurs jambes nues étaient losangées de dentelles de bouleau. Elles nattaient leurs cheveux avec des bouquets ou des filaments de joncs; elles se maillaient de chaînes et de colliers de verre. A leurs oreilles pendaient des graines empourprées; elles avaient une jolie perruche qui parlait : oiseau d'Armide; elles l'agrafaient à leur épaule en guise d'émeraude, ou la portaient chaperonnée sur la main comme les grandes dames du dixième siècle portaient l'épervier. Pour s'affermir le sein et les bras, elles se frottaient avec l'apoya ou souchet d'Amérique. Au Bengale, les baya- dères mâchent le bétel, et dans le Levant, les almées sucent le mastic de Chio; les Floridiennes broyaient, sous leurs dents d'un blanc azuré, des larmes de *liquidambar* et des racines de *libanis*, qui mêlaient la fragrance de l'angélique, du cédrat et de la vanille. Elles vivaient dans une atmosphère de parfums émanés d'elles, comme des orangers et des fleurs dans les pures effluences de leur feuille et de leur calice. Je m'amusais à mettre sur leur tête quelque parure : elles se soumettaient, doucement effrayées; magiciennes, elles croyaient que je leur faisais un charme. L'une d'elles, la *fière*, priait souvent; elle ne paraissait demi-chrétienne. L'autre chantait avec une voix de velours, poussant à la fin de chaque phrase musicale un cri qui troublait. Quelquefois, elles se parlaient vivement : je croyais démêler des accents de jalousie, mais la triste pleurait, et le silence revenait.

(*Mémoires d'outre-tombe*, première partie,
livre huitième, chapitres iii et iv)

[*Ce récit que Chateaubriand date de façon sans doute falla- cieuse de 1822, et qui ne correspond à rien de ce que rapporte le* Voyage en Amérique *(1827), est extrêmement suspect. Il répond apparemment au désir de rapprocher, en une rencontre imaginaire,* Atala *et la Célula des Natchez, femme de René. Mais qu'*Atala *y ait son origine, ou qu'il reflète* Atala, *il ne saurait en être séparé.*]

LE RENÉ DES NATCHEZ

LETTRE DE RENÉ A CÉLUTA

« *Au Désert, la trente-deuxième neige de ma naissance.*

« Je comptais vous attendre aux Natchez; j'ai été obligé de partir subitement sur un ordre des Sachems J'ignore quelle sera l'issue de mon voyage : il se peut faire que je ne vous revoie plus. J'ai dû vous paraître si bizarre, que je serais fâché de quitter la vie, sans m'être justifié auprès de vous.

« J'ai reçu de l'Europe, à mon retour de la Nouvelle-Orléans, une lettre qui m'a appris l'accomplissement de mes destinées : j'ai raconté mon histoire à Chactas et au père Souël : la sagesse et la religion doivent seules la connaître.

« Un grand malheur m'a frappé dans ma première jeunesse; ce malheur m'a fait tel que vous m'avez vu. J'ai été aimé, trop aimé : l'ange qui m'environna de sa tendresse mystérieuse ferma pour jamais, sans les tarir, les sources de mon existence. Tout amour me fit horreur : un modèle de femme était devant moi, dont rien ne pouvait approcher; intérieurement consumé de passions, par un contraste inexplicable je suis demeuré glacé sous la main du malheur.

« Céluta, il y a des existences si rudes qu'elles semblent accuser la Providence et qu'elles corrigeraient de la manie d'être. Depuis le commencement de ma vie, je n'ai cessé de nourrir des chagrins : j'en portais le germe en moi comme l'arbre porte le germe de son fruit. Un poison inconnu se mêlait à tous mes sentiments : je me reprochais jusqu'à ces joies nées de la jeunesse et fugitives comme elle.

« Que fais-je à présent dans le monde et qu'y faisais-je auparavant? j'étais toujours seul, alors même que la victime palpitait encore au pied de l'autel. Elle n'est plus cette victime; mais le tombeau ne m'a rien ôté; il n'est pas plus inexorable pour moi que ne l'était le sanctuaire. Néanmoins je sens que quelque chose de nécessaire à mes jours a disparu.

Quand je devrais me réjouir d'une perte qui délivre deux âmes, je pleure; je demande, comme si on me l'avait ravi, ce que je ne devais jamais retrouver; je désire mourir; et dans une autre vie une séparation qui me tue, n'en continuera pas moins l'éternité durante [11].

« L'éternité! peut-être, dans ma puissance d'aimer, ai-je compris ce mot incompréhensible. Le ciel a su et sait encore, au moment même où ma main agitée trace cette lettre, ce que je pouvais être : les hommes ne m'ont pas connu.

« J'écris assis sous l'arbre du désert, au bord d'un fleuve sans nom, dans la vallée où s'élèvent les mêmes forêts qui la couvrirent lorsque les temps commencèrent. Je suppose, Céluta, que le cœur de René s'ouvre maintenant devant toi : vois-tu le monde extraordinaire qu'il renferme? il sort de ce cœur des flammes qui manquent d'aliment, qui dévoreraient la création sans être rassasiées, qui te dévoreraient toi-même. Prends garde, femme de vertu! recule devant cet abîme: laisse-le dans mon sein! Père tout-puissant, tu m'as appelé dans la solitude; tu m'as dit « René! Rene! qu'as-tu fait de ta sœur? » Suis-je donc Caïn? »

CONTINUÉE AU LEVER DE L'AURORE

« Quelle nuit j'ai passée! Créateur, je te rends grâces; j'ai encore des forces, puisque mes yeux revoient la lumière que tu as faite! Sans flambeau pour éclairer ma course, j'errais dans les ténèbres : mes pas, comme intelligents d'eux-mêmes, se frayaient des sentiers à travers les lianes et les buissons. Je cherchais ce qui me fuit; je pressais le tronc des chênes; mes bras avaient besoin de serrer quelque chose. J'ai cru, dans mon délire, sentir une écorce aride palpiter contre mon cœur : un degré de chaleur de plus, et j'animais des êtres insensibles. Le sein nu et déchiré, les cheveux trempés de la vapeur de la nuit, je croyais voir une femme qui se jetait dans mes bras; elle me disait : « viens échanger des feux avec moi, et perdre la vie! mêlons des voluptés à la mort! que la voûte du ciel nous cache en tombant sur nous. »

« Céluta, vous me prendrez pour un insensé : je n'ai eu qu'un tort envers vous, c'est de vous avoir liée à mon sort. Vous savez si René a résisté, et à quel prodige d'amitié il a cru devoir le sacrifice d'une indépendance, qui du moins n'était funeste qu'à lui. Une misère bien grande m'a ôté la joie de votre amour, et le bonheur d'être père : j'ai vu avec une sorte d'épouvante que ma vie s'allait prolonger au-delà de moi. Le sang qui fit battre mon cœur douloureux animera celui de ma fille : je t'aurai transmis, pauvre Amélie, ma tristesse et mes malheurs! Déjà appelé par la terre, je ne protégerai point les jours de ton enfance; plus tard je ne verrai point se développer en toi la douce image de ta mère, mêlée aux charmes de ma sœur et aux grâces de la jeunesse. Ne me regrette pas : dans l'âge des passions j'aurais été un mauvais guide.

....

« Je m'ennuie de la vie; l'ennui m'a toujours dévoré : ce qui intéresse les autres hommes ne me touche point. Pasteur ou roi, qu'aurais-je fait de ma houlette ou de ma couronne? Je serais également fatigué de la gloire et du génie, du travail et du loisir, de la prospérité et de l'infortune En Europe, en Amérique, la société et la nature m'ont lassé. Je suis vertueux sans plaisir; si j'étais criminel, je le serais sans remords. Je voudrais n'être pas né, ou être à jamais oublié... »

(*Les Natchez. Œuvres romanesques et voyages,*
tome I, Pléiade, p. 499-502.)

EN MARGE DE L'ABENCERAGE

SUR LE VOYAGE PITTORESQUE ET HISTORIQUE DE L'ESPAGNE PAR M. ALEXANDRE DE LABORDE

. Dès les premiers pas il s'arrête à d'aimables, à de nobles souvenirs. Ce sont les pommes d'or des Hespérides, c'est cette Bétique chantée par Homère, et embellie par Fénelon. « Le fleuve Bétis coule dans un pays fertile, et sous un ciel doux, qui est toujours serein. Ce pays semble avoir conservé les délices de l'âge d'or, etc. » (*Télémaque*) Paraît ensuite cet Annibal, dont la puissante haine franchit les Pyrénées et les Alpes, et ne fut point assouvie dans le sang des milliers de Romains massacrés à Cannes et à Trasymène. Scipion commença en Espagne cette noble carrière dont le terme et la récompense devaient être l'exil et la mort dans l'exil. Sertorius lutta dans les champs ibériens contre l'oppresseur du monde et de sa patrie. Il voulait marcher sur Sylla, et

... au bord du Tibre, une pique à la main.
Lui demander raison pour le peuple romain.

Il succomba dans son entreprise; mais il est probable qu'il n'avait point compté sur le succès. Il ne consultait que son devoir et la sainteté de la cause qu'il restait seul à défendre. Il y a des autels comme celui de l'honneur, qui, bien qu'abandonnés, réclament encore des sacrifices; le Dieu n'est point anéanti parce que le temple est désert. Partout où il reste une chance à la fortune, il n'y a point d'héroïsme à la tenter. Les actions magnanimes sont celles dont le résultat prévu est le malheur et la mort. Après tout, qu'importent les revers, si notre nom prononcé dans la postérité va faire battre un cœur généreux deux mille ans après notre vie? Nous ne doutons point que, du temps de Sertorius, les âmes pusillanimes, qui prennent leur bassesse pour de la raison, ne trouvassent ridicule qu'un citoyen obscur osât lutter seul contre toute la puissance de Sylla. Heureusement, la postérité juge autrement des actions des hommes : ce n'est pas la lâcheté et le vice qui prononcent en dernier ressort sur le courage et la vertu.

Cette terre d'Espagne produit si naturellement les grands cœurs, que l'on voit le Cantabre belliqueux, *bellicosus Cantaber*, défendre à son tour sa montagne contre les légions d'Auguste; et le pays qui devait enfanter un jour le Cid et les chevaliers *sans peur*, donna à l'univers romain Trajan, Adrien et Théodose.

Après la description des monuments de cette époque, M. de Laborde passera aux dessins des monuments moresques : c'est la partie la plus riche et la plus neuve de son sujet. Les palais de Grenade nous ont intéressé et surpris, même après avoir vu les mosquées du Caire et les temples d'Athènes. L'Alhambra semble être l'habitation des Génies · c'est un de ces édifices des

Mille et une nuits, que l'on croit voir moins en réalité qu'en songe. On ne peut se faire une juste idée de ces plâtres moulés et découpés à jour, de cette architecture de dentelles, de ces bains, de ces fontaines, de ces jardins intérieurs, où des orangers et des grenadiers sauvages se mêlent à des ruines légères. Rien n'égale la finesse et la variété des arabesques de l'Alhambra. Les murs, chargés de ces ornements, ressemblent à ces étoffes de l'Orient que brodent, dans l'ennui du harem, des femmes esclaves. Quelque chose de voluptueux, de religieux et de guerrier, fait le caractère de ce singulier édifice, espèce de cloître de l'amour, où sont encore retracées les aventures des Abencerages; retraites où le plaisir et la cruauté habitaient ensemble, et où le roi maure faisait souvent tomber dans le bassin de marbre la tête charmante qu'il venait de caresser. On doit bien désirer qu'un talent délicat et heureux nous peigne quelque jour ces lieux magiques.

(*Mercure de France*, juillet 1807. Article
recueilli dans les *Mélanges littéraires*,
tome XXI des *Œuvres complètes*, 1826.)

[*Les derniers mots de ce passage font allusion aux dessins exécutés en Espagne par M*^me *de Noailles.*]

UNE SŒUR AINÉE D'ATALA
ET UN FRÈRE AINÉ DE RENÉ

[*Publié dans un recueil intitulé* Veillées américaines *en 1795, le récit anonyme d'Odérahi a été réimprimé en 1801 avec cette fière mention :* « Odérahi est la sœur aînée d'Atala. » *Gilbert Chinard en a procuré en 1950 une édition annotée. Les analogies qu'il signale concernent peut-être plus encore* Les Natchez *qu'*Atala. *Elles concernent aussi* René. — *Prisonnier des sauvages sur les frontières du Canada, un Français écrit au cours de sa captivité à* Eugénie, *qu'il a laissée en France. Sa nostalgie s'exprime en un*

*mouvement qui fait songer aux appels de René aux « orages
désirés ».*]

Pauvre Eugénie, que ton chagrin doit être cuisant! Ah! si tu
savais où je soupire, tu volerais auprès de moi comme la
colombe échappée des mains des chasseurs vole à tire d'aile à
travers des contrées immenses, sans autre guide que son cœur,
jusqu'à ce qu'elle arrive auprès de son époux! Pauvre
Eugénie! je ne te verrai plus que dans le pays des âmes : nos
cœurs attirés par l'amour se reconnaîtront dans la foule
innombrable de celles qui y voltigent sans cesse, comme ces
essaims d'atomes qui flottent dans les rayons du soleil : elles se
confondront comme deux flammes, et ne se sépareront plus.
Ah! qu'il me tarde de quitter la dépouille de l'homme!
Marcherai-je encore longtemps triste et solitaire, sur cette
terre d'exil? Et quand entendrai-je à travers le souffle des
orages la voix du Grand-être m'appeler auprès de lui? (P. 93.)

[*Une fatalité de malheur le suit, qu'il apporte chez les Indiens.
Comme Atala, Odérahi aimera le captif étranger qu'elle a sauvé
du supplice et mettra fin par le poison à cet amour interdit.*]

Odérahi s'éteignait dans mes bras comme un flambeau qu'
n'a plus d'aliments : la mort était assise sur sa natte; son
horrible présence faisait tressaillir nos âmes! [...] Odérahi eut
une crise violente dont les accès réitérés nous remplissaient de
frayeur; lorsqu'elle fut calmée, elle dit en soupirant :

« Adieu, Bon-père! Adieu Bon-ami, l'époux de mon cœur!
Adieu Oumourayou, Omaïra, les amis de ma jeunesse! mon
âme s'en va!... Encore si je pouvais espérer de vous revoir
dans le pays des âmes; mais hélas! le Grand-père des hommes
ne me recevra peut-être pas dans sa tente; il me dira, lorsque
je voudrai y entrer : va-t'en! tu as troublé l'ordre de la nature · tu
m'as désobéi!

« Bon ami », ajouta-t-elle en me serrant la main, en
m'invitant par signe à approcher mon oreille de sa bouche .
« un grand fardeau pèse sur mon cœur, soulève-le avec moi! Le
chagrin avait égaré ma raison! mon esprit n'a plus entendu la

voix du Grand-être qui me défendait de quitter la vie [...]
Adieu! Bon-ami! le poison que j'ai mangé me tue!

— Oh mes amis! m'écriai-je! Odérahi s'est empoisonnée!
cueillez à la hâte de ces fruits qui chassent la mort! »

Oumourayou, plus rapide que l'éclair, courut en chercher·
mais il nous fut impossible d'ouvrir la bouche d'Odérahi, la
mort avait posé la main sur sa victime. (P. 190-192.)

UN ENFANT DE L'ABENCERAGE

LE SOUPIR DU MORE

Ce cavalier qui court vers la montagne
    Inquiet, pâle au moindre bruit
C'est Boabdil, roi des Mores d'Espagne
    Qui pouvait mourir et qui fuit!

Aux Espagnols Grenade s'est rendue;
    La croix remplace le croissant
Et Boabdil pour sa ville perdue
    N'a que des pleurs et pas de sang.

Sur un rocher nommé Soupir du More
    Avant d'entrer dans la Sierra,
Le fugitif s'assied, pour voir encore
    De loin Grenade et l'Alhambra.

Hier, dit-il, j'étais calife;
Comme un dieu vivant adoré,
Je passais du Généralife
A l'Alhambra peint et doré.
J'avais, loin des regards profanes,
Des bassins aux flots diaphanes
Où se baignaient trois cents sultanes;
Mon nom partout jetait l'effroi!

Hélas, ma puissance est détruite;
Ma vaillante armée est en fuite,
Et je m'en vais, sans autre suite
Que mon ombre derrière moi!

« Fondez, mes yeux, fondez en larmes!
Soupirs profonds venus du cœur
Soulevez l'acier de mes armes :
Le Dieu des Chrétiens est vainqueur!
Je pars, adieu, beau ciel d'Espagne,
Darro, Jénil, verte campagne,
Neige rose de la montagne;
Adieu, Grenade, mes amours!
Riant Alhambra, tours vermeilles,
Frais jardins remplis de merveilles,
Dans mes rêves et dans mes veilles,
Absent, je vous verrai toujours! »

Sierra d'Elvire

Théophile Gautier, L'Artiste, 7 janvier 1844;
España, 1845.

NOTES

Sigles des variantes :
A = première édition. Ms = manuscrit.

Ces notes ne sauraient rapporter toutes les corrections et tous les changements d'éclairage de textes très soigneusement travaillés et sur lesquels l'auteur est revenu à plusieurs reprises. Nous en avons retenu ce qui est particulièrement caractéristique, ce qui permet de suivre une évolution, ou de déceler des influences, ou de voir un caractère d'écrivain s'affirmer ou, au contraire, reculer par prudence de débutant ou susceptibilité de créateur sensible aux railleries.

Ces reculs se perçoivent surtout dans *Atala*. On les regrettera plus d'une fois. Une certaine sève de jeunesse s'est refroidie dans cet assagissement. Le Chateaubriand de 1801 avait des audaces, un style exempt de timidité auquel il reviendra par la suite en invoquant l'exemple de Milton et de Bossuet. Certains traits étaient blessants pour les lecteurs de Delille : le ver des cadavres rampait à deux moments vers le corps d'Atala ; il ne paraîtra plus qu'une fois. Chateaubriand n'a pas toujours cédé à ses critiques ou à ses conseillers. Il reste, dans l'état dernier du texte, des hardiesses d'images ou d'expressions qui répugnent à la rhétorique pseudo-classique. Mais parfois telle « allégorie » a disparu où le parallélisme de la chose vue et du sens spirituel, sans échapper au reproche de gauche préciosité, tendait au symbolisme. En reprenant son récit, le jeune et imprudent novateur s'est trop souvent résigné à ce qu'on appelle le style châtié. Il en a été parfois récompensé. Sans parler de telle incorrection qu'il a corrigée (*préférer... que...*), du sacrifice de telle exagération puérile (des larmes qui faisaient le bruit des grandes eaux), de la précision géographique préférée au vague, la surcharge d'adjectifs s'est allégée, ainsi que ces proliférations, ces excès de splendeurs, ces recherches fracassantes auxquelles une demi-teinte, une sourdine, ont conféré une qualité orchestrale. Beaucoup de larmes se versent encore, mais en moins grande « quantité ». Moins de ton sermonnaire dans les leçons des sages, et moins d'égarements chez les passionnés. Le style frénétique, qu'un certain xviiie siècle avait légué au xixe commençant, s'est fondu, ici ou là, dans l'euphémisme. La cruauté des supplices a été suggérée plutôt qu'étalée.

On peut faire des remarques analogues au sujet de *René*. On regrettera l'exclusion de certaines beautés insolites, et ce « prêtant l'oreille au silence » auquel s'est substitué un « mugissement ». Mais la vertu de concentration a son prix, et le sacrifice de passages assez étendus répond au désir de laisser « quelque chose à penser » à l'auditeur, de ne pas expliquer des sentiments qu'il aura à deviner, de ne pas commenter ce qu'il faut taire et parfois tâcher d'oublier.

Dans l'*Abencerage*, Paul Hazard et Marie-Jeanne Durry ont étudié avec finesse les modifications de ponctuation qui font sentir comment Chateaubriand a entendu la musique de sa phrase. On peut aussi constater qu'un souci de discrétion l'a amené à évoquer avec moins d'insistance une Andalousie « embaumée », à alléger ses descriptions d'architectures moresques : ici aussi il y avait surcharge de splendeurs. Une autre sorte de discrétion a probablement éliminé ce qui aurait été souvenir précis de la rencontre de Grenade, — si du moins il y eut rencontre à Grenade : « la coupe » des mains de Blanca où s'abreuve Aben-Hamet n'aurait pas manqué de faire jaser le Faubourg Saint-Germain...

ATALA

Prologue

Page 41.

1. Dans A, au lieu de « Les deux rives... le plus extraordinaire » : « Mais qui pourrait peindre les sites du Meschacebé? Depuis son embouchure jusqu'à la jonction de l'Ohio, le tableau le plus extraordinaire suit le cours de ses ondes. »

Page 42.

2. Dans A, au lieu de : « Une multitude... et la vie » : « Pour embellir encore ces retraites, l'inépuisable main du Créateur y fit une multitude d'animaux, dont les jeux et les amours répandent la vie de toutes parts. »

3. Chateaubriand authentifie, par des citations de Carver, Bartram, Imlay, Charlevoix, ces ours enivrés de raisins dont on s'était fort moqué (voir p. 269).

Page 43.

4. Le P. Jacques Marquette (1637-1675) de la Compagnie de Jésus, qui atteignit le premier le Mississippi (1673).

5. Robert Cavelier de la Salle (1640-1687) atteignit le Mississippi et le descendit jusqu'au golfe du Mexique. Tué au cours d'une expédition en Louisiane.

6. La baie de Biloxi, à l'est du delta du Mississippi.

7. Les Natchez : peuplade indienne des environs du Mississippi, dont Chateaubriand a trouvé l'histoire chez Charlevoix.

Page 44.

8. Ossian dont les poèmes, mis à la mode par une supercherie de James Macpherson, paraissaient déjà apocryphes à quelques contemporains de Chateaubriand, et bientôt à Chateaubriand lui-même.

9. Orignal : sorte d'élan.

Le récit

Page 47.

10. La succession des états primitifs de la civilisation (*chasseurs, laboureurs*) correspond aux théories de J.-J. Rousseau (*Discours sur l'origine de l'inégalité*).

Page 48.

11. Muscogulges : peuple situé à l'est des Natchez.

12. La Maubile (ou Mobile) : fleuve côtier situé entre le Mississippi et la baie de Pensacola.

13. Saint-Augustin : ville de la Floride orientale.

Page 50.

14. Siminoles : peuple de Géorgie et de Floride.

Page 52.

15. Dans A : « un caractère d'élévation et de force morale ».

Page 53.

16. Copalmes : arbres des régions chaudes.

Page 54.

17. Dans A : « que » au lieu de « à ».

Page 55.

18. Dans A : « Ses larmes firent le bruit des grandes eaux en tombant dans la fontaine. »

19. Dans A, au lieu de « la douleur... plaisir » : « l'excès du bonheur touche de près à l'infortune ».

Page 56.

20. Dans A : « grue des savanes » au lieu de « cigogne ».

Page 57.

21. Dans A, la phrase commence par : « Dans l'égarement de ma raison, ».

22. A : « de me renchaîner au pied »

Page 58.

23. A qualifie cette vallée de « délicieuse ».
24. Cuscowilla : ville proche du golfe du Mexique.
25. Dans A, « délectable » au lieu de « délicieuse ».
26. Dans A, « flottait » au lieu de « descendait ».

Page 59.

27. Le nom de Mila se retrouvera dans *Les Natchez*. Mila, femme d'Outougamiz, aimera René.
28. Dans A : « sur le rameau », au lieu de « parmi les chènes ».

Page 60.

29. A : « qui la nuit dans ces solitudes enchantées semblaient nous poursuivre pour nous confondre. »

Page 61.

30. A : « et la mélancolie planent ».

Page 62.

31. A : « une si grande quantité de larmes ».
32. A : « et de la pensée ».
33. Apalachucla : village des Muscogulges.
34. Chata-Uche : rivière qui aboutit au golfe du Mexique.

Page 63.

35. Le calumet dans lequel fument les chefs en signe de réconciliation ou d'alliance signifie, à demi coloré, une alternative de paix ou de guerre.
36. Pennache : forme archaïque de « panache ».

Page 64.

37. A : « conseil sauvage un appareil extraordinaire et pompeux ».
38. A : « éclaircir » au lieu de « polir ».

Page 67.

39. A : « et jusqu'aux petits enfants sont chargés des grands os de leurs pères ».

Page 70.

40. A : « sortit de l'Orient » au lieu de « se leva sur les Apalaches ».

Page 71.

41. Ici A présente cette phrase : « Vous êtes une vigne d'espérance. »

Page 74.

42. A : « je ne sais quel secret, je ne sais quelle pensée cachée ».

43. A : « du ton le plus passionné ».

44. Occone : région montagneuse de la Caroline du Sud.

Page 76.

45. A : « du monde primitif ».

Page 77.

46. A inscrit ici entre parenthèses : « car le malheur augmente les puissances de l'âme ».

Page 79.

47. Smilase : salsepareilles, plantes épineuses et grimpantes.

48. A : « humide » au lieu de « spongieux ».

49. Carcajous : selon Chateaubriand (*Voyage en Amérique*), sorte de tigres.

50. A : « bondissant d'angle en angle ».

51. A : « brouille en un vaste chaos les nuages avec les nuages », au lieu de « roule... plient ».

Page 80.

52. A : « La masse entière des forêts plie et semble vouloir rentrer dans les entrailles de la terre. »

53. A présente ce texte au lieu des lignes qui vont de « Alors le grand Esprit » à « dans les eaux » : « Les détonations de

l'orage et de l'incendie, le fracas des vents, les gémissements des arbres, les cris des fantômes, les hurlements des bêtes, les clameurs des fleuves, les sifflements des tonnerres qui s'éteignent en tombant dans les ondes, tous ces bruits multipliés par les échos du ciel, des forêts et des montagnes, assourdissent le désert. »

54. A la place des lignes qui vont de « Sous le tronc » à « la nouvelle épouse », A présente ce texte : « Au pied du bouleau sous lequel nous étions retirés, je lui fis un rempart de mon corps; je parvins quelque temps à la garantir des torrents de pluie qui fondaient sur nous par toutes les feuilles abattues des arbres. Assis dans l'eau contre le tronc de l'arbre, tenant la vierge timide sur mes genoux et réchauffant ses beaux pieds nus entre mes mains amoureuses, j'étais plus heureux dans cet affreux moment qu'une nouvelle épouse ». Morellet contestera la possibilité de la position dans laquelle se montre Chactas dans le texte définitif aussi bien que dans le texte de A.

Page 84.

55. Les lignes qui vont de « Ma fille » à « égarés » ne figurent pas dans A.

Page 85.

56. A : « néophytes » au lieu d' « enfants ».

Page 86.

57. De « modestement baissés » à « Quiconque a vu », A présente ce texte, l'un de ceux qui lui attirèrent le plus de railleries : « son nez aquilin, sa longue barbe avaient quelque chose de sublime dans leur quiétude et comme d'aspirant à la tombe par leur direction naturelle vers la terre. »

58. Giraumonts : courges d'Amérique.

Page 87.

59. A : « ondes » au lieu de « eaux ».

60. A : « son cœur chrétien en fut ».

Page 89.

61. Phénomène connu sous le nom de parhélie et dont la description figure chez Charlevoix

Page 90.

62. A : « ma maîtresse » au lieu de « ma future épouse ».

Page 91.

63. Ici A présente ce texte : « car nous marchions d'enchantement en enchantement ».

Page 94.

64. Ici A présente ce texte : « les ondes répétaient les feux colorés du ciel et la dentelure des bois et des rochers qui s'enchaînaient sur leurs rives ».

Page 96.

65. Ici, dans A, une nuance du *Vicaire savoyard :* « une espèce de sacerdoce de la nature ».

Page 97.

66. Ici, A présente ce texte : « je sentis mon cœur se dissoudre et il me sembla que les lauriers murmuraient tristement sur la montagne ».

Page 99.

67. On se rappellera que Chateaubriand, « presque mort » à sa naissance, avait été l'objet d'un vœu de sa nourrice et en fut relevé à Plancoët.

Page 104.

68. Le diocèse de Quebec, institué en 1674, s'étendait sur les missions du Canada et de la Louisiane.

69. Les vœux simples, au contraire des vœúx solennels, sont ceux dont on peut être relevé.

Page 109.

70. A : « qui n'est que la cendre des morts, pétrie des larmes des vivants! »

71. Allusion probable à Henriette de France, dans la pensée du P. Aubry; mais il est possible que, dans celle de Chateaubriand, les souvenirs de la Révolution française restent présents.

Page 110.

72. Cette obsession de l'inceste ne laisse pas d'être troublante chez l'auteur de *René*.

73. Jérémie, XXXI, 15.

74. Allusion probable à Mlle de la Vallière.

75. A : « de l'hymen » au lieu de « du mariage »

Page 115.

76. Dans A, Atala appelle ici Chactas « jeune idolâtre ».

77. A : « et poussant des sanglots comme si ma poitrine s'allait briser ».

Page 116.

78. Impropriété. Il s'agit d'un ciboire.

79. A : « les tempes, la bouche et le sein ».

Page 120.

80. A : « vestale » au lieu de « jeune fille ».

Page 121.

81. Ici A présente ce texte : « et obscurcissait ma vue déjà troublée par les pleurs ».

Page 122.

82. A : « mon amante » au lieu de « ma sœur ».

Page 123.

83. Ici A présente ce texte : « où déjà rampait le ver qui cherchait un passage vers sa proie »

Page 124.

84. A : « du pélican » au lieu de « de la cigogne ».

Épilogue

Page 217

85. Ici A présente ce texte : « aux lumières, à la tolérance »

Page 129.

86. Ici A présente ce texte : « dans le désert embelli par l'aurore ».

87. Ici A présente ce texte : « Dans leurs tombeaux aériens, ces corps pénétrés de la substance éthérée, enfoncés sous des touffes de verdure et de fleurs, rafraîchis par la rosée, embaumés par les brises, balancés par elles sur la même branche où le rossignol a bâti son nid et fait entendre sa plaintive mélodie, ces corps ont perdu toute la laideur du sépulcre. »

88. Gilbert Chinard a fait observer qu'il n'y a pas de rossignol en Amérique

Page 130.

89. Ici A présente ce texte : « Arbre américain qui, portant des corps dans tes rameaux, les éloignes du séjour des hommes, en les rapprochant de celui de Dieu, je me suis arrêté en extase sous ton ombre! Dans ta sublime allégorie, tu me montrais l'arbre de la vertu : ses racines croissent dans la poussière de ce monde; sa cime se perd dans les étoiles du firmament, et ses rameaux sont les seuls échelons par où l'homme voyageur sur ce globe, puisse monter de la terre au ciel.

« Or, la mère ayant mis son enfant sur l'arbre, arracha une boucle de ses cheveux, et la suspendit au feuillage, tandis que le souffle de l'aurore balançait dans son dernier sommeil, celui qu'une main maternelle avait tant de fois endormi à la même heure, dans un berceau de mousse. Dans ce moment je marchai droit à la femme. »

90. Esquine : plante qui tient de la ronce et de la liane.

91. Céluta : nom de la femme indienne de René dans *Les Natchez*.

Page 131.

92. La description de la cataracte se trouve, en un premier état, dans l'*Essai sur les révolutions*. Dans *6 810 000 litres d'eau par seconde* (Gallimard, 1965), Michel Butor en tirera parti pour une suite de variations de caractère musical, où la fugue et le canon lui permettront de donner « un sentiment de

précipitation, de course, de fuite » (*Entretiens avec Michel Butor*, de Georges Charbonnier, Gallimard, 1967, p. 147).

Page 132.

93. Chikassas : peuplade indienne qui, selon Charlevoix, avait poussé les Natchez au soulèvement qui leur fut fatal.

Page 133.

94. Chéroquois : peuplade indienne alliée aux Muscogulges et aux Siminoles dans la confédération des Creeks.

Page 134.

95. Ici A présente ce texte : « On lui écrasa les gencives, on lui mit un collier de haches ardentes, on lui versa sur la tête des cendres embrasées. »

Page 135.

96. Ici A présente ce texte : « La première était vêtue de blanc, mais elle avait l'air mélancolique; la seconde, traînant une longue robe, se promenait un livre à la main; elle paraissait tout occupée de quelque service à rendre ou de quelques larmes à essuyer. Quand on approchait de ces fantômes, ils s'enfonçaient dans la forêt et s'évanouissaient entre les arbres. »

Page 137.

97. C'est sur le même sujet et le même mouvement que s'achevait l'*Essai sur les révolutions.*

RENÉ

Page 141.

1. Le P. Souël : personnage réel (1695-1729). Jésuite massacré par les Yasous.

Page 144.

2. Dans A, cet alinéa commence ainsi : « Ma mémoire était heureuse, je fis de rapides progrès; mais je portais le désordre parmi mes compagnons. Mon humeur » etc.

3. Ici A présente ce texte : « pour aller me livrer à des jeux solitaires ».

4. A : « au silence de l'automne » au lieu de « au sourd mugissement de l'automne ».

Page 148.

5. A : « de quelle philosophie mélancolique » au lieu de « de quel dégoût de la terre ».

Page 149.

6. Le sacrifice dont il est question est l'exécution de Charles Ier; la statue est celle de Jacques II. Dans presque toutes les éditions de *René*, Chateaubriand a renouvelé, dans sa note, une erreur qu'il avait commise en juillet 1801 dans un article du *Mercure de France*.

7. Sur ce souvenir de Londres, voir Marcel Duchemin, *Chateaubriand, Essais de critique*, 1938, p. 59-76.

Page 151

8. A : « comme l'autre à l'âme. »

9. Jacques Voisine a montré que ce tableau de René sur l'Etna avait pour principale origine un roman anglais anonyme de 1781, où le volcan est le Vésuve (*French Studies*, avril 1951). Le Vésuve aura sa place dans *Les Martyrs*.

Page 152.

10. A : « la philosophie » au lieu de « la sagesse ».

Page 155.

11. A achève cet alinéa sur ces mots : « vastes déserts d'hommes, bien plus tristes que ceux des bois, car leur solitude est toute pour le cœur! » Jean-Jacques Rousseau avait écrit dans *La Nouvelle Héloïse* (II, 14) : « ... ce vaste désert du monde... Je ne suis seul que dans la foule. »

Page 156.

12. Chateaubriand revient ici au thème du chapitre de l'*Essai sur les révolutions* (II, 13) intitulé *Aux infortunés.*

Page 157.

13. A ajoute : « mais cherchant a aimer ». On peut regretter la mutilation de cette phrase où l'on entendait un écho de l'admirable confession de saint Augustin : *Nondum amabam, sed amare amabam, et amans amare quod amarem quærebam.*

Page 161.

14. Canus Julius, d'après le traité de Sénèque *De tranquillitate animi.*

Page 167.

15. Émile Bouvier (« Un passage de *René* et la conversion de Chateaubriand », *Revue d'Histoire littéraire,* 1930) voit dans ces réflexions une analogie avec ce que Chateaubriand déclare de la lettre de sa sœur, Mme de Farcy, qui lui annonçait la mort de leur mère et qui lui parvint en Angleterre quand Mme de Farcy, à son tour, était morte. (Voir la première préface du *Génie du christianisme* citée dans les *Mémoires d'outre-tombe,* XI, 1.)

Page 168.

16. A présente ici ce texte : « elle me mandait qu'elle était déterminée, qu'elle avait obtenu les dispenses du noviciat et qu'elle allait prononcer immédiatement ses vœux. Elle ajoutait en finissant : « Je n'ai que trop négligé notre famille ; c'est vous que j'ai uniquement aimé ; mon ami, Dieu n'approuve point ces préférences, il m'en punit aujourd'hui. »

Page 169.

17. Violier : giroflée.

Page 170.

18. L'initiale de B., qui peut faire penser à Brest où Chateaubriand a résidé, se rapporte très vraisemblablement à Saint-Malo.

Page 172.

19. *Ecclésiastique.* L, 9.

Page 174.

20. A la place des lignes qui vont de : « On peut trouver » à « avait dû souffrir », on lit dans A : « Un malheur personnel, quel qu'il soit, se supporte; mais un malheur dont on est la cause involontaire, et qui frappe une victime innocente, est la plus grande des calamités. Éclairé sur les maux de ma sœur, je me figurais tout ce qu'elle avait dû souffrir auprès de moi, victime d'autant plus malheureuse que la pureté de ma tendresse devait lui être à la fois odieuse et chère, et qu'appelée dans mes bras par un sentiment, elle en était repoussée par un autre.

« Que de combats dans son sein! Que d'efforts n'avait-elle point faits! Tantôt voulant s'éloigner de moi, et n'en ayant pas la force; craignant pour ma vie, et tremblant pour elle et pour moi. Je me reprochais mes plus innocentes caresses, je me faisais horreur. En relisant la lettre de l'infortunée (qui n'avait plus de mystères!), je m'aperçus que ses lèvres humides y avaient laissé d'autres traces que celles de ses pleurs. »

Page 176.

21. Probablement le monastère des Ursulines de Saint-Malo.
22. A : « vestale » au lieu de « religieuse ».

Page 177.

23. Cette image vient apparemment de deux passages d'Isaïe, LX, 8 : « Qui sont ceux-là qui volent comme une nuée, comme des colombes vers leur colombier? » Et IV, 6 : « Et il y aura une tente pour donner de l'ombrage contre les ardeurs du jour, et pour servir de refuge et d'abri contre l'orage et la pluie. » Mais la présence de la mer, de l'oiseau de mer, suffit à communiquer aux versets bibliques la tonalité particulière aux rêveries de l'enfant de Saint-Malo.

Page 178.

24. A la place de la phrase qui va de : « elle change... » à

« flamme périssable », on lit dans A : « elle allume une flamme incorruptible où brûlait une flamme mortelle. »

25. A : « montent en masse dans les cieux » au lieu de « se perdent confusément dans les cieux ».

Page 182.

26. Ce flammant, qui a déjà paru dans *Atala*, n'appartient pas à la faune américaine.

LES AVENTURES DU DERNIER ABENCERAGE

Page 185.

1. La fuite de ce dernier roi maure de Grenade (Abou-Abdala-Mohammed) et les reproches de sa mère, la sultane Ayxa, sont rapportés dans le *Voyage en Espagne* de Henry Swinburne, traduit de l'anglais par J.-B. de Laborde en 1787.

2. Padul, village voisin de Grenade auprès duquel se trouve un col appelé, en souvenir de la scène rapportée ici, *Suspiro del Moro*.

3. Véga : plaine au sud et à l'ouest de Grenade.

4. Xénil : rivière qui arrose la Véga.

Page 186.

5. Le pays des Lotophages, c'est-à-dire, selon les anciens commentateurs d'Homère, l'île de Djerba, voisine du golfe de Gabès.

6. Le manuscrit orthographie *Abencerrage*. Nous adoptons l'orthographe de la première édition.

Page 187.

7. Ms : « un de ces hermitages mahométans appelés sur la côte d'Afrique un marabout ».

8. Ici, le manuscrit porte « des marlottes ».

Page 188.

9. 2 janvier 1492.

Page 189.

10. Paysage peu andalou, mais très breton.

Page 190.

11. Venta : auberge espagnole.

Page 191.

12. Ms : « pur, embaumé, délicieux ».

Page 192.

13. Ici le manuscrit présente ce texte : « Les pignons de ces maisons bordaient la place; liés ensemble et se touchant par les côtés, ils se détachaient les uns des autres à la hauteur du toit et se terminaient en pointe; ils étaient percés dans toute leur surface par des fenêtres en ogives, qu'à peine séparaient entre elles des pilastres de briques rouges : la place entière avait l'air d'une serre immense couronnée par une dentelure d'ornements gothiques. »

Page 193.

14. Ici le manuscrit porte ce texte : « Là s'élevait le trône où était placé le portrait de Fatime et au pied duquel Aben-Amar combattait pour la beauté de sa maîtresse. Aben-Hamet croyait voir flotter les panaches, briller les casques, et les lances et les boucliers; il lui semblait que toutes les dames de Grenade, les Galiana, les Xarifa, les Daraxa regardaient encore du haut de leurs balcons ces jeux magnifiques et laissaient tomber des parfums sur la tête de leurs chevaliers. »

Page 195.

15. Ms : « à tranche d'or orné de signets ».

16. Israfil : ange de la Résurrection dans la croyance de l'Islam.

17. Dans le manuscrit, « pays » est précédé de « voluptueux ».

Page 196.

18. Ms : au lieu de « la belle chrétienne », « cette chrétienne, plus fraîche que la rose humectée des pleurs du matin ».

Page 197.

19. Ms : au lieu des cinq derniers mots de cette phrase :
« d'une guitare, les accents d'une voix presque céleste vinrent
ensuite frapper son oreille ».

Page 198.

20. Morisques : Maures d'Espagne restés après la Recon-
quête et apparemment convertis.

Page 202.

21. Chateaubriand avait biffé sur le manuscrit la plus
grande partie de la page qui précède, et plus tard noté en
marge : « J'avais rayé cette page lorsque je songeais à
imprimer l'*Abencerage* sous l'Empire. »

22. Ms : « sur son pays, sur ses aventures, sur l'état de son
cœur ».

23. Anachronisme.

Page 206.

24. Ms : « ou dont on voit flotter les images fantastiques
dans les illusions d'un songe ».

Page 207.

25. Le manuscrit achève cette phrase en évoquant les
aventures des Abencerages retracées dans l'Alhambra et les
rois maures qui unissaient le plaisir et la cruauté.

Page 210.

26. Ms : « de l'Yémen » et non « de l'hymen » qui est
probablement une faute de l'édition.

27. A cette phrase le manuscrit en ajoute une où Aben-
Hamet s'imagine pur esprit buvant « ce rayon de soleil » qui
vient expirer sur les lèvres de Blanca

Page 212.

28. Ms : « du palais des génies », et non « de l'Alhambra ».
Le manuscrit présente ensuite ce texte : « L'astre solitaire
paraissait comme suspendu sur la cime de deux beaux
palmiers. »

29. *Sala de las Dos Hermanas* dans l'Alhambra.

30. Ici le manuscrit présente ce texte : « Non loin de là, Blanca rafraîchissait à la fontaine des Lions sa bouche altérée. Consumé de la même ardeur, l'Abencerage demande à partager le même secours. Blanca, riante et pourtant troublée, lui présente un peu d'eau dans le creux de ses deux mains unies. Aben-Hamet colle ses lèvres à cette coupe empoisonnée et souhaite mourir en ce moment. »

Page 214.

31. Ici le manuscrit présente ainsi le texte : « elle appelait les vaisseaux lointains, elle suivait des yeux les voiles fugitives qui emportaient l'homme encore plus fugitif ».

Page 218.

32. Thomas de Lautrec : personnage historique (1485-1528).

Page 226.

33. La cathédrale de Cordoue, ancienne mosquée.

Page 229.

34. Allusion à une fable de La Fontaine, *Le Lion abattu par l'homme* (III, 10).

Page 230.

35. Montézume : chef des Aztèques, mort prisonnier de Cortez (1520).

36. Cette romance avait été publiée anonymement le 31 mai 1806 dans le *Mercure de France* sous ce titre : *Le Montagnard émigré* avec d'importantes différences de texte.

Page 231.

37. S'agit-il de la petite rivière de la Dore qui passe près de l'étang de Combourg? Le titre de *Montagnard émigré* et le témoignage de Mme de Chateaubriand inclineraient à penser que cette romance juxtapose des souvenirs de Bretagne et d'Auvergne.

38. Tour du château de Combourg.

Page 234.

39. Haggi : musulman qui a fait le pèlerinage de La Mecque.

40. Cette romance avait été publiée en 1808 dans l'*Almanach des Muses* sous ce titre : *Le Cid, chant héroïque.*

Page 239.

41. Prud'homme : dans la langue du Moyen Age, homme qui joint la valeur à la générosité.

DOSSIER

Page 258.

1. Le frère aîné de Chateaubriand, Jean-Baptiste, avait épousé Aline-Thérèse de Rosanbo, petite-fille de Malesherbes.

Page 259.

2. Jean-Baptiste de Chateaubriand tombé sur l'échafaud, avec sa femme et Malesherbes, le 22 avril 1794.

3. Incarcérée en 1793-1794, Mme de Chateaubriand mourut en 1798.

4. Julie, Mme de Farcy, morte en 1799.

5. François Hingant de la Tremblais, son compagnon de misère dans l'émigration de Londres, tenta de se suicider.

6. Marie-Anne-Françoise, comtesse de Marigny, veuve depuis 1787.

Page 267.

7. Citation d'un vers de l'*Art poétique* de Boileau.

Page 268.

8. *Observations critiques sur le roman intitulé Atala* (mai 1801).

Page 269.

9. Avril 1803.

Page 272.

10. « Tu sais que le monde accourt où le Parnasse attrayant verse le plus de ses douceurs et que le vrai, présenté en vers délicats, en charmant les plus difficiles, les a persuadés. » (Tasse, *Jérusalem délivrée*, I, 3). Dans les successives éditions de cette préface, Chateaubriand a laissé subsister une faute : *verso* pour *vero*.

Page 280.

11. *Sic.*

Ajoutons que ces notes doivent beaucoup aux savantes éditions de Fernand Letessier et de Maurice Regard.

DU MÊME AUTEUR

Dans la même collection

VIE DE RANCÉ, préface de Roland Barthes, texte établi,
annoté et présenté par ...

COLLECTION FOLIO

Dernières parutions

Impression Bussière Camedan Imprimeries
à Saint-Amand (Cher),
le 20 avril 2000.
Dépôt légal : avril 2000.
1ᵉʳ dépôt légal dans la collection : avril 1978.
Numéro d'imprimeur : 002026/1.

ISBN 2-07-037017-8./Imprimé en France.